文春文庫

警視庁公安部・片野坂彰

国境の銃弾

濱 嘉之

文藝春秋

警視庁公安部・片野坂彰
国境の銃弾

目次

都道府県警の階級と職名

階級　所属	警視庁、府警、神奈川県警	道県警
警視総監	警視総監	
警視監	副総監、本部部長	本部長
警視長	参事官級	本部長、部長
警視正	本部課長、署長	部長
警視	所属長級：本部課長、署長、本部理事官	課長
	管理官級：副署長、本部管理官、署課長	
警部	管理職：署課長	課長補佐
	一般：本部係長、署課長代理	
警部補	本部主任、署係長	係長
巡査部長	署主任	主任
巡査		

警視庁組織図

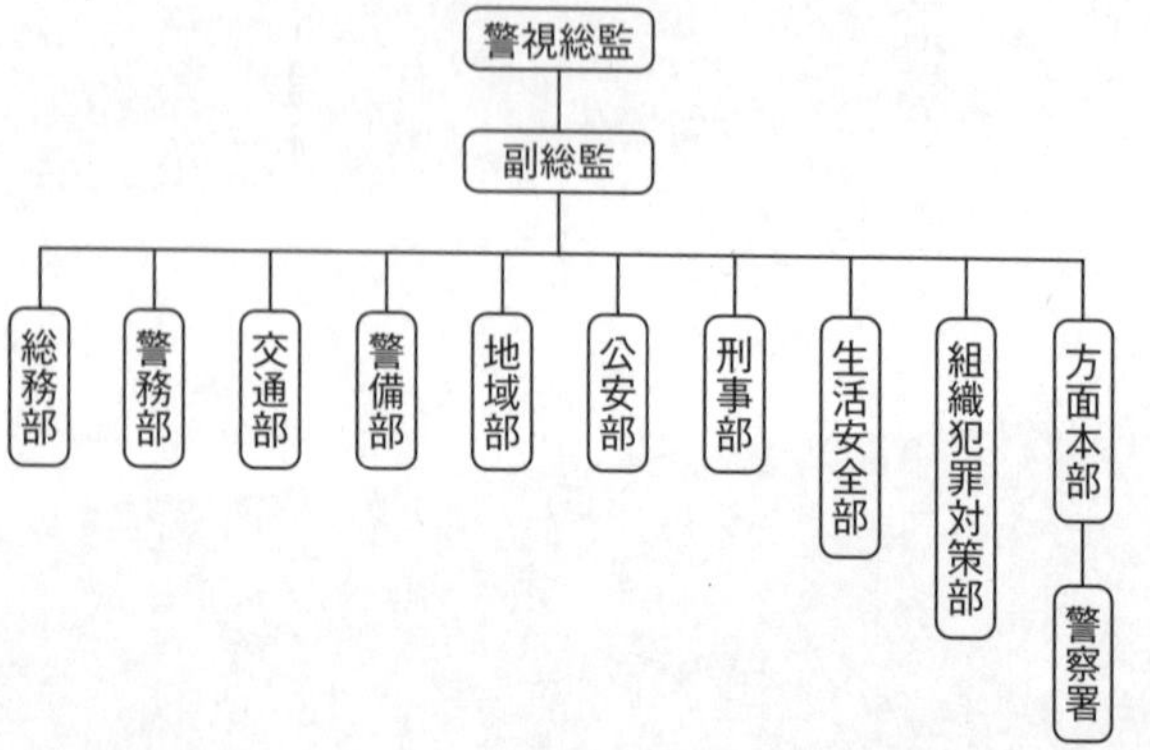

主要登場人物

片野坂彰……… 警視庁公安部長付。特別捜査班を率いるキャリア。鹿児島県出身、ラ・サール高校から東京大学法学部卒、警察庁へ。イェール大留学、民間軍事会社から傭兵、FBI特別捜査官の経験をもつ。

香川　潔……… 警視庁警部補。公安部長付特別捜査班。片野坂が新人の時の指導担当巡査。神戸出身、灘高校から青山学院大学卒、警視庁へ。警部補のまま公安一筋に歩む。

白澤香葉子…… 警視庁警部補。公安部長付特別捜査班。カナダで中高を過ごした帰国子女。ドイツのハノーファー国立音楽大学へ留学。英仏独語を話し、警視庁音楽隊を経て公安部に抜擢される。

宮島進次郎…… 警視庁公安部長。片野坂の「公安部長付特捜班」を構想する。

三橋直正……… 警視総監。

刈谷史雄……… 副総監。

盛岡博之……… 内閣官房副長官。警察庁出身。

ジェニファー… アントワープの宝石商の令嬢。白澤香葉子とハノーファー国立音大の同級生。

ルーカス……… アントワープ在住、モサドのエージェント。

李　星煥……… 北朝鮮の工作員。

北条政信……… 経済産業大臣政務官。

中野泰膳……… 元民自党幹事長。政界の黒幕、軍需産業にも意欲。

青山　望……… 警視庁警備企画課理事官。情報マンとして功績を挙げ「チヨダ」へ永久出向。

大和田博……… 参議院議員から転じて衆議院議員。警視庁時代は青山と「同期カルテット」と呼ばれた。

藤中克範……… 警察庁長官官房分析官。青山「同期カルテット」の一員。

龍　一彦……… 関西の商社役員。青山「同期カルテット」の一員だった。

警視庁公安部・片野坂彰

国境の銃弾

プロローグ

空気の澄んだ冬晴れの日には水平線のあたりに隣国の陸影が見えるはずだが、二月とはいえ暖かいこの日、海の向こうは霞んでいた。

長崎県、対馬《つしま》。総延長九百キロメートルを超える海岸線のほとんどが険しい湾曲に富んだリアス式海岸の入り江で、周囲に大小様々な島が散らばる多島海と呼ばれる地形である。

島内に幾つかある展望台の中でも、北端にある紺碧《こんぺき》の海を見下ろすこの展望台は、ある意味で国際的に注目される場所といえた。一帯は公園化されて展望所となっており、二段式の台座が設けられた大きな石碑がそびえ立つ。石碑の文字は読みづらいが、「朝鮮国訳官使殉難之碑《やくかんしじゅんなんのひ》」とあり、案内板から国際交流に基づくものとわかる。元禄十六年(一七〇三)、百八人乗りの朝鮮国訳官使船が、急変した天候のため遭難、全員が死亡するという悲惨な海難事故が発生した。平成三年(一九九一)、その史的背景に日本と朝鮮の善隣友好があることを受け、官民の枠を越えて完成した石碑だった。

二月ではあったが、島の直近を暖流が流れているせいか、春先の移動性高気圧が大陸から張り出したせいか、上着を脱いでも暖かな日差しが感じられる陽気だった。

辺りの芝生は枯れておらず、展望所を囲むコンクリート製の柵の向こうの常緑樹の葉は深い緑色に輝いて見えた。深緑の木々の向こうには紺碧の海と、春めいた青空が広がっている。

展望所では、三台の観光バスを連ねてきた総勢百人近い観光客が無料の大型双眼鏡を利用しようと列をなしていた。それぞれのバスに同乗していた案内人風の男たちの一人が、周囲を指差しながら説明をしている。観光客の半数近くはこの男の話に真剣に耳を傾けながらしきりに頷いている。多くの若者に混ざって中年の夫婦連れも何組か見られた。

その中に、場違いな黒ずくめの服装をした三人の屈強そうな男たちが、各々スマホを操作しながら互いに会話をするでもなく、列の最後尾から数メートル離れたところを並んで歩いていた。

三人のうちの一人がスマホで通話を始めた。男は周囲を気にするかのように四方を見回しながら他の観光客の列から離れると、通話口を手で押さえるような仕草を始めた。その様子を見た黒ずくめの二人は通話をしている男の傍に駆けより、通話を一緒に聞くように顔を寄せて共に頷いていた。

この動作が数秒続いた時、何かが弾けたような乾いた音が、遠くで一回だけ鳴った。ほぼ同時に三人の男の頭部から血が噴き出し、三人は重なり合うようにその場に倒れた。

異変に気付いた中年の女性が「ギャッ」というような意味不明な声を上げた。近くにいた者も駆け付けたが、あまりに突然な出来事に立ちすくむだけだった。

案内人らしき男たちも異変に気付いて展望台から駆け付けたが、何をどうしていいのかわからない様子だった。

そこにどこからともなく現れた、二人連れの中年の男が駆け寄った。すでに野次馬と化してスマホやカメラで現場を撮影している観光客を引き離して、倒れた三人の男たちを観察し、一人がスマホを使ってどこかへ電話を入れる。

二人の男に対して観光客から罵声が飛び始めた。野次馬にとってこの現場は絶好のYouTubeネタだったに違いない。すると三人の被害者の脇に屈んでいた男が、胸ポケットから黒いものを取り出して言った。

「アイアム　ポリスマン」

二人は、防犯目的で混雑時に駐在している地元警察署の私服警察官だった。しかし野次馬は撮影を止めようとしないばかりか、数人の男が二人の警察官の襟首を摑んで、その場から引き離した。野次馬たちはその蛮行に喝采を浴びせる。多勢に無勢とはまさにこの状態だった。無法地帯と化した暴徒の中に放り出された格好の警察官の一人が、腰に所持していた拳銃を取り出して上空に向けて一発発射し、さらに銃口を野次馬たちに向けるとようやく騒ぎが収まった。

外国人による集団犯罪対策のため、この島では拳銃の使用を最優先とする指導が日頃から行われていた。「日本の警察官は拳銃を発砲しない」と不良外国人が吹聴する悪しき風聞を払拭する狙いもあったのだ。

ようやく案内人の一人が、野次馬から暴徒になりかけた観光客を制して警察官の前に進み出た。

「お客さんは悪くない。ちょっと興味を持っただけ。警察の邪魔はしない」

警察官の一人が案内人らしき男に向かって言った。

「お前はこのツアーの旅行会社の者か?」

「私はアルバイトね。今日と明日だけ案内する役目。旅行会社の人はここにはいないね」

「身分証明書を出せ」

警察官は拳銃をホルスターにしまうことなく、自分のコメカミの横に、銃口を上にしたまま把持して命令口調で言った。案内人の顔面は蒼白になり、先ほど警察官を引きずった六、七人の男たちは観光客の中に紛れ込んで様子を窺《うかが》っていた。

「パスポートね」

パスポートをあらためながら警察官がたたみかける。

「韓国人か……入国は？」

「サンカゲチュ前ね」

「不法就労の現行犯だな」

「私は観光客ね。今日、初めて頼まれただけね」

「その話は後でゆっくり聞いてやる。案内人はお前の他にもいるだろう。誰だ」

「お客さんはとうなるの？」

「本署から応援が来るまで待っとけ」

「観光ルートを削ることはてきないね。早くここを出発したいね」

「ここに死んどる三人は、お前の客じゃないのか」

「死んでしまったらお客じゃないね」

「何、この野郎。お前たちのバスがここに乗せてきたんだろうが。その前はお前の母国から来たんじゃないのか？」

「そうらしいけど、それは生きている間のことね。死んだら終わり。もう客じゃない」

案内役の男は面倒くさいことにはかかわりたくない……といった態度で平然と言ってのけた。

「そうか。お前の今の言葉はちゃんと録音しているからな。死者の遺族が聞いたら、お前、母国では生きていけんようになるかもしれないぜ。覚えとけよ」

「何を言う。警官が観光客を脅迫していいのか？」

案内人の言葉をからかうかのように刑事が答えた。

「観光客？　お前はこのツアーの案内人だ。観光客などと思ってもいない。不法就労容疑者だからな。その辺のことはしっかり頭に入れて話せよ」

案内人は言葉に詰まった。すると観光客がまた騒ぎ出した。

警察官の一人が案内人に訊ねた。

「何と言っているんだ？」

「みんな早く出発したがっている。これから買い物と食事の時間だ」

「ダメだと言ってやれ。バスはしばらく発車できない……とな」

「それは困る」

「勝手に困ってろ」

二人の警察官はカバンの中から規制線テープを取り出し、近くに落ちていた枯れ枝を拾って地面に突き立てると、三人の死体の周囲に広めに規制線を張った。そして案内人に指示を出した。

「このテープの中に入れば犯罪者として扱う。あと二十分もすれば刑事が来る。それまではここで待機だな。あとはその刑事の指示に従え。さもないと国に帰ることはできなくなるだろう」

案内人は憮然とした顔つきだったが、自分の不法就労の事実はどうしようもなかっただけに、指示に従った。

「それよりも、この観光客は国際ラインのハンイル高速海運『オーロラ』の客か？」

「そう。今日きたお客さんね」

観光客の中には大声で案内人に詰め寄る者もいたが、殺された三人の素性を想像して恐れたのか、それ以上逆らうことはなかった。

しかし観光客の多くは、先ほどまで先を争って動画を撮影していた興奮をすっかり忘れ、あたかも三人の死体が単に邪魔な存在と考えているかのように、この場からの移動を訴えていた。

そうするうちにマイクロバスに乗った鑑識係や刑事ら八人に加え、ミニパトに乗車した駐在と思われる制服警察官が到着した。

鑑識課の係員が迅速に規制線の中に入り、外周から鑑識活動を開始した。捜査員はその外周から質問を投げかけている。

韓国語を流暢《りゅうちょう》に話す三十代半ばの刑事が観光客に向かって言った。

「투어의 책임자는 누구인가？（ツアーの責任者は誰だ？）」

多くの観光客が三人の案内人を各々指差した。

刑事は頷いて三人を呼んだ。さらに観光客に訊ねた。

「사건을 목격 한 사람은 있나?（事件を目撃した者はいるか？）」

誰も手を挙げなかった。

「사건을 촬영하고 있던 사람은 있나?（事件を撮影していた者はいるか？）」

一人の中年の婦人がスマホを持って手を挙げた。

「이미지를 보여 줄 수 있을까?（画像を見せてもらえるか？）」

「돈은 어느 정도 받을 수 있는지?（金はいくらくれるか？）」

婦人は平然と言った。刑事はムッとした顔つきになって舌打ちをして答えた。

「장사가 아니다. 수사이다. 돈은 지불하지 않는다.（商売ではない。捜査だ。お金は支払わない）」

「돈을 지불하지 않으면, 보여줄 수 없다다.（お金を支払わなければ、見せない）」

刑事は独断で答えた。

「참고가되는 사진이 있으면 사례금을 지불.（参考になる写真があれば報酬を支払う）」

婦人は首を傾げていたが、思い直したようにスマホを手にして刑事に動画を示した。

動画は現場の風景を三百六十度パノラマで見回す形で撮られていた。画像の右端で、殺害された三人の男が顔を寄せるような仕草をしているのが確認できた。画像はゆっくり右方向に旋回するように動いている。三人が画面の真ん中に来た時、左端の男から順に頭部に衝撃を受けたかのような形で倒れ始めた。

動画をもう一度再生する。今度は、捜査責任者と思われる幹部クラスの刑事を呼んで動画を拡大して確認した。

「左方向からの銃撃のようやな。鑑識が撮った銃創の写真ば参考に考えると使われた銃はライフルのごとある。三人の頭部ば一弾で貫通させとうごとある」

幹部はこの辺りには馴染まない長崎県内の一地方の方言を使っていた。

「すると狙撃地点はあの方向ですかね……」

通訳をしていた刑事が捜査幹部に言いながら、やや開けたように芝生が広がり、木製のバーベキューテーブルセットが並んだ方向を指差して言った。桜の若樹が植えられ、その奥に低い木製の柵が設けられている。さらにその奥には常緑樹の木々があり、その先は断崖になっている。

捜査幹部が手にしたスマホを二、三度振りながら言った。

「これは重要な証拠品やけん。押収手続ば取らんばいかんな」

「対価を支払うことを約束してしまいました」

「捜査費ば使えばよかろう。二時間一万円で話をつけられるか？」

一言で押収手続と言っても、スマホ本体ではなく、データの一部を押収するだけであるため、数時間預かるだけの措置だった。通訳役の刑事が婦人に一万円の謝礼の話をすると、婦人は大喜びで頷いた。片道の渡航費用が浮いた上に、さらに土産代の一部が出たのだ。

「間もなく県警本部から鑑識と銃対、捜一が着くはずやけん、それまでは現場保存と写真撮影にとどめとこう」

「県警航空隊が動くんですか？」

「ヘリが一番早いやろうばってんが、頭数が揃わんけんね。舟艇《しゅうてい》じゃ時間がかかり過ぎる」

舟艇とは小型の警察用船舶である。

「そうですね。県警のヘリは一機、しかもベル429ですから、操縦者を別にして七人しか乗れませんよ」

「そげな時は隣の海自に応援要請して大型ヘリをチャーターするったい」

長崎県警の航空隊基地の隣に海上自衛隊の基地があることは、捜査幹部そして警備課長としての常識だった。

「そうなんですか？」

「そげんせんと、島嶼《とうしよ》警察は仕事にならんめえが。ただでん、ここでは海自防備隊本部の隣接地、距離でたった五メートルの土地に韓国資本がリゾート施設を建設して、国会で追及されたくらいやからな。海自としても理由はともあれ、なんとしても動かなきゃならん立場やけんな」

対馬にある海上自衛隊防備隊本部の隣接地は韓国資本によって買い占められ、その結果、近代土木遺産の一つとされている大日本帝国海軍の竹敷要港部《たけしきようこうぶ》跡の一部には、韓国風の門が設けられたリゾート施設が広がっている。その背景に、土地の所有者は自衛隊への売却を希望していたものの、自衛隊側が買収予算計上に時間をかけている間に、韓国資本が日本人名義で土地を買収していたという経緯があった。そのため国会でも「海上自衛隊が危機意識を感じていない」として「領土意識が希薄になっていることを象徴している」と危機感が表明されていた。

「重要事件になってしまうわけですね」

「おそらく韓国人が被害者なんやろうけん、外事《がいじ》も来ることになろうや」

「公安ですか……日韓関係が微妙な時ですし、場所が場所ですからね」

公安警察のテリトリーは広く、「基本」「極左」「右翼」「外事」「国際テロ」の五部門に分かれている。「基本」には共産党やその影響下にある大衆団体、カルト集団の担当、さらにＩＳと呼ばれる総合情報収集を行うチームがある。

外国諜報機関を捜査する「外事」は大きく二つに分かれており、中国、北朝鮮を主とするアジア系と、ロシアを主とする旧東欧諸国が捜査の対象となっている。

長崎県警は事件発生当時、韓国展望所を訪れていた旅行者のうち、事件前後の現場画像を撮った者から任意の提出を受け、証拠としてデータコピーをした場合には静止画像は一枚二百円、一分以上の動画については一万円を支払った。

動画に関しては一件だけだったが、画像は三十六枚を証拠化していた。

「世界から見れば日韓関係やら極東の小さな案件なんやろうけど、朝鮮半島問題はロシアと中国を巻き込んどうけんね。しかも、米中の貿易摩擦で韓国経済は瀕死の状態や。複雑な背景に影響するような事件やなきゃ、よかっちゃけどね」

「さすが、課長は外事出身だけあって、そういうところにも目が行き届くんですね」

「一発で三人の頭を貫通させて殺す手口は、劇画やなかばってん、ゴルゴ13もどきのスナイパーの仕業やからな。そして犯人はまだこの近くに潜んどるかもしれんし、少なくともまだこの島におることは間違いないけんな。犯人と武器を押さえることが我々に課せられとう喫緊の課題であることは間違いなかろ」

「一旦、観光客全員を本署に連れて行き、人定《じんてい》を取った方がいいでしょうね」

「それをせんば何も始まらん。そして、被害者と会話した者や目撃した者からは詳細な供述を取ってくれ」

「地元の者で通訳できる者を招集します」

「急いで頼むわ。ここには年に四十万人を超える韓国人旅行者が来るっちゃけんな。それも島民人口三万人の土地に……。奴らが何を狙っとうかわかりそうなもんやが、政治家の馬鹿どもは何も考えとらんけんな。県も阿呆ばかりたい」

「県警幹部の言葉とは思えないですね」

「ここに来て初めてわかるんだ。どがんして、こういう国家的危機な状況ば、もっと全国に発信せんとか……今回の事件は県警だけで片付けられるもんじゃない。きっと全国区のニュースになる。馬鹿と阿呆の顔が変わるとば楽しみにするしかなかろうや」

署の警備課長は大きなため息をつきながら言った。

「全国区……ですか？　すると本庁《ほんちょう》からも乗り込んできますかね」

「そう思った方がよかろうや。本部長も警備畑やけんな」

県警本部から最初の捜査員が事件現場に到着したのは、事件から約三時間後、その日の午後二時過ぎだった。それから遅れること一時間後、海自の大型ヘリが十五人の捜査員を乗せてやって来た。この大型ヘリは帰途、遺体三体を長崎大学法医学教室に運ぶ任務も付与されていた。

県警本部の刑事部鑑識課、組織犯罪対策課と捜査一課、さらに警備部公安課、外事課から集められた捜査員は、課長補佐の警部が中心だった。

鑑識課の銃器専門官と現場鑑識課員、さらに組織犯罪対策課の銃器対策官がまず規制線内に入った。

「一発で三人ですか……」

鑑識課員の警部補が遺体を見て言った。

「そげんたい。プロ中のプロの仕業やろう」

「日本人じゃあ警視庁のＳＡＴか自衛隊関係者くらいしか思い浮かびませんね」

ＳＡＴ、通称サットは特殊急襲部隊（Special Assault Team）である。

「相当場慣れしとらにゃできん手口やけんな。警察、自衛隊じゃ無理かもしれん」

「すると外国人の軍隊出身者……ということですか？」

「それもスナイパーを専門としとらんとできん業と思うがな」

銃器対策官は被疑者が射撃を行ったと思われる木柵をこえた樹々の方向を眺めながら言った。

「残渣《ざんさ》が出てくればいいんですが……」

射撃に伴って飛散するごく微量の金属等を残渣という。

「それたい。ライフルの場合、そこが問題やな。しかも現場で撮影された動画には周囲の雑音ばかりで発射音が残っとらんかったけんな。特殊な武器が使われた可能性も考えとかにゃならん。現場鑑識にあの柵の向こう側は特に詳細な検証をするように伝えてくれ」

「それは本庁対策……ということですか？」

「明日の朝には大勢入ってくることになるやろうや。明日の福岡からの一便は満席げなたい。マスコミも大勢来るごたあけんね」

「マスコミ……ですか？」

「もうニュース速報されとうけんな。地元よりも東京の反応が早いのがまだ救いやな」

「知事をはじめとして県議会も何の反応も示していませんからね」

「そこが問題やな」

警備課長はため息まじりに吐き出すように言った。

夕方以降の全日空機二便で、総勢三十五人の県警幹部、捜査員と県機動隊員が到着した。

さらに翌朝、午前八時二十五分着の全日空機は定員七十四席が満席で到着した。警察庁から刑事局、警備局、科警研の理事官を筆頭に総勢十五人と警視庁公安部から三人が搭乗していた。

出迎える現場の筆頭指揮官である長崎県警警備部長の高坂《こうさか》は、国家公務員試験二種出身の警視正だった。さっそく角田《すみだ》警察庁警備企画課理事官に報告する。

「遠路、ご苦労様です」

「鑑識活動と検視は終わっているんだな」

「鑑識活動は鑑識課と科捜研が現在も継続中です。未だ凶器の弾丸が発見されておりません」

「そうか……銃器の特定にも至っていないんだな。ここから現場までどれくらいかかるんだ？」

「ヘリを二機準備しておりますので、十五分もあれば現場に到着できます。緊急のヘリポートを現場近くに設置しております」

同じ警視正ではあるが、角田は本庁のキャリア理事官として数年後には警視長に昇任することが明らかなだけに、四十代後半の準キャリ県警部長の高坂は気遣うように話した。

　すると角田理事官が後ろを振り返って、一団の最後部にいた若い男を探し当てると、傍に駆け寄って言った。

「片野坂《かたのさか》部付《ぶつき》、ご一緒に現場にお願いします」

片野坂部付と呼ばれた若い男は事件発生報告書から目を離すと、角田理事官に顔だけ向けて飄々とした態度で言った。

「三人乗れるの？」

「もちろんです。最優先で現場に向かって下さい」

片野坂部付は「あっそう。ありがとう」と言うと角田理事官の肩をポンと叩いた。

高坂警備部長のもとに戻った角田理事官に、高坂が小声で訊ねた。

「あの方は？」

「警視庁公安部長付の片野坂彰《あきら》さんだ。私の入庁一期先輩だ」

「するとキャリアですよね、片野坂さんは……警備局におられたのですか？」

高坂警備部長は警備局勤務が長かったが、片野坂の名前は知らない様子だった。

「海外が長かったからな。ＦＢＩの特別捜査官の肩書も持っていた現場のエキスパートだ。ここに来ているメンバーでは片野坂さんが筆頭だと思っていい。ただし、現在は警視庁公安部だから、県警も対応は大変だろうが、すでにうちの警備局長が県警本部長に連絡を入れていると思う。片野坂さんとその部下の二人は自由に動かせてくれ」

「すると各種報告はどなたに……角田理事官でよろしいのでしょうか？」

「そうしてくれ。刑事局の笹本《ささもと》理事官には私から伝えるようにする」

片野坂は中年の男と若い女性を伴って、角田理事官と共に県警のヘリコプターに乗り込んだ。

飛行時間わずか十分足らずで、対馬北部の比田勝《ひたかつ》港に設置されたヘリポートに到着した。マイクロバスに乗り換えて小高い山を上ると五分ほどで、「韓国展望所」と記された韓国様式の瓦葺きの門をくぐり、展望所に到着した。

「韓国展望所というだけあって、まさに韓国人観光客向けに建てられた様式だな」

片野坂と一緒にいた中年の男が言った。片野坂が答える。

「おそらく、ソウルのタプコル公園にある朝鮮古代建築様式に基づく建物を模したものでしょう」

「パゴダ公園のことだな……しかしあの場所は一九一九年の三・一運動の発祥地で、日本からの独立宣言書朗読会が行われた所だろう？　そこまで韓国人に迎合しなけりゃならないのか？」

中年男はぞんざいな口調で言った。これを聞いていた高坂警備部長が角田理事官にそっと訊ねた。

「あの人は何者なのですか？」

「警視庁公安部の情報担当者で、片野坂さんの指導担当だったそうだ」

「指導担当……ですか？　階級は？」

「警部補らしい」

「えっ、警部補？」

高坂警備部長は思わず素《す》っ頓狂《とんきょう》な声を上げた。

「警部補と言っても局長や審議官ともサシで話ができる人だ。警視庁には色々な人材がいるからな。彼もその一人なんだろう。チヨダの理事官も一目置いている存在だ」

チヨダとは、警察庁警備局警備企画課に属する、日本の公安警察で、協力者の運営、公安情報の分析等を統括するセクションである。チヨダのトップは「裏理事官」とも呼ばれるキャリア警視正であり、角田理事官は「表理事官」ということになる。

「それにしても……警部補ですか……」

高坂警備部長は、中年の警視庁警部補をマジマジと眺めながら呟《つぶや》いた。それを聞いた角田理事官が高坂警備部長を見て言った。

「これは警備局長の台詞だが、『キャリアの行政官には代わりがいくらでもいるが、現場の執行官、中でも情報マンには代わりがいない』。行政官はそこをよく理解しておくことだ」

高坂警備部長は自分の首を撫でながら静かに頷いた。公務員組織の中で準キャリと呼ばれる二種採用、かつての中級職採用職員である高坂警備部長は、行政官と執行官の中間のどっちつかずの地位をいつも不安に思っている様子だった。

片野坂は相変わらず相方の中年の警部補と、声を潜めるでもなく、無作法に近い会話を続けていた。

「設置者の意図はわかりませんが、先ほどの門も、釜山《プサン》国際ターミナル入口ゲートを模したようですね。それだけ金を落としてくれているんでしょうね、韓国人旅行者は……。

それよりも香川《かがわ》さん、現場はそこですよ」

　未だに規制線が張られている現場を指差して言った。

「そんなのは来た時からわかっている。死体がないんだから見ても仕方ないだろう。それよりも、どこから、どんな銃で撃ったか。マル害が誰か。狙撃手の身元はどうか……それが第一だ。南朝鮮のシンボルのような場所で、まさに一撃必殺、いや、一撃三殺だったわけだからな」

「方角的にいって、規制線の先の木柵の向こうが狙撃現場なんでしょうね」

「ざっと見て百六十ヤード……ピッチングウエッジでフルショットの距離だな」

「フルショット、ですか……。香川さん、結構、体力が落ちましたね」

「うるさい。余計なことを言うんじゃない。これくらいの距離なら俺も一発でエゾシカ三頭を倒したことがあったたな」

「シャープシューティングですか？」

「おう。それよ。流石《さすが》にアメリカ帰り。よく知っているな」

「私も向こうで何度かやりましたよ」

　シャープシューティングとは、餌付けなどと狙撃を組み合わせて一網打尽にする狩猟方法である。狩りの対象となる動物の学習能力を逆手に取って行動をコントロールし、射手も一定レベル以上の技量を要する。近年、日本でも北海道を中心に鹿害対策として行われるようになった。

「しかし、人間相手のシャープシューティングは何らかの技を使う必要があるな」

「そうですね。三人の頭が狭い間隔で一列に並ぶ偶然を狙うのは難しいですよね」

「どういう場合が考えられるか……」

そのとき、連れの一見、捜査官には見えない華やかな雰囲気の若い女性が話に加わった。

「例えばスマホの動画を三人で覗き込む……とか……」

白いジャケットに紺のパンツ姿の若い女性の言葉に、香川が反応した。

「なるほど、白澤《しらさわ》の意見の可能性は高いな。マル害の遺留品にスマホか携帯電話があるはずだ」

香川の言葉に片野坂が腕組みをして答えた。

「それが、押収品目録を見る限り見当たらないんです」

「そうか……しかしスマホ好きな韓国人がスマホも携帯電話も持っていない、というのも不思議だな」

若い女性が首を傾げて言った。

「狙撃者と共犯関係にある者が現場にいれば話が変わってきますね。死体の確認をする役目も必要かもしれませんし」

「なるほど……共犯者に証拠品を回収されたということか……旅行者全員のスマホを確認する必要があるな」

「県警に依頼しますか」

片野坂は直ちに警察庁警備局の角田理事官を呼んだ。

「角田、ちょっと頼みがある」

第一章　カリフォルニア

頬に当たるカリフォルニアの風は乾ききっていた。それでも誰しも嫌な感覚にならないのは、周囲の空気そのものが芳醇《ほうじゅん》な葡萄《ぶどう》の香りに包まれているからに違いない。

十月上旬の葡萄畑は収穫の真っ盛りで、生の葡萄の香りと濃厚なワインの香りが混在して、旅人を心地よい気分にしてくれる。

新型のシボレーカマロのコンバーチブルの屋根を開けながら、窓だけは閉めた状態で走行すると、時折、風が車内に巻き込まれるように流れ込んできた。

ナパバレーを取り囲む丘陵のような山々のほとんどが一年前の山火事による被害を受けており、黒い灰の中からまだ若芽は出ていなかった。

「部付《ぶつき》、意思の統一のためここに来る必要性とはなんだったのですか？」

整った顔立ちと子供のような高い声のアンバランスさが、時として妙にエキゾチックな雰囲気を醸し出す白澤香葉子《かよこ》が助手席から、運転中の片野坂に訊ねた。

「帰りにここにはもう一度立ち寄ることになるでしょうが、もう一山越えたところにある訓練施設でトレーニングを受ければ、三人に共通した意思を持つことができると思いまして、企画したのです」

百八十センチメートル、八十キログラムのガッチリとした体軀の片野坂彰が答えた。

片野坂の服装はイェール大学留学の影響かアイビースタイルが主で、この日も白のポロシャツにベージュのチノパン、ライトブルーの夏物のジャケット姿だった。他方、香川が身に着けるものは、バッグから時計、財布までカルティエで統一され、しかも光沢のあるジャケットを好むので、中年紳士というよりも仲間から「成金趣味」と揶揄《やゆ》されていた。

「片野坂、五十にもなって、俺まで訓練を受けなきゃならないのか？」

「香川先輩の過去の栄光はよく存じておりますが、しばらくお会いしない間にすっかり酒太りされてしまっているようですから、物理的フットワークを軽くして頂こうと思った次第です」

「俺はここで留守番をしながらワインを飲んでいる方が向いているんだけどな」

香川潔《きよし》は年長者らしく言うものの、言葉の端々にはぞんざいさではなく、優しさがこもっているように白澤香葉子には思われた。

「訓練後のワインの方がもっと美味しいですから。しかも、たった三週間の訓練です。剣道の本部特錬に比べれば屁の河童でしょう」

「大昔の話をするんじゃないよ。剣道教師の道は自ら断念したんだからな」

香川は半ば諦めたような口調で、後部座席に横座りに足を伸ばして背伸びをしながら言った。

「剣道教師を続けておられたら、今頃は師範になっていらっしゃったでしょうが、やはり、今の方がやりがいはあるでしょう？」

「やりがいな……所詮、日陰に咲く花だからな。それでも好きにさせてもらっているだけでもありがたいと思わなきゃならないかな。しかも公用旅券でビジネスクラスとなると本庁の課長級の待遇だからな」

香川は悟ったような口調で言ったかと思うと、子供のようにはしゃいで見せた。香葉子が訊ねた。

「香川主任を知らない人は警視庁の所轄にはいない……と、前任の課長が言っていましたけど、そんなに凄い仕事をしていらっしゃるんですか？」

「凄い仕事をしていたら、今時、部付になんてならないさ。上司は一人、部下はなし。同僚はお前だけという悲しいポジションだろう？」

「お前は止めて下さい。彼女じゃないんですから。彼女にだってお前呼ばわりは失礼です」

「それは悪かったな。俺の娘よりも歳下なもんだから、つい、保護者のような気持ちになってしまうんだよ」

「パパよりも年上ですものね。香川主任は」

「白澤はお嬢様だからな……おとうちゃまもさぞ心配なことだろう」

「女性は皆、お嬢様の時期があるんです。香川主任のお嬢様だって立派なお嬢様でしょう?」

「まあな」

香川は年下の同僚にそれ以上の口答えはしなかった。

カマロは盆地から再び曲がりくねった山道に入った。

片野坂は巧みなハンドルワークをさりげなく見せていた。山道を抜けると灌木が消え、目の前には広大な砂漠が広がっていた。

「片野坂、道を間違えていないか? 目的地はコロラドじゃないんだろう」

「ここもれっきとしたカリフォルニア州ですよ」

「カリフォルニアは広いんだな……」

「カリフォルニア半島はメキシコ領ですが、メキシコ国境からカリフォルニア州ですから南北には長いですね」

「ところで訓練とはいえ、この歳なんだから肉体訓練は少ないんだろうな」

「三か月間ほどは適度に鍛えてもらいます。基本中の基本ですから初任科当時の訓練を思い出していただければいいかと思います」

片野坂はラ・サール高校を卒業後、現役で東京大学に進み、法学部法律学科を卒業して国家公務員試験一種で警察庁に入っていた。

「三か月？　あのなあ、片野坂は警大のお遊戯のような体育や警備実施くらいしか経験したことがないから、そんなことをしゃあしゃあと言うが、警視庁警察学校初任科の訓練の凄まじさを知らないだろう。真夏に柔剣道を午前二時間やった後に、完全装備で午後いっぱい警備実施の訓練をするんだぜ。おまけにジュラルミン製の大盾担《かつ》いでいるんだ。大学の剣道部出身の俺でさえ失神しそうになったくらいなんだぜ」

「警視庁はそんなに厳しいんですか？」

「だから入校中に三十パーセント近くが確実に辞めていくんだ。といっても警視庁機動隊の新隊員訓練ほど厳しいものじゃないというけどな」

香川がムッとした顔つきで言うと片野坂は笑顔を見せて答えた。

「香川先輩だって機動隊の経験はないじゃないですか」

「機動隊の中に特機というのがあって、卒配間もない新人は必ず駆り出されるんだ。当時はまだ極左の残党が残っていたし、平成になったばかりだったからな。特機はマル機の予備軍として徹底的に鍛えられたんだよ」

「そうだったんですか……それですっかり手強《てごわ》くなってしまわれたんですね」

「本来は俺が麻布《あざぶ》署で片野坂の指導なんかする予定じゃなかったんだ。ただあの頃はオウムが動き始めた時で、不安定な時期だったから年長組の俺が担当になったんだ。まあ、キャリアの指導巡査といっても二か月だけだからな。あの時、片野坂にも言ったように、酒の飲み方だけはキッチリ教えたろう」

「おかげさまで、その後、どこに行っても酒の苦労だけはしませんでした」

「立派な優等生だったよ。大阪でもさんざん飲んだしな」

「当時は所轄の課長研修がありましたからね。大阪府警曽根崎《そねざき》署の刑事課長見習いもなかなか楽しかったですよ」

「いつから公安に行ったんだっけ？」

「香川先輩が麻布署で外事係に入ったことを知った時からですよ。初めての外事経験にもかかわらず短期間でよくもあれだけ検挙できるものだと、警察庁でも有名になっていましたからね」

二人の会話を聞いていた白澤がようやく口を挟んだ。

「お二人はそういうご関係だったのですか？」

「まあな。こいつは警部補だったけど、地域の現場と留置場だけは巡査バッジを付けていたんだ」

　キャリアは警部補として約半年間、警視庁をはじめとする地方警察の警察署で研修を行う。しかし地域課と留置場だけは警部補の階級章ではなく、巡査の階級章を付けて勤務する慣習がある。交番勤務やパトカー乗務では、反警察的な人物は階級章を見て、上の階級の者に反発してくる傾向にあるからだ。特に若いキャリアと年長の巡査であれば、若いキャリアがターゲットとなってしまう。経験が少ないキャリアが対応を誤れば、警察組織全体の問題となるため、キャリアには経験豊富な指導担当の巡査がついて一緒に勤務をする。片野坂と香川も十歳の差があった。

　さらに留置場では、海千山千の犯罪者が常に逃亡を考えながら生活している。若いキャリアが警部補の階級章を付けて勤務することで、巡査部長以下の留置係員の指示を聞かなくなることを防止するための措置だった。

「その時、香川主任は班長だったのですか？」

「そうだよ。立派な巡査長だ」

「私も卒配の時に指導巡査がつきましたけど、期間は三か月でした」

「女警だからミニパトだろう？　狭い車の中で三人勤務をさせられていたわけか？」

「いえ、私は地域課でしたから交番勤務でした」

「ほう。今はそういうご時世になっているのか……。そのあと楽隊に行ったんだったな」

「警察署は一年だけです」

「何も覚えなかったな」

「いえ、檀家《だんか》さんは今でもお付き合いしていますし、職質検挙もしました」

「自転車盗か？」

「いえ、自動車盗の指名手配被疑者でした」

「なに？　卒配一年で指名手配を職質検挙したのか？」

香川が素っ頓狂な声を出して訊ねた。

「職質した際に乗り込もうとした車が盗難車だったんです。指名手配犯と窃盗犯の二重検挙でした」

「地域部長賞が出ただろう？」

「警視総監賞の賞誉三級をいただきました。指名手配の種類が甲種だったそうで、署長が人事に掛け合って下さったそうです」

「ごり押し総監賞か……まあ、それでもたいしたもんだ。俺なんか指名手配犯には一度も出くわしたことがなかったからな」

「香川主任は地域課をどれくらいなさっていたのですか？」

「巡査で十二年だ。警備課併任が五年ある」

「十二年……ですか？　麻布に駐在はないし……」

「実態把握だよ。地域課内の隠れハムと呼ばれていたんだ」

　地域課に属して交番勤務をしながら受け持ち区を持たず、もっぱら公安対象者の実態把握を受け持つ特殊な勤務員を、麻布署では「隠れ公安」と呼んでいた。

「どうして公安に入らなかったのですか？」

「警備課長が特に馬鹿だったからな。ハムの仕事は面白かったが、課長以下の幹部が嫌いだったんだ」

「そんなわがままが許される……って凄いことですよね」

「まあな。それでも、この片野坂警部補を送り出したら、署長命《めい》で公安入りして、その後は巡査部長、警部補と地域もやらずに公安だけだ。抜けようにも抜けられない」

「それは香川先輩が余人を以《もっ》て代えがたい存在だったからですよ。局長賞五年連続なんていう人は全国警察のどんな部門を見てもいませんからね」

　口を挟んだ片野坂の言葉に、白澤は目をみひらいてマジマジと香川の顔を見ながら訊ねた。

「香川主任ってそんなに凄い経歴だったのですか？」

「経歴は凄くないだろう。お前と同じ階級なんだからな」

「お前は止めて下さい」

「ああ、そうか……それは悪かったな。白澤主任」

二人の掛け合いを聞きながら片野坂が言った。

「もう少しで到着します。白澤さんとは三週間後に再会する形になりますが、白澤さんなりのカリキュラムが組まれていると思います。語学力を活かして楽しみながら学んできて下さい」

「一緒じゃないんですか？」

「男女一緒の訓練ができるほど甘いところではないんです。特に女性は頭を使う部門ですから、きっと将来の様々な仕事にも活かすことができると思いますよ」

片野坂が言うと香川が「ふーん」と言って訊ねた。

「男は身体を使う訓練ということなんだな」

「どういう訓練をやっているのか、それを敵もやっていると知っておいた方が今後の参考になると思ったからです。コンピューター分野の研修も含まれています。香川先輩の得意分野でしょうが、現状を知るいい機会になると思います」

「得意というほどの分野じゃない。サイバー犯罪対策室や公安部独自のハイテクには、もっと優秀なプロがいるからな」

「コンピューター犯罪分野のトータルコーディネートと、新たな犯罪の可能性をあらかじめプログラムしておくことができる警察官は、私の知る限り香川先輩をおいて他におられません。ですから新たなコンピューター犯罪の発生を認知すると、すぐに実行為者の割り出しにつながる……これは公安のプロの情報量と分析力があって初めてできる技だと思っています」

「公安スタイルのサイバー対策を強化しなくてはな……」

そう言うと、香川がリアシートから身を乗り出すようにして白澤に訊ねた。

「ところで白澤女史、片野坂が、語学力がどうとか言っていたが、何語を喋れるんだ？」

「日常会話としては英語、ドイツ語、フランス語は使えます」

「一口に日常会話と言っても極めて幅広いし、そのレベルも違いすぎるほど違うんだが」

香川がやや茶化すように言うと、白澤も笑顔のまま答えた。

「英語とドイツ語は通訳業務の資格を持っています。フランス語はそこそこの程度です」

「通訳業務？　お前……じゃなくて、君は何者なんだ？」

香川が驚いたような顔つきで白澤に訊ねたが、白澤は平然と答えた。

「中学高校は父の仕事の関係でカナダにおりました。ただそこはフランス語圏だったため、英語とフランス語を並行して使う必要があったのです」

「英語、フランス語はわかったが、ドイツ語で通訳業務の資格を取るというのは大変なことだと思うんだが……」

「ドイツ語は音楽の関係で三年間ドイツのハノーファー国立音楽大学に留学していました。日本でも音大でしたから単位は移籍できたのですが、音楽の世界は歴史も学ばなければなりませんし、勉強の幅が広いのです」

「ハノーファー国立音楽大学？　何を専攻していたんだ？」

「最初はオルガンでした。でも宗教色があまりに強かったので、途中からフルートに変わりました」

「オルガン？」

「日本ではパイプオルガンと言われていますが、向こうではあれが普通のオルガンです」

「そうなのか……それがまたどうして警視庁警察官になったんだ？」

「人生の迷い道に踏み込んでしまったようです」

白澤が首をすぼめるような仕草で答えた。

「何、誤魔化しているんだ？　前にも総合商社の役員の娘で国立大出身、しかも兄貴と妹は検事という女警《じょけい》がいたが、これがまた女警には向かない、潔癖症のお嬢様でな。どうして警察、それも公安部に迷い込んだのか七不思議と言われる存在だったんだ。お前……じゃなくて君も、相当変わった人生の迷い道に入り込んだものだな」

「迷路の中にさらに迷路が用意されているのが警察社会だと、痛感しているところですが、今のワクワク感はこれまで味わったことがない、自分自身で選んだ結果を初めて肯定しているような気持ちです」

「ワクワク感か……俺は警察に入って一度も感じたことがないな」

香川が再びリアシートに寝転ぶような形になって答えた。白澤がその香川を振り返って訊ねた。

「香川先輩はどうして警察を志したのですか？」

香川は遠くを見るような眼差しになって答えた。

「俺は平成という元号になって日本が経済的に沈んでしまうことを、バブル景気が始まった昭和最終期の学生時代に感じ取っていたんだ。どれだけの犯罪行為が平気で行われていたか……その検証をしたいと思っただけさ。案の定、拝命三年後には国民のほとんどが体感できるほど見事にバブル崩壊したからな」

「そうすると、バブルの時代に何か投資とかはされなかったのですか？」

「いい質問だ。俺は学生としがない公務員だったから、投資するほどの金はなかったが、親は俺のいうことを聞いてくれて見事にバブルを切り抜けたな」

片野坂が話に割り込んだ。

「香川先輩のご実家は神戸の有名な料亭なんですよ。しかもバブル期に大きな資産を作ったことで有名で、お父様は不動産、債券とも見事にバブルという時代を見切った人物として、神戸では名が通っていらっしゃった」

「お坊ちゃまだったんですね」

「お坊ちゃま？　料亭が儲かったのは、ほんのわずかな期間だけだ。お坊ちゃまという自覚は一度も持ったことはないな。ただし、人とのつながりは親父が作ってくれたことを否定はしない。世間の裏から表まで、親父を通して、料亭を通して知ることができた」

「料亭はまだあるのですか？」

「阪神淡路大震災で倒壊した。これもまた平成の歴史の中で消えて行ったようなものだ。まさにオウムと同じ年だったからな」

「オウム事件は警察学校で習いましたが、平成のうちに全ての片がついてよかったですよね」

「刑事事件としてはそうだが、公安事件としては何一つ片付いていない事件の一つだな」

「そうなんですか？」

「闇から闇に消えていった事件と言っていいだろうな。嫌な過去を思い出しても仕方がないが、地下鉄サリン事件の六年後に起きたのがアメリカ同時多発テロ事件だ。宗教の恐ろしさを改めて世界中の人々が知ることになった。そしてその後遺症が未だに世界を不安に陥れている」

　香川の言葉を片野坂が引き取るように言った。

「今回、この研修を受けることにしたきっかけはまさにそこにあります。日本だけでなく世界中でテロが起きない社会にしなければならない。そしてその責務の一端を担っているのが日本だということです。日本はかつてのような栄華を再興することは難しいでしょうし、それを望んでいる人も次第に減ってきているのが実情です。そして、高齢化が進めば雇用問題から外国人の協力を得なければならなくなるのは必定《ひつじょう》です。しかし、そこには一定の線引きをしなければならない。そして対象国家も選ばなければならない。日本民族の将来を賭けた大事業が進められるのです」

　珍しく片野坂が力説するのをリアシートで聞きながら香川が言った。

「片野坂、確かに日本民族は消滅の危機に瀕しているとは思うが、これは行政の……政治の失敗だから仕方がないだろう。日本国民が選んだ結果だと思うしかないな。俺は日本人の選民思想など考えちゃいないし、現在のこの国を心から愛せるかと言えば決してそうではない。この国の何を愛せばいいのかわからないのが本音だ。たとえば何にでも安易に『道』と言う風潮も困ったものだ。剣道は確かに愛すべき文化だが、柔道はどうかな。さらに相撲道や野球道まで言い出すと文化も危うくなってくる」

「たしかに野球道は行き過ぎかもしれませんが、ベースボールと野球は似て非なるものと考えた方がいいでしょう」

「そこは確かに意見が一致するな。ベースボールは客もプレーを楽しむが、野球は騒ぎを楽しむ……だからな。野で騒ぐのが野球になってしまっている。ドンチャン騒ぎのように太鼓やラッパを鳴らすのはアマチュアの世界だけにしてもらいたいものだ」

「野球の英訳はベースボールではなく『yakyu』でいいんですよ」

「いいねえ。日本のスポーツはその根幹を全て『根性』『忍耐』にしてしまう悪癖があるからダメなんだ。世界に通用するスポーツを育てる環境が今の日本にはまだまだ足りないと思うよ」

　話しているうちに三人を乗せたカマロは、見渡す限り高圧線入りフェンスに囲まれ、そびえ立つ二重の鋼鉄製の門を自動小銃を構えた警備兵が守る、目的地に着いた。

　カリフォルニア州の北端、オレゴンとネバダの州境近くにある民間軍事会社での、地獄の研修が始まる。

第二章　警視庁公安部長付

片野坂ら三人がカリフォルニアに向かう一年前、警視庁公安部長の宮島進次郎《みやじましんじろう》は公安部内の新たな組織づくりを考えていた。

宮本は栃木県警本部長の重責を果たし、本来ならば警視庁ナンバースリーのポストである総務部長を打診されていたが、これを辞して、年次で二年下に当たる公安部長に就いていた。これには警察庁長官官房人事課も頭を悩ましたが、警察庁のトップスリーである長官、次長、官房長が承認したため異例の人事となった。

しかも、この部長ポストの配下に、アメリカ帰りの警視正三年目のキャリアを五年間つけるという、前代未聞の人事も並行して行われていた。

「人事企画官、これは誰の発案なのですか？」

警察庁長官官房人事課の人事企画官室で、人事企画官付きの大石智彦《おおいしともひこ》理事官が人事企画官の塚本晋三《つかもとしんぞう》警視長に訊ねると、ため息まじりに答えた。

「全ては三年前に留学中の警視を一度も日本に呼び戻すことなく、そのままＦＢＩ研修に引き続き二年間のＦＢＩ勤務に就かせた時から始まっていたような気がする。発案者の宮島公安部長は当時の警備企画課長だ」

「片野坂さんですね。私の二年先輩ですが天才とも変人とも言われる方ですよね」

「アメリカでは天才のまま過ごしたようだな。やることなすこと全て巧く行って、特別捜査官として十分過ぎる功績も残してきたようだ。しかし、帰国後の部付というポジションは、本人の意思であれば変人に戻ったのか……長官を始めとしたトップスリーに加え、警備局のトップもまたこの人事を認めた背景には、何か新しい動きがあったのかもしれないし、私が知らないところで数年前から話が出来上がっていたのかもしれない」

「片野坂さんの警察庁採用時のリクルーターが、宮島公安部長のようですね」

「宮島さんもチヨダの理事官から警視庁公安部公安総務課長を経て、二年間はこの人事企画官を経験したわけだから、人事の難しさを良く知っているはずなんだが……」

「塚本企画官も前任は公安総務課長でしたよね。何か動きはなかったのですか？」

「宮島さんとは入れ違い人事だったからな。前任の公安部長の時にはそのような話は何もなかったし、すべては公安部長が宮島さんになってからのことだ。その結果、警視庁総務部長は空席になり、副総監が兼務する状態になってしまったのだが、総監も副総監も『わかった』で終わってしまったからな。何らかの根回しは既に行われていたんだろう。もっとも、警視総監人事のほとんどが政治マターなのは知ってのとおりだ」

「背後に官邸がある……ということでしょうか？」

「官房長官と事務担当官房副長官のワンツー連携が長いからな。霞が関人事は二人だけの意見で何とでもなる状態だ」

二〇一四年、内閣官房に内部部局の一つとして内閣人事局が設置された。

二〇〇八年に国家公務員制度改革基本法が成立。これにより各省の幹部人事について、内閣総理大臣を中心とする内閣が一括して行い、政治主導の行政運営を実現した。つまりは人事権が、各省庁の官僚のトップから、首相と官房長官が執務を行う首相官邸に移ったといっても過言ではない状況になった。

実際のところ、首相が国家公務員の人事に直接口を挟むことは考えにくく、実質的に国家公務員の人事権は、官房長官と事務担当の官房副長官に移ったことになる。

内閣官房副長官には、政務担当として衆議院議員と参議院議員から一人ずつの計二人が、事務担当として事務次官経験者等のキャリア官僚から一人が、それぞれ任命されるのが慣例となっている。

事務担当の副長官は、中央省庁再編以前は、旧内務省系官庁のうち警察庁、旧自治省、旧厚生省の出身者で次官級のポストを経験した者から任命されるのが慣例となっており、省庁再編後もおおむね踏襲されてきた。次官連絡会議を運営するなど各省間の調整を主な職務としており、官僚機構の頂点とみなされている。

また、内閣人事局長は内閣官房副長官の中から指名される。現在は警察庁出身の盛岡《もりおか》博之《ひろゆき》内閣官房副長官が兼務していた。

「盛岡官房副長官は、歴代官房副長官の在任記録第三位を更新中ですからね。しかも、在任期間一位、二位の官房副長官が複数の首相、官房長官に仕えたのに比べて、そのどちらも一人だけ、という異例の人事ですからね」

「まさに権力の一極集中が確立された……というところだな」

塚本人事企画官が苦笑いしながら言うと、大石理事官も頷きながら訊ねた。

「そこに余計な忖度《そんたく》が発生することを官邸は理解していないのでしょうか？」

「官邸は『忖度』ではなく官僚の勝手な『損得』と考えているのだろうな。特に官僚のトップである官房副長官は、政治家に対して忖度など考えたこともないような人だからな。これが閣僚ともなると霞が関の苦労を知っていながら知らないふりをする輩《やから》が増えてくる。といっても閣僚の格差も拡大しつつあるからな」

「ひどい閣僚も増えていますからね」

「人材不足。これは霞が関ではありえないことだが、政治の世界ではママ起きることだからな」

「政治家の世代交代の狭間《はざま》ではやむを得ないのかもしれないですね。特に二世、三世となれば、そんなに優秀な人材が一族の中で続くはずはないですから」

「しかし二世、三世の世襲議員はそれなりに学習しているから、大きなミスはない場合が多いんだ。最近の不出来な閣僚は、派閥内の在庫一掃セールの感が強いからな。『廃品回収内閣』などと陰口を叩かれるのは、派閥のガス抜きでもあり、派閥の長に対する無言の圧力だろう。暴言、失言が原因で辞任にでも追い込まれた日には、与党内では官邸よりも派閥の長に責任を問う声が強くなるんだ」

「そういうことですか……派閥の自浄能力を官邸が求め、これを党の幹事長が追認してしまえば、たとえ派閥の長であろうと発言権を失ってしまうわけですね。結果的に世代交代と派閥の弱体化が進むことになるのですね」

「まさにそのとおりだ。そのためには、官房長官と官房副長官のセットが巧く機能している必要がある。それでこそ閣僚、派閥の長だけでなく霞が関にも強い影響力を及ぼすことができるんだ。ただし、幹事長派閥から阿呆な大臣が出てしまうと、党内の収拾がつかなくなってしまうから、幹事長はそれなりの我慢が必要ということになる。現在でも十一回当選を重ねても一度も大臣になったことがない世襲代議士がいるくらいだからな」

「その議員には何か致命的な問題があるんでしょうか？」

「世間的には七不思議と言われているようだが、過去に一度、個人的な問題で大チョンボをやったことがあるのは知っている」

「聞かない方がよさそうですね」

「まあ、その方がいいだろう」

「それよりも今回の片野坂人事の背景を知りたいものですね」

「これから警視庁に五年間出向ということだからな」

「それは塩漬け……ですか？」

「警視正で五年だと、通常は三か所は異動するが、本庁の理事官からスタートして、地方の課長で二年間、再び本庁の理事官を二年間……という時間を考えると、実質的には警視庁での五年間は非常に有効な生き方かも知れない。常に中央のトップ情報を入手できるんだからな。しかも片野坂は神奈川県警の時もそうだが、ＦＢＩでも現場で実績を挙げてきている」

「現場向き……ということですか？」

「天才と変人が入り交じった人物だそうだからな。上司も苦労する存在だが、巧く使いこなせばもの凄い成果を挙げることになるんだろうな」

「何をやるのか……ですね」

「警備、それも公安本流に身を置くわけだ。しかも公安部長付となれば、公安部参事官の津村《つむら》警視長の立場も危うくなるかもしれないからな」

「公安部参事官というポストは、昔から直属の部下がいないポジションでしたが、別室も離れているそうですね」

「ああ。公安部の別室は公安部長、ノンキャリの公安部参事官、公安総務課長の三人が皇居側から順番に個室を持っていて、キャリアの公安部参事官室だけは廊下を隔てた先にあるからな。これはキャリアだけでトップスリーを牛耳《ぎゅうじ》ってはいない……という姿勢の表れだ」

「なるほど、ノンキャリ対策の一環ということだったのですか」

「執行官なくして行政官は存在できないからな。特に警視庁公安部の場合、四十七都道府県唯一の公安部であるし、公安部の参事官は他の部門との兼務がないのが特徴だ。公安部が閉鎖的だと言われる理由の一つでもあるんだが、そこが警視庁公安部ならではの伝統にもなっているんだ。そこで片野坂部付の新体制がどういう仕事をするのか……いや、できるのか。お手並み拝見というよりも、見守ってやらなければな」

塚本人事企画官は自分に言い聞かせるかのように言っている様子だった。

その一年後、警視庁本部十一階にある警視総監室では三橋直正《みつはしなおまさ》警視総監と刈谷史雄《かりやふみお》副総監、宮島公安部長の三人が応接セットで顔を突き合わせて協議をしていた。

「宮島、新チームはいつから動き出すんだ?」

三橋総監が上半身を乗り出すような姿勢で訊ねた。

「来週、米国での研修を終了しますので、帰国次第直ちに活動を開始いたします」

「片野坂の実力は私もよくわかっているが、警視正の下に警部補二人だけでいいのか?」

「香川は総監も警備局長の当時からご存知だと思いますが、まさに芸術の域に達した職人で、他の追随《ついずい》を許さないほどのプロであることは紛れもない事実です」

「どうして彼は階級的に、もうひと伸びしないんだ」

「階級意識がないのでしょう。総監の母校でもある灘高から青山学院大学に行って、巡査から始めたくらいですから」

「珍しい奴だよな。偏差値七十九から警視庁巡査だからな……調べてみたが、高校卒業時の成績は決して悪くなかったようなんだ。東大受験失敗が未だに尾を引いているわけでもあるまいが……」

「試験恐怖症ですかね」

刈谷副総監が茶化すように言うと、三橋総監も笑って答えた。

「元は神戸のボンボンだからな。金の心配がないのだろうが、もったいないといえば実にもったいない人生だ」

宮島公安部長がとりなすように説明する。

「しかし、情報マンとしての実力を評価されていることは自分でもわかっているはずですし、余人に代えがたい成果を残しているため、居座り昇任で警部補に昇任させたくらいですからね」

「五十手前で警部補か……同期生では署長も出ているだろう？」

「そうですね。しかし、本人は全く気にしていないようです。私も彼にはあまり昇任の話をしないようにしています」

「しかし、これからは対外的な信用の問題もあるからな。部外者はどうしても警察を階級で見る傾向があるからな」

「その点は片野坂がフォローするつもりなのでしょう。部下の二人を指名したのは片野坂本人ですから」

宮島公安部長が答えると、思い出したように三橋総監が訊ねた。

「もう一人の女性警部補は音大出身だそうだな」

「はい。ただ彼女は英語、ドイツ語、フランス語をネイティブ並みに話しますし、巡査部長公安専科はトップ、警部補試験も一桁で合格しています。彼女もまた地頭《じあたま》はいいようです」

「ほう。片野坂がよく人材を調べている……ということか？」

「帰国後、警視庁内の人事データとビッグデータを相当調べていたようです。彼が目指している新組織には、不可欠な存在なのかもしれません」

三橋総監と宮島公安部長の会話を聞いていた刈谷副総監が首を傾げながら訊ねた。

「片野坂に新チームを任せることを決められたのは、いつ頃のことなのですか？」

「構想を練りはじめたのは、かれこれ五年前になるかな……まあ、私も総監になる可能性は五割程度だったし、宮島も早々と二度目の本部長になってしまったからな」

「そうすると、当時の警備局長と警備企画課長との間ですでに片野坂チームの構想ができていた……ということなのですか？」

刈谷副総監が驚いた声を出した。

「片野坂にはイェール大学留学一年目を終えた段階で、ペンシルバニア州にある民間軍事会社で半年間の研修を受けさせたんだ。その反応を確かめたところ、奴自身の身体の奥底に眠っていた何かが開花したようだ。二〇一四年には民主化運動後のウクライナ東部で、アメリカ風の戦闘服に身を包み、ＡＫ74らしき自動小銃で武装した部隊に参加していたらしい」

三橋総監の言葉に刈谷副総監が驚いたというよりも寧《むし》ろ、呆れたような顔つきで訊ねた。

「いわゆる傭兵……ですか？」

「民間軍事会社というのは傭兵の養成と派遣をする会社だからな。アメリカ国内には四十を超える会社が存在している」

「そんな商売が成り立つのがいかにもアメリカですね」

刈谷副総監は頷きながら言うと、三橋総監が苦虫を嚙み潰したような顔つきで答えた。

「実は日本の外務省も契約しているようなんだ」

「ようなんだ、ということは証明はされていない……ということですか？」

「アフガニスタンのカーブルやイラクのバグダッドにある日本の在外公館の警備は、日本の警備保障会社では無理だろう？　南米のコロンビアやアフリカの危険地域も同様だ。だから、そういうところの警備はアメリカの民間軍事会社に委託するしかないんだ。国会では『現地における警備員の雇用をしており、現地の人たちを謝金警備員という形で雇い、守ってもらう』などと言っているが、アフガニスタンの首都カーブルで、現地人の雇用なんてできるはずがない。私が行った時も、空港から大使館まで防弾設備が施された装甲車三台が車列を組んで日の丸の国旗を付けて走行するんだが、表通りでは爆破される可能性があったため、裏通りを砂ぼこりを立てながら疾走するんだ。しかし、その装甲車に向けて現地のガキどもが石を投げてくるんだよ。善良な日本人がどれだけアフガニスタンの農業や水問題の解決に貢献したところで、多くの現地人は何とも思っちゃいない。それが実態なんだよ」

「そういえば十年位前に人道支援活動を行うＮＧＯの日本人メンバーが、タリバンに拉致殺害されたこともありましたね」

「タリバンの広報官は拉致を認めたうえで『この非政府組織が住民の役に立っていたことは知っている……しかし、住民に西洋文化を植え付けようとするスパイだ。そして、全ての外国人がアフガニスタンを出るまで殺し続け、日本のように部隊が駐留していない国の援助団体でも、我々は殺害を続ける』との声明を出したんだ。タリバンは未だにアフガニスタン国内でテロを続けているからな。新たな政権ができて十五年近くになるが、戦闘地域となんら変わらないのがあの国の現状だ」

宮島公安部長が確認するように訊ねた。

「そんなところに外務省の警備対策官が入ったところで、何の役にも立たない……ということですね」

「外務省や政府がきちんとした広報をしなければ、善意の人道支援が裏目に出ることになる。人道支援ＮＧＯやジャーナリストが安易な気持ちで当該国家に入国する愚を防ぐのも、彼らの重要な仕事なんだ」

「外務省は予算の使用について公表する必要はないのですか？」

「外務省の大臣官房に、在外公館課とは別に在外公館の警備を担当する警備対策室というセクションがあるんだが、そこのトップはノンキャリで、予算は外交機密費で運用されている」

「機密費……報償費ですね。外務省は過去に職員による巨額の機密費不正流用事件も引き起こしていますからね」

「民間軍事会社は日本には馴染みがない分野だが、最近は日本の自衛隊経験者も数多く参加しているようだ。もちろん、相当期間の訓練を受けてのことだけどな」

刈谷が首をかしげながら訊ねた
「自衛隊経験者でも相当期間の訓練が必要なのですか？」

「訓練と実戦は全く違う。自衛隊は実戦を経験したことがないからな。臨機応変の動きが戦闘地域でできるようになるためには当然だろう」

「片野坂は戦闘地域を経験したわけですね」

刈谷副総監の問いに三橋総監が答えた。

「奴は体育会系でもないし、どちらかといえば学者タイプだと思っていたんだが、マーチングバンドをやっていて、そいつはなかなかの体育会系らしい。しかも団体行動が基本で、それなりの体力も必要だそうだ」

三橋総監の言葉を受けて宮島公安部長が言った。

「吹奏楽をやっている友人が同じようなことを言っていました。それから、片野坂の基礎体力は半端じゃないですよ。何度か一緒に山歩きをしたことがあったのですが、五、六人分の食料と調理器具を一人で背負ってフットワークもよかったです。足腰があったからか、東京マラソンに個人参加して初マラソンで三時間十五分のタイムで完走したそうです。変人というよりも、案外多趣味なのかもしれません」

宮島公安部長が笑いながら言って、話を続けた。

「鹿児島出身のラ・サール人脈ですからね。政官財にも仲間は多いようです」

「そうか、片野坂はラ・サールだったか。だから山歩きが得意なのか……」

三橋総監がおもむろに頷いて呟くように言った。

ラ・サール高校ではアップダウンの激しい一周三十六キロメートルの桜島外周を一周する遠行をはじめとして、山を歩く行事が非常に多く、年に二回ある遠足も登山が多いといわれる。

「鹿児島県人会は警視庁の最大派閥ですからね。キャリアの場合は兵庫県人会が最大ですが」

「兵庫県は灘高があるからな。キャリア以外では香川のような男もいるが、香川はあれで警視庁の兵庫県人会幹事長だ。階級を超えてズバズバ言うところが評価されているようだな。警視庁にノンキャリの兵庫県人は少ないが、それなりに皆、伸びているようだ」

「関西の場合には大阪、京都両府警と兵庫県警がいい意味でも悪い意味でも競い合っていますからね。兵庫県出身者で大阪府警に入るケースは少ないようです」

「その点、警視庁は神奈川、埼玉、千葉からも集まりますけどね」

「警視庁は全国チームと言っていいほど全国から集まるが、地方出身者の半数以上が、地元の道府県警の試験に落ちた者らしい。とはいえ、現在は二割は東京都出身者になっているようだし、そのうちの四割は警視庁警察官の子弟だというから驚きだ」

宮島が驚いた顔つきになって訊ねた。

「一割近くが警視庁警察官の子弟……ということですか？」

「親の背を見て育った者が、その道を希望するのは実に素晴らしいことじゃないか。しかも、そのほとんどが親よりも優秀らしい。警視正以上の子弟が多いのも特徴の一つだそうだ」

「警視庁の場合、給料よりも福利厚生の充実が大きいのでしょうね。東京のラスパイレス指数は静岡、神奈川よりも下ですからね」

地方公務員の基本給与を比較する際に使われるのがラスパイレス指数である。

「ラスパイレス指数を見るたびに思うのは、国家公務員の給与水準は、四十七都道府県の平均以下ということだ。二十七位だからな……」

三橋の知識に、刈谷がため息交じりに言った。

「その点で言えば、兵庫県の順位は低いですよね」

「兵庫県は神戸市の一人勝ちだからな。瀬戸内海側と日本海側、山間部との経済格差が大きいのが、兵庫県が抱える最大の経済問題だと言えるだろう。そんなことよりも、未だに公務員社会のなかで出身派閥ができること自体、妙な話なんだが、どうしても日本人は村社会を作りたがる傾向が強いな。県人会も、何が楽しいのかわからないが、高校野球を筆頭に、様々なスポーツでも都道府県単位だな」

「国体が悪いんじゃないですか？　アメリカ合衆国では州単位ではなく都市単位ですからね」

「アメリカの都市と言ってもニューヨークがデカすぎて、第二位のロサンゼルスの人口は半分にも満たない」

「それを言えば日本も同じじゃないですか？　東京特別区と第二位の横浜市では、アメリカのワンツー以上の差がありますよ」

「東京二十三区はある意味で中規模クラスの市の集まりのようなものだからな。人口五十万人以上の区が八つもある。しかも最大の世田谷区は九十万人を超えている。上位八区の人口だけで五百三十万人を超えて、すでに二位の横浜の三百七十万人を百万人以上、上回っているんだ」

「そんなに差があるのですか……」

三橋総監の記憶力に驚く以上に、刈谷副総監は自らの実態把握能力を恥じるかのように赤面しながらうな垂れていた。それを見て三橋総監が言った。

「それだけ警視庁は責任が大きいということだ。単なるメトロポリタンではない。政官財が一極集中しているだけでなく、天皇陛下をはじめとして皇族全てを抱えている。そして人口も増え続けているんだ。それに加えて、今後は海外から外国人労働者も急増することになるだろう。これまでどおりの警察システムを見直さなければならない時期に来ている」

「そこに片野坂が登場する……というわけですか？」

刈谷副総監の質問に三橋総監が宮島公安部長をチラリと見た。宮島が答えた。

「公安部を総括する公安総務課内にＩＳと言われる情報部門があるのはご存知のとおりです。現在の盛岡内閣官房副長官が警備局長時代に発案して組織化された分野です。組織成立からすでに二十有余年。何人かのスーパーエキスパートを生んできたのは事実ですが、彼ら全てが一代かぎりで終わってしまっています。情報の引き継ぎというのは困難極まりないのです。初代のＩＳ担当者は盛岡内閣官房副長官をして『バリバリの情報マン』と言わしめた存在だったのですが、彼もまた後継者を作ることなく組織を去ってしまったのです」

「組織を去った？　中途で辞めたのか？」

「公安部に残ることができなかった……という方が正しいのかもしれませんが、当時の総監命《めい》で他部署に吸い上げられてしまったのです」

「公安部は抵抗できなかったのか？」

「総監の鶴の一声……というよりも当時の剛腕都知事の意向もあったようで、公安部長も従わざるを得なかった、というところでしょう。盛岡警備局長もすでに内閣危機管理監に異動されていましたから」

「警察組織を離れてしまうと、地方警察の人事など見る暇はないだろうからな……。結果的に現在のＩＳは機能しているのか？」

「それなりの成果は出しておりますが、今一歩、国家が求める情報が乏しいのが実情です」

「求めているのは外事情報なのか？」

「外事を含めた、様々な団体による対日有害活動関連情報の収集、分析です」

「警備企画課の反応はどうなんだ？」

「警視庁の地の利は確かに評価されていますが、あらゆる分野に食い込みが弱いのが実情です」

　刈谷副総監が頷くと、三橋総監が言った。

「片野坂も責任重大だな。国内では元号が変わり、東京オリンピックも開催される。海外に目を向けても、日韓関係は過去最悪の状況で、米中問題も大きければ、ＥＵも混乱の様相を呈している。これらをわずか三人で調べるのか……」

「片野坂一人でも半分以上の情報は集めてくるでしょう。あとの二人が如何に結果を出すことができるか……です」

「宮島、お前は片野坂のリクルーターだから奴の実力をよく知っているだろうし、神奈川県警外事課長時代の突出した成果は未だに語り草になっているからな。あとは片野坂が警視庁という大組織を如何に上手く活用するか……だな」

「現在は二十年前とはビッグデータの活用で情報の幅と量が格段に違います。私が片野坂のチームに期待しているのはヒューミント作業です。ですから、必要があれば三人には国内外どこにでも飛んでもらいますし、結果を求めていきます」

ヒューミントとは合法、非合法を問わず、人間を媒介とした諜報活動のことである。一般的に女性スパイによって行われる「ハニートラップ」もヒューミントの一つである。だが近年、アメリカのＣＩＡでもヒューミントを行なえる諜報員が少なくなり、機械による情報収集が増えていることが問題となっている。

「結果にコミットする……か？」

三橋総監がニヤリと笑って言うと、刈谷副総監は腕組みをして宮島に訊ねた。

「予算も相当取ったようだな？」

「警察庁のシーリングの枠内で数億円と、官邸から機密費を少々いただきました。盛岡官房副長官の助言があってのことです」

「ＩＴ関連予算にしてはデカかったな」

「内部用と対外用の双方が必要でしたし、コンピューターも国内最大の演算機能があるものとのリンクが必要でしたから。まあ、想定内でできました」

「自分で金を取ってくるだけでも宮島らしいが、それにしても出所が良いな。会計検査院も踏み込むことができないところだ」

「何をやっているのかわからない……ということですね」

刈谷副総監の言葉に三橋総監が「当然」という顔つきで答えた。

「公安はそうでなくてはならない。特に警視庁公安部はな」

第三章　韓国

片野坂ら三人がカリフォルニアでの厳しい研修から帰国して一週間後。警視庁本部十四階に準備された「公安部長付特別捜査班」の四人掛けの応接セットに、片野坂と香川が向かい合って座り、今後の計画を話し合っていた。

公安部内では、この公安部長付特別捜査班を頭文字「ＫＢＴ」から「カブト」と呼んでいた。香川はその呼び名を嫌い、後輩には「カブトムシ」ならぬ「Beatles」と呼ばせていた。

簡素なテーブルの上には、この場にやや不似合いなロイヤルコペンハーゲンのマグカップに淹れたてのコナコーヒーが注がれていた。片野坂はコーヒー派、香川は紅茶派だったが、片野坂が淹れるコナコーヒー百パーセントのコーヒーだけは香川も気に入っていた。

「片野坂、これからの日韓関係はどうなると思う？」

「私は国交断絶になっても仕方がないと思っています。と言っても、日本から言い出す必要はないのですが……一昨年一月に駐韓大使を引き揚げさせましたが、あれは宣戦布告と同じような状況だったのです。今回は、徴用工問題から、慰安婦問題と日韓合意を韓国側が一方的に完全放棄したのですから、もはや日本は国家として韓国を相手にする必要はないと思います」

「韓国はすでに国家の体をなしていない……ということか」

「二〇一七年に韓国国内で歴代大統領の好感度調査が行われたのですが、その結果、堂々の一位になったのが、あの盧武鉉《ノムヒョン》だったのですから、韓国国民の政治意識というものが如実に表れているのだと思います」

「盧武鉉か……大統領退任後に不正献金疑惑が発覚して、身内や側近が逮捕された後に自殺した戯言《ざれごと》野郎だな」

「その戯言もなかなか滑稽でした。『韓国人は失敗したことがない』に始まって、『北の核開発は防御のためであって、先制攻撃用ではない』とか『日本は中国のマネをして天皇をつくったため、その下に王が必要になって琉球や韓国を王にし、自分は兄貴風を吹かしてきたが、中国を兄貴と思ってきたわれわれにはこれはとんでもないことだ』などと……まあ、歴史というものを全く知らない、というよりも不都合なことは全て忘却してしまうような人物でしたからね。挙句の果てには『大統領になろうとしたことは間違いだった』と、辞めた後で後悔している程度ですからね」

「それでも国民には未だに人気があるのは、どういうことだ？」

「あの国の国民がどれだけ歴史を学んでいるのか……という疑問しか浮かびません。不正に不正を重ねて自殺した大統領に、国葬に次ぐ格式の国民葬を行い、しかも、多くの市民が追悼に詰め掛け、警察の推計では約十八万人が集まったと伝えられていました」

「韓国大統領になるのも善し悪しだな……何事もなく無事に生涯を終えられたのが何人いるのか……」

　香川が言うと、片野坂が頷きながら答えた。

「一部の財閥に支えられた国家ですから、権力の集中が止まらないのです。大学を出ても財閥系企業に入らなければ給与は半分以下ですからね。特に男尊女卑が酷《ひど》い国家ですから、さほど優秀ではない女子大生は不満の矛先を国内ではなく日本に向けることで自己満足を得ようとします。それしか自国で生きていく夢も希望もないのですよ。そういう若者が支持するのが文《ムン》大統領……という形になるのです」

「対日だけでなく、対中、対米でも、約束を堂々と破る国だからな。片野坂、つまり我々は今回、韓国との国交断絶をも念頭に置いた各種作業を行うのだな？」

「朝鮮半島が統一されて朝鮮民族が一つになることは、かつてのベルリンの壁崩壊以来、イデオロギー対立によって分断された民族の不幸がなくなるのですから喜ばしいことです。しかし、今のままでは北朝鮮による統一……ということになってしまうでしょう」

「中国とロシアが完全にバックに入って、アメリカを排除する……ということだろうな」

「そうです。その際に、日本は外交問題で大きな壁を作ってしまうことになります。朝鮮半島を実質的に支配下に置いた中国、ロシアにとって、日本は地政学的にも極めて邪魔な存在になるからです。これまでアメリカも日本もこの状況を嫌がって、懸命に韓国を支えてきましたが、トランプ大統領の出現でその必要がなくなった……ということです。日本人は相当な覚悟をしなければなりませんし、平和憲法などと浮かれている場合ではなく、最強の軍隊を持たなければ国家が存在しなくなる危機が迫っている現実を、国民に知らせるべきなのです」

「いつの間にか、片野坂は過激になったんとちゃうか？」

香川がからかうように言うと、片野坂は笑いながら答えた。

「政治がしっかりしなければ、日本国内に再び本物の右翼が誕生することになるでしょう。そうなると公安対象が各段に広がってしまいます」

「今の似非《えせ》右翼とは違う……ということか？」

「街宣車で騒いでいるうちは一般人を敵に回すだけです。警察の規制に対して本業さながらのヤクザ口調で文句を言うのは愚の骨頂であることを、彼らは理解していません」

「新右翼ではなく、本流右翼が復活すると、かつてのような一人一殺《いちにんいっさつ》、一殺多生《いっさつたしょう》の風潮が生まれてくる……ということか？」

「実はすでにその兆候がある新興宗教の中から出てきているのです」

「新興宗教か……日蓮宗系の原理主義者のような存在か？」

「日本の新興宗教の多くが日蓮宗からの分派であるのは、日蓮宗独特の折伏《しゃくぶく》という改宗行動に理由があります。他の宗教を否定することによって自己の正当化を図る布教活動の目的は better ではなく best 若しくは only one であることとです」

「イスラム原理主義と共通する他宗派否定だというんだな」

「そのとおりです。日本の本流右翼は民主主義を否定しません。ただし、彼らのいう『国體《こくたい》の護持』の絶対条件に天皇制を掲げていることは確かです。ですから本流右翼は、天皇制を否定する共産主義を徹底的に排除しなければならないわけです」

「すると、現在の我が国の国難は、中国、北朝鮮の共産主義や、イデオロギーに変化はあったとはいえ本質的にはなんら変わりがないロシアの政治体制に原因がある……ということか」

「日本の多くの企業が中国に進出し、一時期は利益を上げたものの、今やそこから抜け出すことすら困難になって、中国の利権構造を支えてしまっている。そんな実態に忸怩《じくじ》たる思いでいる者は、共産主義だけでなく、それに力を貸す日本企業のトップさえターゲットとしてしまうのです。もちろん、事態に対して何も手を打てない政治家は最大の標的です」

現在の日本に本流右翼はもはやいないと言って過言ではない。左翼から転じた「新右翼」や、反社会的勢力が資金調達に使う「似非右翼」がほとんどである。

一方で、「国難」という言葉をつかってナショナリズムを煽る、一部の新興宗教の存在が公安警察にとって新たな問題となっている。今後、カルト化してしまうと、イスラム過激派と同じようなテロ活動を起こす可能性が高まるからだ。

「なるほどな……その新興宗教団体を支援する、海外の対日有害活動を行う組織もあるのか？」

「そのあぶり出しがこれからの私たちの最初の課題だと思っています」

「ナショナリズムを否定するわけか？」

「いえ、国家である以上ナショナリズムなくして、その存続は不可能です。ただ、過剰なナショナリズムが一国至上主義を生むのです。自国が第一なのはどこの国でも一緒です。これを自国民の知的レベルに合わせようとスローガン化するとトランプ大統領のようになってしまうだけです」

「まあ、アメリカには旧約聖書を信奉するあまり、進化論を信用しない国民が百万人以上いる……というからな」

「彼らが共和党の支持基盤の一つであることは事実です」

「常識では考えられないんだが、アメリカという国は、まだまだそんなもんなんだな」

「中間選挙をやって、最終の開票結果が出るまでに一か月近くかかってしまうほど社会の分断化が進んでいます。民族の多様性を謳うだけではどうにもならない現実を、アメリカが抱えていることを世に示したのと同じです」

「イギリスのＥＵ離脱問題も同じようなものかな」

「まあ、似て非なるものですね。未だに貴族社会が残っているのがイギリスですから」

「貴族か……焼き鳥の世界ならわからんでもないが。確かにイギリスの貴族の生活も我々の常識では考えられないからな」

「焼き鳥の貴族……そちらの方ですか。貴族が残るというのは社会体制が中世のままということですが、これを国民が甘受しているのであれば仕方がないことです。アメリカのＷＡＳＰもこの貴族を真似たい人たちなのかもしれません。どんな社会になろうと、権力ある者はこれを特権階級にしてしまいたいのでしょう」

　ＷＡＳＰ、通称ワスプは、白人エリート支配層のことで、ホワイト・アングロサクソン・プロテスタントの略称である。

「イェール大学もそういうところなんだろう？」

「確かに学内には多くの秘密結社が公然と存在していますが、その実態に触れることはできませんでした」

「FBI特別捜査官の片野坂をもってしてもそうなのか？」

「反国家的行動を起こさない限り介入はしないのが原則です」

「NSBでもそうなのか？」

NSBはFBIの中にある国家保安部（National Security Branch）のことで、連邦捜査局国家公安部とも呼ばれている。

「NSBはアメリカ国内に関する情報部門ですから、本来ならばイェール大で捜査をしておくべきなのでしょうが、FBI内部にも秘密結社の幹部が存在しているようで、『捜査の必要なし』と判断されているようです」

「それもまたある意味で特権階級……ということか？」

「白人社会ですからね。仕方ありません」

「それでも、純粋なWASPはもう五割を切っているんだろう？」

「WASPは二割にも満たないでしょう。イースト・エスタブリッシュメントは東部の限られた地域にしか存在していない、と考えた方がいいでしょうね」

「アメリカもわけのわからん国だな。移民の国が移民を排斥するようになったのだからな」

「アメリカ国籍の出生地主義を利用して、アメリカで子どもを産もうとする中国人が増えたことに対する反発ともいわれています。トランプが移民に強硬な姿勢を示すのも、対中国対策の一つではないかという憶測が流れているようです」

「中国人富裕層の資産隠しとして行われているようだからな。しかも、アメリカで出産する女性のほとんどが中国共産党幹部の本妻ではなく、愛人だというから呆れたものだ」

「習近平も圧力をかけようとしているようですが、何分にも、自分の娘をハーバード大学に留学させていますから、あまり強くは言えないのでしょう」

「なるほどな……奴もまた特権階級だからな。それを考えると、日本には特権階級も存在しなくなったな」

「立派な民主主義国家なのか、根性がない国民に支えられた国家なのか……なんとも言えませんね。国力が衰退する国という実態は変わりませんが」

「他人事のようだな」

「そんな国家になりつつあるのが日本です。数十年前に『日本が心配でたまらない』と言った社会学者がいましたが、まさにそのとおりになりつつあります」

「残念だが、このままでは日本はどうなってしまうのか、自分の仕事がどれだけ世のため人のためになっているのか……実際のところ皆目《かいもく》わからない」

「世の人々にわからないところで仕事をするのが公安なんじゃないですか？」

「それは確かだな……日陰に咲く花だからな……」

香川が自嘲的に笑って言うと、片野坂が頷きながら答えた。

「自分の名前も残さず、ただ黙々と世のため人のために仕事をしていくのが警察本来の姿でしょう」

そこまで言った片野坂は香川が頷くのを見て続けた。

「香川先輩が韓国の話題に触れて下さったからというわけではないのですが、私は当面の対日有害活動に関して、韓国を中心とした動きをチェックしたいと思っているのです」

「そうだろうな……極東における共産圏との国境線が、朝鮮半島三十八度線ではなく、対馬海峡になってしまうのだからな……」

「仮に韓国との国交断絶が現実のものとなった場合、最初に取り組まなければならないのが領土問題。つまり日本が竹島の実質的領有に乗り出さなければならない、ということです」

「戦争になるぞ」

「いえ、それをまずロシアに認めさせるのです」

「ロシアか……北方領土問題を抱えながらさらに他の領土問題を持ちかけるとなると、

それこそロシアの思うつぼじゃないのか？」

「いえ、朝鮮半島が中国の実質的支配下に入ってしまうことをロシアも嫌がるはずです。中露間の新たな国境線問題が朝鮮半島で生まれることになります」

「ロシアは釜山《プサン》に原子力潜水艦の基地を置きたいはずだ。日本の竹島領有を認めたら、ロシアの潜水艦は日本海を航行できなくなるぜ」

「そこに外交を持ち込むのです。ロシアは朝鮮半島の中国化を阻止したい。そして朝鮮半島が金正恩《キムジョンウン》によって統治され、ある程度の民主化が加速することになれば、ロシアは中国との駆け引きの材料として朝鮮半島への影響力を強化してくるはずです」

「だが中国が黙っていないだろう」

「中国は国内の統治と環境問題、それに加えて一帯一路を抱えています。ロシアは北極圏航路の現実化で日本との連携を求めてくるでしょう。中露間の野望に、日本がキャスティングボートを握ることになる可能性があるのです」

「キャスティングボートか……それで、ターゲットは絞り込んでいるのか？」

「中露双方を天秤にかけている北朝鮮系マフィアです」

「日本にもいるのか？」

「最近、活動が活発になってきたようです」

「片野坂はどこでそんな情報を仕入れているんだ？」

「まあ、蛇《じゃ》の道……ですね」

片野坂がはぐらかすように答えると香川は頭を掻きながら言った。

「すまん。情報元を聞くような馬鹿な真似をしてしまった。俺も少し焼きが回ったかな。この数年、新規開拓をしてこなかったからな」

自嘲気味に詫びた香川に片野坂が言った。

「余力で三年以上も仕事ができるのですから、それは素晴らしいことだと思います。今、香川先輩がどれくらいの協力者を登録しているのか知りませんが、実際にはその数倍の人数なのだろうと思います」

「いいところを突くねぇ。本部登録をするのはいいが、その後の運営が大変なんだよ。五年ごとに所属が変われば、その都度不必要なタマは切ってもいいんだが、チヨダがそれを許してくれないからな。しかもチヨダはチヨダでこれ以上の負担を掛けさせまいと俺に気を遣ってくれてはいるんだが、一方で要求が多すぎるのが玉に瑕だ」

「それだけ頼りにされているんですよ、先輩は」

「その点で片野坂は、今後の協力者作業はどうするつもりなんだ？」

「今度のチヨダの理事官は同期ですから報告は口頭だけです。もちろん作業に必要な予算は警備局長から別枠で取りますから心配はいりません。ただ、香川先輩の登録ダマの運営に関しては、今後、チヨダも気を遣ってくれると思います」

「それを聞いて安心したよ。すると公安総務課長配下ではなくなった今、ＳＲもやらなくていい……というわけだな」

「年に一度だけ、ＳＲに似たような報告を行っていただきますが、今後、接触の必要がなくなったタマは切る方向で新たな業務を進めて下さい」

「そうか……それは助かった。古巣の管理官もホッとするだろう。年に三回のＳＲ時期になると、報告のための報告書でひと月は棒に振っていたからな」

ＳＲはシーズンレポートの略語で、かつては年に春夏秋冬の四回、協力者の運営状況をチヨダの理事官に対して直接報告するセレモニーだったが、現在は、運営者の負担軽減のため年に三回に減っていた。

香川の場合、情報の内容が極めてディープであったため、日頃から自らチヨダに出向いて理事官と担当の二人に対して報告を行っていた。しかし、これは極めて稀な対応で、一般的には警視庁の場合は情報担当管理官が、道府県警の場合には上席補佐が報告をきく。

「香川先輩が今後行う情報活動に関しては、特異なものだけ私に報告して下さい。必要がある場合には私も出元を聞く場合があるかもしれませんが、これまでどおりの手法で新規開拓を進めて下さい」

「わかった。それより白澤の姉ちゃんはどう使うんだ？」

「彼女はしばらくベルギーのブリュッセルで情報活動を行ってもらいます」

「ブリュッセル？　ＥＵの本拠地か？」

「ブリュッセルは今やワシントンＤＣに次ぐ世界第二のロビー活動ポイントです。様々な情報が入ってくることでしょう。しかも、彼女なりのやり方でやらせてみます」

「そのためにアメリカで訓練をしたのか？」

「彼女にはサイバーセキュリティ、つまりサイバーテロ対策を学んでもらいました。ベルギーに入る前にもう一度イスラエルで訓練を積んでもらいます」

「イスラエルのサイバーテロ対策は世界でもトップクラスだそうだな」

「完全にトップでしょう。中国だって手を出すことができないと言われていますし、何度か手痛いしっぺ返しを喰らったようです」

「そうだったのか……しかし、サイバーセキュリティならば刑事部の捜査支援分析センターに任せればいいんじゃないのか？　所属は刑事部とはいえ、ＡＩ部門は総監直轄になっているんだろう」

「ＳＳＢＣですね。ただ……あの部門はあくまでも捜査の支援であって、能動的に動くポジションではありませんからね」

「なるほどね。現場のサイバーセキュリティは現場でやるしかないからな……それにしてもＳＳＢＣが Sousa Sien Bunseki Center の略なのは笑えるな。Center が入って日本語と英語のハイブリッドになっている」

「捜一のＳＩＴも、Sousa Ikka Tokusyuhan の略称でしたね」

「公式名称となった Special Investigation Team は後付けだからな」

「そうだったようですね。笑い話ですね」

「ユーモアなのかドン臭いのか判断のしようがない略し方だな。それはともかく、白澤女史は何が悲しくて警察に入ったんだ？」

香川が真顔になって訊ねた。

「彼女が留学を終えて復学した翌年、大学の担当教授が学内で殺害されたのです。事件から半年後、殺人容疑で逮捕されたのは教授の元教え子だったようです」

「そんな話、聞いたことがあったな……彼女は恩師となるべき教授を失った、ということか……」

香川が唸るように言うと、片野坂がため息まじりに答えた。

「死因は背中、胸、腹の刺し傷による失血死で、傷は体の上半身を中心に数十か所あったようです。しかも、彼女はその遺体に遭遇してしまったそうです」

「ショックは大きかっただろうな……その教授も恨みをかっていたんだろう？」

「犯人は精神的に病んでいたところもあったようですが、公判廷では責任能力は認められました。母親の異常な愛情で育てられたことに原因があったそうです」

「すると教授には非はなかった……ということか？」

「大学からも学生からも信頼されていた人格者だったそうです」

「白澤はそれで音楽を止めたのか？」

「音楽で食べていく限界を感じていたのは確かなようです。前にも『迷い道』という言葉を使っていましたからね」

「そうだろうな……どの世界でも同じではあるが、特にスポーツや芸術のプロの世界では、毎年毎年、新たな才能を持った若手が生まれてくるんだろうからな」

「自分の才能の見極めほど難しいものはないと思います。特に子供の頃から夢を持って邁進してきた道を諦めるのは辛いことでしょう」

香川は片野坂の話を聞きながら、ふと白澤の端正な顔を思い出していた。

「そういえば、白澤は時折、こいつは冷血女か……と思わせるような目つきになることがあったような気がする。あの歳で、俺の想像を超えるような辛酸をなめてきたのかもしれないいな」

「そこに彼女の強さがあるんでしょう。警視庁の音楽隊も決して彼女が望んだわけではなかったようです。ただ、彼女の才能を教養課長や音楽隊長が指導者として欲しかったのは事実のようです」

「教養課や音楽隊の気持ちはわからないでもないが、本人の意思は考えなかったのかな」

「組織の人事に本人の意向など考慮されるはずがありません。組織にとって重要なことは後継者を如何に育てるか……だけです。香山先輩が巡査の頃、公安講習に行く際に希望など問われなかったでしょう？」

「まあな……駆け出しの巡査の頃には組織自体を知らないからな。ましてや公安に関しては警察学校の警備の授業でも、共産主義革命の基本中の基本しか習わないからな」

「そうでしょうね。知らなくていい人には何も教えない。これが公安の基本ですから」

「そういう片野坂、お前だって公安の実態を知ったのは警察大学校に入ってからのことだろう？　俺は警大で学んだことがないからよくわからないけどな」

「私も警大時代は警備課程ではなく、刑事課程だったのです。その後、警察庁で四年間、警部補から警視になるまでの間に、様々な教養を強要されるうちに警備公安の世界に入っていった……という感じです。それでも将来、どうなるのか未だにわかりません」

「キャリアというのはそんなものだろうな。公安総務課長経験者が警視庁の刑事部長になって、本部長としては暴力団対策に励んで、刑事局長から警視総監にまでなる時代だからな」

「まあ、あの方はそれなりの能力と特殊な環境があって、あのような人事になったのだろうと思います。不運にも、政権交代の波に巻き込まれた被害者的な時期もあったわけですから」

「戦後のワーストワンツークラスの総理秘書官だからな……それでもカムバックできたのは本人の能力が評価された、ということじゃないのか？」

「それもあるとは思いますが……警視総監や警察庁長官になったからといって、その後の社会人人生が恵まれるかどうかはわかりません」

「天下りのことか？」

「それもありますが、警察のトップになる人がそれなりの人格を兼ね備えているかどうかは、後になってみないとわからない……ということです」

「それは俺にもわかる。馬鹿な総監を何人か知っているからな。あんな奴を誰が選んだ……と呆れてしまうほど、俺自身が直接の被害者になったこともあるからな」

「その件は私も存じております。それで、こうして組織の中で『余人に代えがたい』人材として生き延びていらっしゃるところが凄い……と私も思っています」

「お前の直属の部下になるとは思ってもみなかったよ」

香川が笑って言った。

「部下というより、三人は仲間として一緒に仕事ができればいいと思っています」

「仲間か……警察組織の中では難しいだろうし、これまでの一匹狼的な行動パターンを考えると俺にも戸惑いがあることは確かだな」

「原則的に仕事のやり方は一匹狼でもかまわないのですが、我々の相手は組織プレーでやってきます。ターゲットと接触する際に防衛的な面も必要になってくることもあるかと思います」

「防衛か……俺は必要としてこなかったからな」

「それもチヨダ経由で話を聞いております。初めに決めるのではなく、歩きながら考えましょう」

「歩きながら？　突っ走りながら……になりそうな気がしないではないがな」

第四章　国境の島

対馬で発生した、ライフル使用による三人殺害事件捜査の進展は芳しくなかった。
警察庁から派遣された刑事局、警備局メンバーは事件から三日後には帰京していた。片野坂ら三人の公安部捜査員は長崎県警本部には行かず、現地である対馬市上対馬町比《ひ》田勝《たかつ》に留まっていた。

「現場百回とは言うが、現場鑑識や機動隊一個中隊を使った一斉捜索でも弾丸は発見されなかった」

香川がため息まじりに言うと片野坂が答えた。

「一斉捜索といっても、あのやり方では発見できなくて当然だと思いますよ。現場鑑識でさえ金属探知機頼みの捜索でしたから」

「はなから弾頭を金属と決めてかかっていたのがマズい……ということか？」

片野坂は頷きながら答えた。

「検視結果の射創を見ても不思議な点が幾つかありました」

「射創？　銃創のことか？」

「検視結果が法医学の教授の手で書かれていたものですから、医学用語を使ってしまいました」

銃創とは、銃弾が高速で人体を侵襲する際に、発射に使用された火薬、ガス等の影響をも受けた独特な創傷のことである。

人体内に入った銃弾は、弾道上にある体内組織を挫滅させながら運動エネルギーの減衰分を放射状に発散する。このため銃弾速度や銃弾の大きさによってその結果が大きく異なる。

今回のように頭蓋を貫通した射創を、鑑識では「穿透創」といい、貫通によって射入口と射出口の二つの銃創が生じる。一般的に射入口は円く、創縁は挫滅され、大きさは銃丸直径より小さいことが多い。さらに射入口の形状により、撃たれた時の射撃距離を推測することができる。発射距離がわかれば、障害物との抵抗を計算して、最終到達地点も概《おおむ》ね把握できる。

「現在、科警研で三体の貫通射創から、貫通弾丸の最終到達距離を計算してもらっています」

「なるほど……さすがＦＢＩの特別捜査官だっただけのことはあるな。余計なところを捜索する必要がないわけだ……」

「銃弾も複数の物体を貫通する間に、直線ではなく微妙にコースが変わっているはずなんです。すでに銃創から狙撃した場所が樹上とほぼ特定され、使用火薬の種類も残渣からわかっていますが、その距離を考えると近射創と遠射創の中間ということになりますし、実際に遺体にもその結果が出ています」

スマホ画像と被害者の銃創をコンピューターによって分析した結果、銃弾の入射角度が上方五度であることが判明した。この高さを事件現場で計測すると狙撃可能地点は二か所、しかも地上三メートル五十センチメートルの樹木の上という場所だった。

「最初の遺体にあった近射創だと、射入口の周囲に煤暈と火薬輪がみられたからな」

「さすがです」

「アメリカの研修で習ったんだよ。どれだけ本物のような模型を見せられたことか……敵との距離を測るという名目が恐ろしかったよ」

「模型とはいえ、実物をほとんどそのまま３Ｄ化しているし、しかも素材も人体とほぼ同じ感触ですからね。あの生々しさはＦＢＩで数多くの遺体を見てきている捜査員でも辟易するほどです」

「だろうな……」

その時、片野坂のスマホが鳴った。

「グッタイミング。科警研からです」

スマホの通話モードをスピーカーにセットして片野坂が科警研の担当者と話をした。

「片野坂部付、火薬の種類から言って、射程は三百メートル以上と思われます」

傍らでこれを聞きながら香川が方向を見定めていた。

「目測では崖を越えているな……」

香山と白澤が小走りで崖沿いの柵付近に向かった。

「タマは森の中か……」

香川が呟くと白澤も頷きながら答えた。

「森を通り越して漁港まで届いていればいいんですけど……」

「放物線を考えればその可能性もあるな……行ってみるか」

三人はすぐにレンタカーに乗り込んで目測した場所周辺に向かった。

鰐浦《わにうら》と呼ばれる、対馬最北端の入り組んだリアス式海岸の奥にある集落だった。

鰐浦は日本書紀にも「和珥津《わにつ》」として記載がある。神功皇后がこの津から朝鮮半島に向かったと記される、古い土地である。

浦口の浜に、高床式倉庫を彷彿させるような、小さな木造の窓がない倉庫が百五十軒ほど密集して建っている。対馬一帯で見られる造りの倉庫であるが、ここでは網小屋として用いられているのだろう。

「不思議な光景ですね」

白澤が写真を撮りながら言った。

「古代と現代が入り交じったような光景ですね。歴史の奥深さを物語っている」

片野坂も思わず仕事を忘れたかのように小屋群に見入っていた。

「お二人さん、観光もいいが、まずタマを探そうじゃないか」

香川が呆れた顔つきで二人に向かって言った。

「そうですね。手分けしますか……」

三人は小屋群のすぐ裏手にある森の手前から、二メートル間隔で横一線になって、少しずつ、匍匐《ほふく》前進するかのような低い姿勢で捜索を始めた。

場所をずらしながら三往復したが弾丸の発見には至らなかった。

一人の老婦人が香川に声を掛けた。

「何か探し物ですか？」

「はい。どこぞの阿呆が韓国展望所の上から物を放り投げたんですわ。ここまで届いていれば……と思って探しているんですよ」

「今ですか？」

「四、五日前のことです」

「おやまあ。一昨日、この辺りを大掃除しとるから、見つからんかもしれんな」

「大掃除……何人くらいで掃除されたのですか？」

「小さな集落やからね。十数人です」

「そうか……何か見つかりませんでしたか？」

「特になかったと思うがな……」

「そうですか……」

片野坂の顔にも落胆の色が浮かんでいた。老婦人に礼を言って、三人はほぼ同時に腰に手を当てて身体を後ろに反らせた。

思わず白澤が笑って香川に向かって言った。

「私たちでも腰が痛かったんですから、香川さんには辛い姿勢だったでしょう？」

「余計なことは言わなくていい」

プイと横を向いた香川が、ふと横に停まっていた白い軽トラックを見て声を出した。

「これは……」

片野坂もそれに気付いて軽トラックに近づいた。

軽トラックの助手席部分の屋根に白い円錐状の物体が突き刺さり、尻尾の部分が一センチメートルほど、約六十度の角度で外に出ているように見える。

「これは強化セラミックスのようですね」

「警察署の鑑識課を呼んだ方がよさそうだな」

すぐに香川が対馬北署に電話を入れた。十五分ほどで鑑識係員と刑事生安《せいあん》課長がやって来た。通報の際に香川が軽トラックの完全ナンバーを知らせていたため、車両の所有者にも連絡が付いていた。

課長と鑑識係員が状況を確認して言った。

「片野坂部付、重要なものを発見していただき感謝しております」

課長が深々と頭を下げて言った。

「これが銃弾であればいいのですが、鑑定結果を待つまでは何とも言えません」

「そうですね……しかし出る前に本部に電話を入れてきましたんで、向こうでは航空隊にスタンバイさせています。車の所有者の了解も得ていますんで、屋根を切って証拠物に傷が付かないように取り出します」

二人の鑑識係員のうち一人が写真撮影、一人が証拠物の摘出に当たった。

鑑識係員が軽トラックの屋根に電気ドリルで小さな穴を数か所開け、綿が付いたピンセットと、テコの原理を利用した細い板バネ状の工具を用いて、めり込んでいた円錐状の銃弾の弾頭を慎重に取り出した。

「強化セラミックス素材のようですね。全くの無傷です」

鑑識係員の言葉に香川が弾頭を覗き込みながら言った。

「弾頭下部に付着している火薬と、発射残渣が一致すれば、これが凶器であることがわかるだろうし、マル害のＤＮＡを検出できれば御の字だ。片野坂、こんなライフルの弾頭をこれまで見たことがあるか？」

白い強化セラミックスの弾頭の長さは約四・五センチメートルだった。

「五・五六ミリＮＡＴＯ弾の応用弾ですね」

五・五六×四十五ミリメートルＮＡＴＯ弾は北大西洋条約機構（ＮＡＴＯ）により標準化された小火器用の小口径高速弾である。

「応用弾？」

「まず、フルメタルジャケット弾ではない、ということです」

「鉛じゃないからフルメタルジャケットにする必要がなかった……ということか？」

「おそらくそうでしょう。さらに、素材が本当に強化セラミックスだとすれば、一般的なフルメタルジャケット弾よりも貫通力が高すぎると思われます」

軍用ライフルでは、目標衝突時の弾頭変形を防ぎ、貫通力を高めるため、このフルメタルジャケット弾が用いられるのが通例である。メタルジャケット弾には、弾頭を完全に真鍮で覆ったフルメタルジャケット弾と、弾頭の先端部分以外を真鍮で覆ったパーシャルジャケット弾がある。

弾丸の初速が上がると貫通力が増す。しかし、貫通力があまりに高すぎると、弾丸は運動エネルギーを殆ど失わず貫通してしまい、殺傷力はかえって下がることになる。そこで弾頭の内部に空洞を作り、人体などのソフト・ターゲット命中時に弾頭の横転を引き起こす構造を持った弾丸が生まれた。この弾丸が人体に当たった場合、射入口は小さいが射出口が大きく、筋肉血管を含む周辺組織の広い範囲に損傷を及ぼすようになる。

しかし今回見つかった強化セラミックスの弾頭には、内部空洞を施された様子はなく、遺体の射出口にも、その傾向は見出されていなかった。

「強化セラミックスの弾頭だけにライフリングが残っているか……だな」

「いかに強化セラミックスの弾頭といえども、それは残っていると思います」

そもそもライフルとは、銃身内側に浅い螺旋状の溝があり、発射体に回転を与えることで飛翔中に安定させる火器のことである。この螺旋状の溝は、発射される弾丸に傷をつけるため、弾丸の傷を「ライフリング」「ライフルマーク」と呼ぶようになった。

「すぐに科警研に送る準備をします」

鑑識係員は取り出した弾頭を専用のプラスチックケースに入れると、直ちに無線で航空隊への出動要請を行った。

「さて使用された銃器が特定できるかどうか……だな」

「そうですね。ある程度は絞り込むことができると思います」

片野坂がゆっくりと頷きながら言うと、白澤が香川を見て言った。

「香川さん、一つ尊敬しました」

「たった一つか？」

香川が声を出して笑い、もう一度現場確認に行くと言った。

現場の韓国展望所では、備え付けの無料双眼鏡で、一キロ先にある西部航空警戒管制団の海栗島《うにしま》分屯基地が覗き放題になっている。

西部航空警戒管制団は、航空自衛隊西部航空方面隊に属し、日本の航空域を四分割した、中国・四国西部からトカラ列島地域までの西部防衛区域の領空や、周辺空域をレーダーで監視している。領空侵犯の恐れのある国籍不明機を発見した場合には、近隣の戦闘航空団などに緊急連絡を行うとともに、スクランブル発進した邀撃機《ようげき》の誘導を行っている。まさに中国、朝鮮半島を見据えた要所である。

「まる見えか……」

香川がため息まじりに言うと、片野坂も大きな息を吐いて答えた。

「今の日本の危機管理の甘さの象徴ですね。世界中に蔓延する危機の中でも中国、朝鮮半島はまさに現在進行形で、国際協調主義を放棄した自国第一主義ですからね」

「これはお前たちキャリア行政官の中でも、国家の治安に直接かかわる防衛と警察が最も関心を払わなければならない問題じゃないのか？」

「私もこの目で見るまで、海上自衛隊防備隊本部同様、ここまで酷いとは思いませんでした。公安部長だけでなく、警備局の幹部にも詳細に伝えておきます」

対馬は、九州北方の玄界灘に位置し、長崎県に属する島で、島全域が対馬市の一島一市体制である。島としての面積は日本第十位で、島内人口は三万一千人余である。対馬島を含めて六つの有人島と百二の無人島がある。

対馬の歴史は古く、古事記の建国神話には、イザナギとイザナミから最初に生まれた島々である大八洲《おおやしま》の一つに挙げられ「津島」と記されている。このため多くの神話の里にもなっており、「海幸山幸《うみさちやまさち》」の舞台はまさに「対馬」であり、浦島太郎で有名な「乙姫」「龍宮」の伝説も対馬に残る和多都美《わたつみ》神社に由来する。

「それにしても対馬にこれだけの歴史があるとは知らなかったな」

「私もここを訪れて初めて日本文化の起源に触れたような気がしました。それだけに人口の流出と文化の消滅は悲しい気がします」

「文化の消滅か……」

「対馬は地理的に朝鮮半島に近いため、古くからユーラシア大陸と日本列島の文物が往来し、日本にとっては大陸との文化的・経済的交流の窓口の役割を果たしてきました。現在は韓国からの観光客が急増して、日本人観光客の十倍くらい来島しています。その結果、島内の至る所にハングルが併記された標識や案内板があるわけです」

「韓国人釣り客も多いみたいだな」

「綺麗な海で釣った魚をすぐに食べることができるなんて韓国では考えられませんからね。日本海沿いの多くの海岸にまで韓国からのゴミが漂着していることを考えれば、韓国沿岸の海がどれだけ危険であるか、推して知るべし……です」

「韓国海苔にトイレットペーパーが混じっている……というのはどうやら風評被害だけではないようだからな」

「韓国国内でトイレにトイレットペーパーを流すことができるのはソウルだけです。第二の都市の釜山でさえ使用済みのトイレットペーパーはトイレ内に設置された大きなバケツに捨てているのですから。最近できた地下鉄のトイレだけは流せるようになったようですが、全体から見ればほんの一部に過ぎません」

「まだそうなのか？」

「下水処理を一気に解決するだけの予算がないようです」

「それで焼却せず、埋め立てているんだろう？」

「ですね」

二人の会話を聞いていた白澤が口を挟んだ。

「韓国海苔は安全ではない……ということなのですか？」

「産地が記載されていなければ安心して食べることはできないということだな。海苔の養殖は沿岸で、しかも潮の干満が大きいところになるから、場所は限られてくる」

香川の即答に白澤が顔をしかめて言った。

「私、大好物だったのに……」

「トイレットペーパー事件が都市伝説……という話もあるが、全くの嘘ではなかったようだな。さらに言えば、中国の衛生当局が輸入された韓国海苔から基準値を超える発がん性物質が検出されたことを明らかにしているからな。海洋汚染か、生産、加工、包装のいずれかの段階で汚染された可能性があるそうだ。まあ、食べないに越したことはない」

「残念……」

俯く白澤をなだめるように片野坂が言った。

「韓国はサムスンのような電子部門の発展は素晴らしいですが、第一次産業に関しては途上国に近いのが現実です。中国が習近平の鶴の一声でトイレ革命を起こしましたが、韓国にそれだけの国力はないのが実情です。といっても、日本ほど綺麗なトイレは世界中どこに行ってもありませんけどね」

「なんの慰めにもなっていないみたいです。ショック……」

「今、世界的にプラスチック製品、特に日本ではコンビニなどで使われているレジ袋が、海では最大の自然破壊になっていることは事実です。アメリカでは早くから使用禁止になっていますが、日本は製造業者の保護の観点から、まずは有料化によって消費を減らそうとしています。個人的な意見を言えば、早期撤廃が望ましいんですけどね」

「ジュースを飲むストローもプラスチック製が排除されているんですよね」

「ストローも自然由来のものの利用が進んでいるけどね」

「でも、私、台湾のタイガーシュガーの黒糖タピオカミルクが大好きなんですけど、タピオカ入りのドリンクを飲むサイズのストローはできませんよね」

「うーん。確かにあれは美味しいからね。完全廃止は難しいかもしれないけど……技術の進歩は早いから、ストローごと食べられるものが早々にできるかもしれない。子孫に負の遺産を残さないことが我々の世代にとっては重要ですから」

「何だか話題の飛び方が凄いですね」

白澤が笑って言った。

無料双眼鏡を使って朝鮮半島を眺めた後、三人がもう一度、事件現場と狙撃地点を眺めていると、白澤がポツリと言った。

「綺麗な人……」

香川がすぐに反応した。

「どこ？」

「反対側です。弾丸が抜けて行った方向です」

香川が急いでその方向に目をやると、真っ白なワンピースを着た白人女性が一人で悠然と柵に寄りかかって煙草を吸っていた。

「絵になるなあ」

「何しているのかしら」

「誰かが写真でも撮っているんじゃないか？」

「そんな人は見えませんけど」

香川が周囲を見回して答えた。

「確かにそうだな。それにしても孤高の美人というのはいいもんだ。どう見てもモデルだろうが、何してるんだ……」

香川はさりげなくスマホを取り出して白人女性を隠し撮りするように撮影を始めた。

「ダメですよ。肖像権の侵害です」

「何言ってるんだ。見て欲しいから、あんな格好で悠然としているんだろう」

「逆にプロのモデルは無断撮影には厳しいんですよ。賠償金請求されるかもしれませんよ」

「だから気付かれないように動画で撮っているんだよ。それにしてもいい女だな……あの雰囲気はロシア系かもしれないな」

「そんなことがわかるんですか？」

「ロシア女性の若い頃は驚くほど綺麗だからな。二十代前半までだが、ロシアンパブに行くとあの手の顔立ちが多いんだよ」

「そんなところに行っているんですか？」

「仕事だよ。昔はオウムの幹部、今でもヤクザの幹部クラスのおっさんたちがはまっているんだよ」

「案外、香川さんがはまっているんじゃないんですか？」

「あのクラスならはまってもいいな。それにしてもいい女だな」

「嫌な言い方。最低」

白澤の言葉を全く気にも留めないかのように、香川は白人女性の姿を動画に収めていた。

片野坂が白人女性と香川の双方を見て言った。

「確かに気になる存在ですね。動きに隙がない」

「俺か？」

「彼女の身のこなし……何者でしょうね」

「身のこなし？　ただ煙草を吸っているだけだろう？」

「いえ、何か目的があるはずです」

そこへ柵の向こう側から、身長百八十センチメートルを優に超える屈強な体軀の白人男が現れて、柵を軽々と飛び越えて白人女性に何か呟いた。

「ネエちゃん何か落としたのかな。それにしても全く面白くない絵になったたな。でかい白人男といい女か……ああつまんね」

香川は二人の姿を一度アップで撮って撮影を止めて言った。

香川の言葉を聞きながら片野坂が言った。

「あの男もただものではないようですね。断崖の岩の上から片手で柵を押さえて軽々と飛び越えましたからね」

「そういわれればそうだな。あの柵の向こうは断崖絶壁だったよな……何をしていたんだ？」

「確かに男もロシア系かもしれませんね」

片野坂がさりげなく言った。

二人の白人は駐車場方向に並んで歩き始めた。

「カップル……という感じでもないな」

「女の方から腕も組みませんからね」

「大事なイヤリングでも落として気が沈んでいるのかもしれないな」

「そんなところですかね……ただ、二人とも隙がない……何者なんでしょうね」

まもなく、二人は黄色い銀杏マークがついたレンタカーで駐車場を離れた。

この銀杏マークは「国際免許で運転しています」と記載があるシールで、香川が初めて見るものだった。

　白澤が素早くメモをした。

「どうしたんだ？」

「一応、ナンバーを控えました」

「よく見えたな」

「長崎二文字　数字の500　れんげのれ　点の8長音＊＊」

　白澤は車両の完全ナンバーを報告する際に、警察無線で使用する基本どおりの伝達方法で言った。これは聞く者の誤りを防ぐためで、「長崎　500　れ・8－＊＊」を正しく伝えたのだ。警備無線の場合にはさらに「長崎」を「名古屋のな　為替のか　に濁点　桜のさ　切手のき」と告げるのが通例である。

「交通課の婦警じゃないんだから、そんな言い方しなくていいんだよ」

「婦人警官ではありません。女性警察官です。年齢がバレますよ」

「うるせえな。お前も少し言葉に気をつければいい女なんだけどな」

「香川さんから言われなくても、『可愛い』と言って下さる方はたくさんいますから」

「ほんとうに一言多い女だな……それよりも東京などの『外国の方が運転しています』マグネットステッカーとは全く違う形態なんだな。全国で一本化すればわかりやすいのに」

「道交法上で規定されたものではありませんから、都道府県だけでなく、市町村独自でやっているようですね。東京都もこの銀杏の葉のマークの方がわかりやすいと思いますけどね」

「先取りされたようなものだな。一応、白澤の努力を認めて使用者チェックをしておくか……」

「レンタカーもそうですが、渡航者記録も確認しなければなりませんね」

「それは県警にやってもらおう。警察署に帳場は立っていても捜査員は手持ち無沙汰になり始めた頃だろう」

「確かに、県警本部の捜査員のほとんどは島を離れたようですからね」

釜山、対馬を結ぶ高速船オーロラは、比田勝からは毎日一便、日曜日のみ二便が運航されている。総トン数四百三十六トン、定員三百十九人、所要時間は約一時間四十分。ちなみに運賃は大人片道九千円、釜山発では八万ウォンである。

比田勝港を含む釜山―対馬航路を利用した乗客は、二〇一五年に四十三万四千人、二〇一六年は五十三万人、二〇一七年は七十二万五千人と増えており、釜山港の国際客船利用客の半分を超えていると伝えられる。渡航者記録も膨大になる。

「ところで片野坂、長崎県警本部長に就任すれば一度はここに足を運ぶんじゃないのか？」

「管内を一周はするはずですから、一度は来ていると思います」

「長崎県警本部長はエリートコースだろう？」

「歴代の警備局のエースが投入されているはずです。江戸時代の長崎奉行と同じような感覚はあるかと思います」

「それにしても、当地の人が言うように、対馬は長崎県ではあるがあらゆる面で完全な福岡圏だよな」

　対馬の電話番号は〇九二から始まる。これは福岡市の市外局番と同じで、長崎市が〇九五から始まることを考えれば、妙な現象である。さらに郵便番号をみても八一七から始まり、これもまた福岡市に隣接する大野城市の八一六とその隣の筑紫野市八一八の間になっている。

「市外局番は福岡から線が届いている可能性を考えればわからないでもないのですが、郵便番号に関しては、まさに理解不能ですね」

「長崎県が離島活性化交付金目当てで対馬を手放さないだけなんじゃないのか？」

「離島活性化交付金は、離島振興法に基づいて定住の促進を図るため創設されたものですが、何の手も打たれていないような気はしますね。対馬や壱岐《いき》が福岡県だったら、こんな馬鹿げた施設や、韓国化は免れたかもしれません。ただ、福岡県と言っても福岡市が一人勝ちしているだけですからね。しかも警察庁指定暴力団二十四団体のうち五団体が福岡県に本拠を置くという、全国最多を誇っています」

「指定暴力団か……そうだな。福岡市だけを見て福岡県を語ってはいけないんだったな」

「かつての公安調査庁幹部が『在日韓国・朝鮮人や被差別部落出身者が暴力団員の多くを占めている』と言っていましたが、まんざら嘘ではないと思います。しかも彼らは『右翼標榜暴力団』『似非右翼』としても活動しています」

「在日コリアンの暴力団員が日本名を名乗って右翼活動をする理由が今一つ理解できないんだな」

「それは『ヤクザとは右翼である』というヤクザ社会の理屈があるからだそうです」

「かつての任侠の世界ならともかく、今のヤクザの多くにそれはなくなってしまっているだろう?」

「在日韓国・朝鮮人が朝鮮名のままで日本のヤクザの親分になると、周りのヤクザが困るし信用しないからだそうですよ」

「本人が好むと好まざるとにかかわらず、日本名を名乗らないとヤクザ世界では幹部にのし上がることができない、ということか……芸能人と一緒だな」

「だからといって対馬に韓国人旅行者が多い理由にはなりませんけどね」

「そりゃそうだが、長崎県が対馬を見限っているようにも感じるんだよな。飛行機は確かに長崎からの直行便があるが定期船航路はないわけだしな」

「国から金を取っている以上、手当は必要なのでしょうが、それはトンネル等のインフラに使われているのかもしれませんよ」

「そうは言っても対馬には国道はないだろう？」

「とんでもない。国道三八二号線が上対馬町から厳原町《いづはらまち》を経由し、さらに壱岐を経て佐賀県の唐津まで、海上国道として存在していますよ」

「海上国道？」

「香川さんにしては珍しく、ご存知ないこともあったのですね。一般的な海上国道は、起点・終点の端点《たんてん》が他の一般国道の路線と交わっていますが、国道三八二号は、起点孤立の端点となっている数少ない路線のひとつなんですよ」

例えば国道一号の起点は、東京都の日本橋に設けられている「日本国道路元標」であるが、同時に、国道四、六、十四、十五、十七、二十号の起点にもなっている。起点が他の国道と交わらない場合を起点孤立と呼び、さらに端点は文字通り「端っこの点」なのであるが、これは数学の位相空間論において用いられる用語で、数学好きな旧建設省官僚用語として現在なお使用されている。

ちなみに海上国道で起点孤立の端点となっているのは、沖縄県石垣市から石垣島、宮古島を通って沖縄県那覇市に至る国道三九〇号線と、島根県隠岐《おき》郡隠岐の島町から島後《どうご》、島前《どうぜん》西ノ島を経由し島根県松江市に至る国道四八五号などである。

「お前は本当にくだらないことまでよく知っているな。さすがだよ。そうか、空港から比田勝まで通っている道か……明治時代に軍艦を通すために掘削して作った水路に架かった橋があるところもそうだな」

「万関橋《まんぜきばし》ですね。まさにその通りです」

万関橋は一九〇〇年に旧大日本帝国海軍によって、浅茅《あそう》湾内の竹敷要港部から対馬東海上までの所要時間を短縮するための航路として開削された運河に架かる橋である。一九〇五年に起きた日露戦争の日本海海戦では水雷艇部隊がこの運河を通って出撃している。

香川が呆れた顔つきになって片野坂に言った。

「ほんとうにお前はくだらないことまでよく知っているな……そうか……国道があったのか」

第五章　敵国スパイ

大気が輝いていた。ダイヤモンドダストだ。

気温が摂氏マイナス十度を下回った状態で、大気中の水蒸気が昇華してできた、ごく小さな氷晶が降る現象だ。これに日光が当たることでダイヤモンドをちりばめたような幻想的な朝の景色になることからダイヤモンドダストと呼ばれている。

しかしこれに風が加わると、体感温度は一気に下がり、幻想的なダイヤモンドダストは学問上の呼び名である細氷となって、容赦なく顔に突き刺さる悪夢のような感覚になる。

「北朝鮮はもっと寒いのだろう」

「はい。冬の景色を美しいと思って育ったことは一度もありません。今も故郷に残っている妻子はきっと同じ思いでいることでしょう」

「妻子はともかく、両親はどうしている？」

対馬の事件が発生する二か月前の年の暮。片野坂は北海道トマムのリゾートホテルの展望台で、霧氷とダイヤモンドダストを眺めながら、李星煥《イソンファン》と会話を続けていた。

「両親は早くに亡くなりました。母が朝鮮労働党の幹部の娘だったことで、私たちの家族は比較的満たされた生活を送っていました」

「それでも平壌《ピョンヤン》ではなかったのだな？」

「ロシアとの国境近くの村で生活していました。ただしロシア、中国との密貿易が盛んなところで、私は子供の頃から朝鮮労働党だけでなく、三つの国の裏社会を目の当たりにして育ちました」

「裏社会か……しかしある意味で裕福だったのだろう？」

「そうだと思います。ただし周囲の目もあります。裏社会から得た報酬は周囲の同胞に知られてはならない環境でした。表の世界では誰も信用することができません。ですから私の家族は時折、国境を越えてロシアや中国で贅沢な生活を楽しんでいたのです」

「それでも平壌で生活するよりも良かったのかもしれないな」

「平壌に行って初めてそれを知りました。自国の首都がこんなに貧しい街だとは思ってもいなかったのです。若い女たちは売春でしか生きるすべがありません。おまけに相手になるのは教養のない軍人ばかりで、身体を売る対価もたいしたことはなく、しかもどこから入ってくるのか性病にかかってしまうのです」

「北朝鮮に蔓延している梅毒等の性病のほとんどは中国からだろうな」

「中国の丹東市ですね」

「琿春《こんしゅん》ではないだろうな」

片野坂は中国と北朝鮮の国境の街に注視していた。琿春市は吉林省、延辺朝鮮族自治州にある。中国と北朝鮮の国境で、丹東同様に相互に出入国ができる都市である。しかし、琿春には丹東のように鉄道路線はつながっていない。

片野坂が言うと李は頷きながら答えた。

「琿春はまだ中国人富裕層が多くありません。丹東は北朝鮮にとってメインの貿易ルートですから、ここに関わる役人やマフィアは、いかに数字を誤魔化して自分の懐に入れるかを考えています」

「北京や香港から離れれば離れるほど中国の役人は拝金主義になるからな」

「中国では拝金主義という言葉は決して悪い意味を持ちません。中国で文明人であるためには、まず金が必要なのです。しかも文革世代の老人に近い世代は、金と食べ物には極めて弱い。一人ではオドオドしていても集団になると国家の恥ともいわれるほど過剰な反応を見せるのです」

「そういう連中の子息をターゲットにしているのが裏社会なのだろう？」

「まさにそのとおりです」

李がようやく笑顔を見せて話を続けた。

「教養がないということは実に哀れなものだと思います。北朝鮮にも教養がない者は多くいますが、幸いなことに中国人のように海外にでるチャンスはありません」

「教養のない文革世代が中国の恥を世界に晒《さら》している……ということか？」

「彼らが一人っ子政策で育てた我儘《わがまま》な子どもは、たとえ大学に行ったとしても推して知るべし……ですね。教育は受けても躾《しつけ》を受けていないのですから、やることは無教養の者と何ら変わりがない……むしろ、もっと悪いのかもしれません」

「中国の一人っ子政策とはいうが、それを本気でやっていたのは共産党の幹部くらいで、一般人は三人も四人も子供がいるじゃないか」

「当然です。中国では子供は親の面倒を見るための存在です。子供がいない老人の惨めな窮状を知っているので、跡取りの男の子が生まれるまでは何人も子供を作るのです。二人の親の面倒を一人の息子が見るのは大変でしょう？　若い夫婦が四人の老人の世話をするのは一般社会の親子関係では物理的に無理なのです」

李は中国の内情もよく知っている様子だった。片野坂が訊ねた。

「今、北朝鮮のコリアンマフィアもチャイニーズマフィアの傘下に入っているのか？」

「いえ、チャイニーズマフィアの傘下にあるのは南のコリアンマフィアです。北のそれは対等の立場にあります」

「その差はどこから来ているんだ？」

「中国が朝鮮を支配しようとする時、北朝鮮を主体として朝鮮半島を統一する必要があります。ロシアもまた同様な考えを持っています。その最大の理由は北にある資源です。南には何もありません」

「地下資源か……ウランをはじめとして多くのレアメタルが北朝鮮の地中に眠っているからな……それに加えて、核開発とロケット開発も南の比ではないからな」

「南には確かに多くの産業がありますが、南朝鮮一国でできるものは何一つありません。最大企業のサムスンだって、基礎原料を日本から輸入しなければ全ての生産ラインが止まってしまいます。これは自動車の現代《ヒュンダイ》も同じです」

「それをわかっていながら、韓国政府は反日に活路を見出そうとしている。徴用工問題で、日本企業の資産を没収、凍結するような措置を取った段階で、日本は国交の断絶に走るべきだろう。欧米各国で自国優先主義がナショナリズムとなっている状況と、南朝鮮のそれとは全く次元が違うからな」

「自虐的といえばそれまでですが、文大統領は北のスパイのようなものですからね。北が主体となって半島を統一した際に、統一朝鮮の初代首相になるのかもしれませんね」

「南の国民はそれでもいいと思っているのだろうな」

「国のトップが替わる度に捕まったり、自殺したり……そんなろくでもない民主主義よりも、アメリカ大統領をも呼びつけるような強大な指導者を待望しているのかもしれません」

「強大な指導者か……」

片野坂は鼻で笑いながら復唱すると、真顔になって李に訊ねた。

「君の使命は半島統一後の対日政策……というところか？」

「はっきり言えばそうです。朝鮮総聯《そうれん》が外交機関として役に立たないことは誰もが知るところです。その頃にはきっと南は日本から国交断絶されているでしょうから、新たな外交ルートを作るまでにはそれなりの期間と機関が必要です。日本のようなスパイ天国の国家であっても、あなたのような人物が存在していることを、ほとんどのスパイは知らないでしょう。私自身、そうだったのですから」

「日本から国交断絶を言い渡すことはないと思うよ。今後、韓国とは『助けない、教えない、関わらない』の『非韓三原則』でいくことになるんじゃないかな。それはそれとして、君は僕の存在を本国に知らせることはできないだろう？」

「それは理解しています。二重スパイのようなことはできませんから……」

大きく溜息をついて李が答えると、片野坂は表情を変えずに言った。

「二重スパイか……それを考えたこともあったわけだな」

「私の立場は表舞台のそれではありません。ただ、裏社会にあっても自国と組織の利益を求めるのは当然です。しかし、そこにあなたが現れた……しかも、私の立場を全て承知したうえで『協力しろ』と言った。スパイ防止法がない日本で、敵を闇から闇に葬る組織があることを初めて知ったわけです」

「闇から闇か……まあ、あたらずといえども遠からずだな」

「全く遠くないでしょう。現にあなたの組織……というよりあなたは、私の組織のメンバーを少なくとも三人は抹殺している」

「抹殺？　そんなことはしていない。日本国から出て行ってもらっただけだ」

「死体で……ですか？」

「生きたまま出国したことは君だって知っているだろう」

「送り出した国が勝手に処分した……とでも言いたげですね」

「それが事実だ。日本国は世界でも稀有な法治国家だ。国際法に照らしあわせて合法的に国外退去処分を行っただけで、しかも、彼らの意思に反した国に追放したわけではない」

「しかし、追放された国家に入国と同時に身柄を拘束され、ほぼ同日のうちに処刑されている」

「日本国は処刑の依頼などしたことはない。それはあくまでも第三国の判断だ」

「それが日本の公安のやり方なのですか？」

「国際法上なんの落ち度もない国外退去命令であることは、オランダのハーグにある国際司法裁判所も認めているじゃないか。しかも国外退去命令であって、追放ではないことも、君の立場ならば正確に認識しておくことだな」

片野坂は有無を言わせぬ強い口調で言った。その顔をじっと眺めて李が呟くように答えた。

「法を知っている。悪法もまた法なり……そういうことですね」

「対日有害活動を行うならば、それなりの覚悟が必要だということだ。仮にこれが外交官であろうと同じだ。向こうが不逮捕特権等の権利を行使するのならば、こちらはそれを、ああそうですか……と受け入れることは決してない。あらゆる法令と知恵を駆使して消えてもらうまでだ」

「消えてもらう……本音が出ましたね」

「日本国の国土から消えてもらう……それだけだ」

片野坂の言葉に李はうな垂れるしかなかった。それを見て片野坂は実に柔和な表情で、しかも穏やかな口調で言った。

「悪いようにはしない」

李は片野坂の顔をマジマジと眺めてコクリと頷いた。

その日の夕方、二人は札幌市内のホテルの地下一階にある寿司屋のカウンターにいた。

「君がいままで食べたこともないような珍味を味わわせてあげよう」

李はおそるおそる片野坂の顔を見て訊ねた。

「河豚《ふぐ》の肝……というわけではないでしょうね？」

「金沢に行けば河豚の肝の糠漬《ぬかづけ》は食べることができるし、大分の臼杵《うすき》に行けば、今でもこっそり肝を出してくれる店があるそうだ。だが、この店の板長は河豚の調理師免許は持っているが、ここでは河豚は扱っていない」

ホッとした李の顔を見て、片野坂は板長に言った。

「鮭トバ味噌とニシンの肝の醬油漬けを下さい」

「片野坂さん、すっかり覚えましたね」

「ニシンの肝はこの時期しか食べることができませんからね」

「ニシンの刺身も同じですね。正月を過ぎると数の子に栄養を取られて身も脂が抜けてしまいますからね。この時期の未成熟の数の子も醬油漬けにすると美味しいんですよ」

「未成熟の数の子……ですか？」

「一緒にお出し致しましょう」

「ニシンの刺身もお願いします」

「今日は天然物のマツカワが入っているんですよ。ご覧になりますか？」

板長が笑顔で訊ねた。片野坂が頷くと、板長は早速、奥に入って大きな餅箱のような木箱を抱えて戻ってきた。

「これは函館沖の釣りものです」

木箱の中には八十センチメートルもの松川鰈《がれい》が入っていた。体の表面が松の皮に似ているところからその名がついたともいわれるが、「タカノハ」の別名があるとおり、ヒレの模様は鷹の羽根に似ている。

「これは見事だなあ。とんでもない値段がするんだろうな」

「今夜は馴染みの団体さんの予約が入っているので、ちょうどよかったんです。一足早く片野坂さんにお出しいたしましょう」

そう言うと板長はカウンター越しにマツカワを捌《さば》き始めた。鱗《うろこ》が硬いため、専用の鱗引きを使って落とし、いかにも高級そうな柳刃包丁で腹身二枚、背身二枚、骨の五枚おろしにする。さらにエンガワ部分を取ると、今度は柳刃包丁をさらに薄くした細身のふぐ引きのような包丁を取り出して、鰈の身を薄造りに仕立てていく。マツカワの身は純白というよりはやや桃色がかっており、特にエンガワ部分は薄ピンク色だった。

「まさに王鰈《おうちょう》の名のとおりですね」

王鰈とはマツカワのブランド名である。まさに鰈の王様なのだ。

「私も天然ものでこのサイズは滅多にお目にかかることはありません。珍味の前にまずこちらをお出ししましょう」

片野坂の反応を見て、板長はニシンの刺身と一緒にマツカワのエンガワを皿に盛りつけて二人の前に出した。

予想外の板長のパフォーマンスに片野坂よりも李の方が興奮気味だった。

「これが本物の和食ですね。包丁の使い分けも素晴らしかった。目の前であの松の皮のような魚が、このような美しい刺身に変身したのですからね。またニシンの刺身がこんなに美しいものだとは思いもしませんでした。極東のロシア人が見たら腰を抜かすに違いありません」

「『シューバを着たニシン』だな」

「何でもご存知なのですね」

ロシア人に深く愛されているが、外国人にとって不評な料理の一つが「シューバを着たニシン」である。ロシアではポピュラーな料理で、ニシンの酢漬け、またはオイル漬け、ビーツ、じゃがいも、ゆでたまご等が層になっているサラダであるが、ロシアで使うマヨネーズがよくない。シューバとは毛皮のコートのことで、ちょうど、銀河鉄道999に登場する謎の美女・メーテルが着ているようなデザインのものである。

「ロシア、特に極東地域ではニシンは大事な食料だからね。ついでにもう一つ、驚くべきニシンと鮭の珍味が出てくるよ」

　刺身をほぼ食べ終わった頃、板長は片野坂がリクエストした珍味を用意した。

「これはなんですか？」

　二つの器に盛られた料理を見て李が片野坂に訊ねた。

「この赤っぽいのが鮭トバの味噌和えだよ。玉子焼きの上に載せているだろう。一緒に食べると美味しいんだが、まずは鮭トバだけ食べてみる方が味がわかるかな」

「鮭トバ？」

「鮭のジャーキーのようなものだな」

「ビーフジャーキーのジャーキーですか？」

「そう。秋鮭を半身におろして皮付きのまま縦に細く切り、海水で洗って潮風に当てて干したものだな。冬の北海道・東北地方の風物詩の一つだが、語源はアイヌ語だともいわれている」

「アイヌは、北海道を主な居住圏としていた先住民族ですよね」

「そう、先住民族はどこの国でも、後から来た民族に迫害を受ける。アイヌも蝦夷《えぞ》征伐などと言われながら迫害を受けた被害者であることに変わりはない。しかし、北海道の多くの地名はアイヌの言葉を残し、大和民族もアイヌの人、文化を尊重するようになった。時間はかかったけどな。そしてこの鮭トバの味噌和えこそ、アイヌと大和の食文化の融合に他ならない」

「なるほど……見事な論理のすり替えでしたね」

「すり替えではない。先住民族の生活の知恵はその土地の自然の理にかなっていると言ったまでだ」

李はゆっくりと頷きながら鮭トバの味噌和えに箸を伸ばした。

「これは確かに珍味ですね……ビーフジャーキーのように固くない」

「鮭トバを酒に漬けて適度なところまで柔らかく戻して味噌で和えているんだ。その隣にある、ほんのりと醤油色がついた白い塊がニシンの肝の醤油漬け、そして、その後ろにあるのが、板長が言っていた未成熟の数の子だろう。僕も初めて食べるものだ」

李が、ぬる燗で口内に残るトバ味噌の風味を流して、先に肝に箸を伸ばした。一切れを口に入れて舌と上あごで肝を押しつぶすように味わったところで、目を丸くして片野坂を見て唸るように言った。

「これはまさにチーズです。あのニシンの肝がこんなに変化するなんて……」

片野坂は笑顔で答えた。

「ロシア人に食べさせてやりたいだろう」

「そのとおりです」

そう言うと片野坂は未成熟の数の子に箸を伸ばした。

「ほう。言われてみると確かに未成熟卵だけど、想像していた食感とは全く違いますね」

板長が笑顔で答えた。

「まさに今だけの味です。酒が進みますよ」

刺身と珍味だけで二人は軽く一升を空けた。板長が笑顔で言った。

「お二人ともお強いですね」

「酒だけは手強い先輩に鍛えられましたからね」

片野坂が答えると李も頷いて言った。

「私も厳しい先輩に酒だけはさらに厳しく教えられました」

「羨ましい話だな。国の金で飲んでいたんだろう？」

「国家公務員ですから仕方ありません」

「僕だって国家公務員だよ。酒の飲み方訓練は自腹だったけどな」

李が気まずそうな顔つきになったため、片野坂は笑って言った。

「仕事の内容が違うからな、李さんは……酒を知らずしてはできない業務だからな」

「スパイが……ですか？」

「そのとおりだろう？」

片野坂が訊ねると李が笑って答えた。

「片野坂さんにはかないませんよ。そこまでストレートに言われると返す言葉が見つかりません」

「僕もこれから新たなスパイチームを、警察組織……というよりも警視庁の中に創ろうと思っているんだよ」

片野坂の言葉に李が驚いたような顔つきで訊ねた。

「公安とは別に……ですか？」

「公安はどうしても警察庁のトップの情報関心に沿った仕事をしてしまう。情報というのは知るべき人だけが知ればいいわけだが、普遍的な内容になってしまえばそれはもはや情報とは言えない」

「確かに普遍的な情報などというものはありませんからね。しかし、そういうメンバーはどこから見つけてくるのですか？」

「人事データをソートするんだよ」

「たしか警視庁だけでも四万五千人近くの警察官がいるわけですよね？」

「刑事専科と公安専科を終えた警部補以下の者を中心に調べた結果だな」

「警視、警部の階級にある者はダメなのですか？」

「警視はもうダメだ。すでに管理職の意識ができてしまってるからな。警部でも四十歳までの管理職試験に合格していない者から探したんだ」

「管理職と情報収集に共通項はないのですか？」

「管理職が耳にする情報というのは、ほとんどが二次情報、三次情報だろう？　これに慣れてしまうと自ら一次情報を取ろうとする意欲がなくなってしまう」

「意欲ですか……」

「情報はセンスだ。しかし、このセンスは継続することに意義があり、その中断は感覚の放棄を意味してしまう」

「感覚の放棄……厳しい言葉ですね」

「過去に情報マンとして、いかなる栄光を持っていようが、数年でも、その道から離れてしまうと、あらゆる世界は一変している。つまり、情報マンとしては『死』を意味するということだ」

「情報マンとしての死ですか……確かにそうかも知れませんね。だからいつまで経っても私は自分の足を使って情報収集しているのかもしれません」

「情報マンとしての本能がそうさせているのだろうな」

その後二人は旬のネタで寿司を食して、ホテル最上階にあるバーに向かった。

カウンターに他の客はいなかった。二人は窓に近い端の席に並んで座った。

李の意向を聞いて、片野坂がバーテンダーにマッカラン十八年をオンザロックで二つオーダーすると、李が片野坂に正対して訊ねた。

「片野坂さんは私をどうしようと思っていらっしゃるのですか？」

「情報の確認をしたいだけだ。前から言っているように君を二重スパイにしようなどとはこれっぽっちも思っていない。ただし、君が実力で対日有害活動を行えば、相応の措置が待っていることは知ってのとおりだ」

「例の闇から闇……ですね」

「そのとおりだ」

李はフーッと大きなため息をついて答えた。

「私は片野坂さんを、ある意味で尊敬しています」

「ある意味で……か？」

「アメリカでもそうでした。私が危うくＣＩＡのエージェントに消されそうになった時、ＦＢＩ特別捜査官という立場で私を救って下さいました」

「あれには別の理由があったからだ。といっても、それを君に伝える必要はないけどな」

「理由はどうでもいいんです。ただ、特別捜査官といっても、片野坂さんは研修中の身の上だったはずです。その後、何らかの圧力がかかったのではないか……と思っていました」

「ＦＢＩの中でも国家保安部だったからな。そもそもあれはＣＩＡが直接かかわる案件ではなかった。ところが君があまりに強引な情報収集手法を使ったから、ＣＩＡのエージェントとしても動かざるを得なくなったんだ」

「盗聴……ですか？」

「盗聴とサイバー攻撃は違う。君が行ったのは後者だ」

「我々にとっては、あのような手口も盗聴という範疇に入るのです」

「盗聴というのはパソコンの中に入り込む手法じゃないだろう」

「パソコンの中に録画されている画像を確認するために覗いただけです」

「それがとある国家の機密情報だったわけだろう？」

「まあそうですが、サイバーテロとは違うと思っています」

「テロという分野には入らないだろうが、サイバーセキュリティをかいくぐって他人のパソコンの中に入った段階でサイバー攻撃と看做されても文句は言えない。それも、その家のＷｉ－Ｆｉを使ったわけだからな」

「それも盗聴の一つだと学んできました」

「金日成《キムイルソン》総合大学の指導レベルというのはその程度か？」

　金日成総合大学の卒業生は北朝鮮社会のエリート層を成している。国家の指導者である金正日《キムジョンイル》、金正恩をはじめとして、国家の主要幹部の三分の一以上がこの大学出身者で占められている。

バーテンダーがロックグラスを二つ、二人の前に運んだ。マッカランの芳醇な香りが漂ってくる。二人は一旦、会話を止めて、グラスを合わせた。

「コンピューター科学は、朝鮮コンピューターセンターの労働者を養成する金策《キムチエク》工業総合大学の方が進んでいるのです。金日成総合大学のコンピューター科学分野はあくまでも指導者養成の一分野に過ぎません」

「そういうことか……しかし、指導者の一員であるはずの君がどうして現場で動いているんだ？」

「これは私自身の希望でもあるのです」

「北朝鮮国内にいたくない……ということもあるんじゃないのか？」

片野坂の言葉に李は敏感に反応した。

「私は国家を愛しているのです。もちろん、最高指導者の正恩を支持していますし、彼の政治手腕も評価しています」

「正恩を支持、評価か……珍しい表現だな」

「彼とは同年代でスイスでも一緒でしたからね」

「君は外交官のお坊ちゃまだったわけか……先代の正日は外交官経験者を重用していた時期があったが、まさか一族というわけじゃないだろうな」

「何代か遡ればつながっているのかもしれません。ただ、ご存知のとおり日成、正日親子は複数の妻を持っていましたし、正恩の母親は在日朝鮮人ですからね」

「あまりに日成、正日親子を神格化してしまったが故に、家系図はあるものの、正確な血族が不明になっている……という話もあるようだからな。正恩本人も正確なことは知らないのかもしれないな」

「そうかもしれませんね。正日も明らかになっているだけで五人の妻に七人の子供がいたようですから」

「よく知っているな」

「情報マンとして最低限度のことは知っていなければ、地雷を踏んでしまいますから」

「そうだな……基本中の基本だったな。ところで君を監視する者はいないのか？」

「私が所属する組織以上の組織はありませんし、私は独任官ですから国家からの監視の対象にはなっていないと自負しています。ですから、こうして片野坂さんとも会っているのです」

「自発的に会ってる……とでも言いたげだな」

「決めているのは自分自身で、誰かの命令を受けているわけではありません。もちろん、先ほども申しましたように片野坂さんへの恩義を感じているのは事実ですが……」

「そうか……恩義など感じる必要はない。僕は君が北朝鮮国家のために働くことは是としている。ただし、それが対日有害活動にならないことを願っているだけだ」

「私も朝鮮と日本両国の関係が少しでもよくなるようにと考えています」

「そうあってほしいものだ。これから米中間の貿易摩擦が世界中の経済不安と株安を引き起こすことになるだろう。アメリカは自国だけでなんとかなるにしても、中国はそうではない。さらに韓国経済は最悪の結果になるだろう。特に日本から様々な部品等を輸入している電子、自動車分野は壊滅的な打撃を受けることになるだろう。これはもう政治決着だけでは済まない。米朝関係にも大きな打撃を与えることになるかもしれないが、日本は韓国をこれ以上甘やかすことはないだろう」

「日本は韓国との国交を断絶してもかまわないと思っているでしょうか？」

「何事も真実は一つだ。歴史を歪曲し、事実を捻じ曲げてきた韓国の信用は、世界的に暴落していくだろう。しかも、日本と政治経済で全面的に敵対するのは第二次大戦後初めてのことだからな。韓国と国交を断絶したところで日本には何のマイナス点も見当たらない。韓国が徴用工問題で日本企業の資産を差し押さえる行動に出れば、日本国内の韓国系パチンコ屋は全て国が差し押さえることになるかもしれない。仮に韓国系暴力団を中心とした暴動でも起きようものなら、日本警察は千載一遇のチャンスと見て、徹底した取締りを行うことになるだろう」

「なるほど……国交断絶は想定内のことなのですね。北としても、今、南を武力以外の方法で攻める絶好のチャンスなのですが、その余力がないのが実情です」

「そんなことは世界中の国がわかっている。核弾頭とＩＣＢＭだけで世界、それもアメリカ合衆国を脅してきたのだからな。ただし、これが当分の間続くことになれば、中国もロシアも援助の手を伸ばすことができなくなると、指導者たちははっきりと認識しておくべきだ」

「中国とロシアの経済はもつのでしょうか？」

「ロシアは大丈夫だろう。ただし、中国は今回の対米戦略で大きなミスを犯してしまった。今後、習近平がプーチンとどのような形で関係を保つのか……そこが最大の問題点だろうな」

「アメリカとロシアの新冷戦構造はどうなるのでしょう？」

「米露二国間の中距離核戦力全廃条約の一方的な破棄は、トランプ政権の最後の賭けになる可能性が高い」

「環境問題におけるパリ協定からの離脱も大きいのではないですか？」

「環境問題は国連安保理の常任理事国五か国のうち、アメリカ、中国、ロシアの三大大国が是正できていないのが現実だ。先進国の政治家が弱体化している中でも、トランプはその極め付きの存在だ。これを選んだアメリカ国民の知的水準を世に示すことになったからな。さらには、今まで偉そうなことを言っていたＥＵのドイツ、フランス両国も自国内を治めるのに四苦八苦している状態だ」

「先進国の中で政治経済とも安定している国家がなくなった……という感じですか？」

「まさにリーダー不在の世界になったことは明らかだ。アメリカ国民は案外これを望んでいたのかもしれない。しかし、これでアメリカ合衆国の国内が落ち着くとも思わないけどな。アメ車が世界中で売れなくなった原因をアメリカの自動車企業だけでなく、政治家もしっかり認識しておくべきなんだ」

「世界の金持ちでアメ車に乗っている物好きはいませんからね」

「昔のままなんだよ。いいアメ車はキューバに残ったクラシックカーばかりだ。車で夢を売るような時代は終わったということだ。第二次、第三次、第四次産業革命に先頭で突っ込んだが、結局、第二次産業革命を完成させることができなかったな」

「産業革命に第一次、第二次などがあったのですか？」

「第一次産業革命は言わずと知れた蒸気機関の発明による鉄道網の発達だ。第二次が自動車の製造による道路網の展開、第三次は航空機、そして第四次がＡＩの世界だろう」

「なるほど……確かに産業革命の名にふさわしい発明、開発ですね」

「それを段階的に広めたのがアメリカをはじめとする先進国家で、中国などの発展途上国はそれを一斉に取り入れたために現在の混乱と格差を生んでいるんだ」

「それはわかりやすい解説です。我が祖国もやはり途上国のそれと一緒です」

二人のロックグラスが同時に空いた。片野坂がバーテンダーにおかわりを注文した。

「ただし、これは工業の世界に限ることだが、エネルギー分野では原子力の登場によって世界が一変してしまった」

「原子力といっても、そのほとんどは戦略核ではなく、電気を生むための手段でしょう？」

「もちろん核の平和的利用はそうだが、そのスタートは核兵器だったわけだろう？」

「確かにそのとおりですが、今後、先進国が原子力発電を止めてしまうと埋蔵量が限られている化石燃料の奪い合いになってしまうのではないですか？」

「アメリカなど、シェールガスの埋蔵が確認されている国家はそれで済むだろうし、フランスが原子力から手を引くことは考えられない。ドイツはフランスから電気を買えば何とかなる。後は中国、インドの二大人口国家と日本だな」

「日本はどうするつもりなのですか？」

「日本は身の丈にあった国家になればいいだけだ。特に平成生まれの世代は贅沢を知らないまま生きているから、順応できるだろう」

「身の丈にあった……というと、世界の何位の経済国家が理想なんですか？」

「まあ、二十七位くらいでいいんじゃないのか？」

「そうなると円は国際通貨ではなくなってしまいますよ」

「別に国際通貨である必要はないだろう。オーストラリアドルのように中国依存が高過ぎて、中国経済に連動して暴落してしまうようでは意味がない。借金大国ともいわれている日本の政府債務だが、対外的な借金があるわけじゃないからな。ＥＵ内の債務過剰国家とは借金の意味が違うんだよ」

「ユーロがなくなり、ドイツマルクが再び登場することになるんですかね……」

李がため息まじりに言うと片野坂が頷きながら言った。

「メルケルが表舞台から去った後、ロシアと連携を取る国が出てくるのかどうか……トルコ次第だな」

「露土戦争以来の歴史的和解ということですか」

「策士プーチンの腕の見せどころだろうな。トルコの動き次第でＥＵがぶっ飛んでしまうんだからな」

「難民三百万人以上が一気にボスポラス、ダーダネルス海峡を渡ってヨーロッパに入ってくるわけですね。北マケドニア、ギリシャ、そしてイタリアが破綻してしまうかもしれませんね」

「地続きとはいえ、貧しい旧東欧諸国や旧ユーゴスラビア諸国を通過するほど難民も馬鹿じゃない。ギリシャからアドリア海ではなく、イオニア海を越えてイタリアを目指すことになるだろうな」

「イタリアを縦断してフランス入りのルートですね」

「そういう形になるだろう。EUのお偉いさんがどんな処置をとるのか……もはや時間の問題だからな。その時、ギリシャ国内の港の実質的支配者である中国が、動けるのか。これまた見ものといえば見ものだ」

「日本は傍観者でいいのですか？」

「たまにはいいだろう。中国から共産党員が万単位で政治亡命してくるわけではない。日本のシーレーン防衛を考慮しながら、中国のお手並み拝見……というところだ」

片野坂にしては珍しく、フン、と鼻を鳴らすように言ってグラスを傾けた。

李はその姿に何とも表現しがたい恐れを感じ取っていた。

片野坂は李と別れるにあたって、一つだけ指令を出していた。

「米朝関係は今後の極東地域にとって大きな火種になる。当事者の北朝鮮はむろん、今やその同盟国のようになっている韓国に加えて、直接、極東地域に利害関係を有する中国、ロシア両国の動きが激しくなってくるだろう。この時、行われる情報戦は日本をも巻き込むことになる。その動きに注目しておいてもらいたい」

「各国の情報機関の動きを探れ……ということですか？」

「機関だけではない。諜報部員の動きをも確認しておいてもらいたい」

「おそらく、極東担当だけでなく、ホワイトハウスで動いていた連中もやってくる可能性があります」

「そうだろうな。我々としても最大の体制を組むつもりだが、お前の諜報仲間には優秀な者が多いだろう？　動きがあったらすぐに連絡をしてもらいたい」

「もらいたい……でいいんですか？」

李が片野坂を茶化すように言った。片野坂は李の目をジッと見て言った。

「やれ！」

「了解」

片野坂は日韓関係が最悪の状況になりつつあることを確信していた。しかも、現在の韓国大統領が「北のスポークスマン」と揶揄されるほどの存在になっている中で、極東における資本主義の防衛線が朝鮮半島の三十八度線ではなく、対馬海峡になった場合を想定しておかなければならなかった。

一方、在釜山日本総領事館からは、韓国国内で「対馬は元々韓国領である」という、あまりに馬鹿げた流言飛語が飛び交っている……という情報までもたらされていた。

李は北朝鮮の諜報部員でありながら、中国と韓国の裏社会に通じていることを、片野坂はアメリカで調べ上げていた。しかも外交官の息子という立場に加え、金正恩とスイスで一緒に育った者は北朝鮮の中にも数えるほどしかいない。その李が、彼の父親世代が組織を仕切っている、朝鮮総聯の顧問格として日本に入国していることを片野坂が突き止めたのだった。「こいつは日本で何をしようとしているのか」片野坂は早めに手を打っておく必要を感じ、厳寒の北海道に呼び出したのだった。

第六章　諜報天国

「片野坂、例の銃弾からライフリングが検出されたらしいな」

「銃弾は五・五六×四十五ミリメートルNATO弾をファインセラミックス仕立てにしたもので、銃は十二本の溝が切られていたことからSAM－Rだったようです」

福岡県警外事課のデスクで、香川の問いに片野坂が答えた。

SAM－Rは、M16自動小銃を狙撃銃として改良したライフル銃で、もっぱらアメリカ海兵隊に配備されているM14の後継として開発された。

「SAM－Rか……しかし、たった一発を撃つためにセミオートマチックライフルを使う意図がわからないな」

セミオートマチックライフルとは自動小銃の中で、装塡《そうてん》のみが自動で、発射は一発ずつ手動で引き金を引くスタイルの半自動小銃である。他方、引き金を引けば装塡・発射がともに自動で連続する、フルオートの全自動小銃がある。

しかし、一般にオートマチックライフルは命中精度や信頼性が劣るといわれる。このため、一発の銃弾で確実にターゲットを仕留めたい場合には、ボルトアクションライフルが狙撃銃としては適している。

「使い慣れた銃だったのかもしれません」

「アメリカ海兵隊出身者……ということか？」

「それは何とも言えません。銃身長五百十ミリメートルで十二本の溝がある、精度の高い狙撃専用として設計された狙撃銃ですから、それなりの経験があれば使いこなすことは可能かと思います」

「狙撃手がアメリカ軍出身とは限らない……ということだな」

「マークスマンとも呼ばれる選抜射手は、アメリカ陸軍や海兵隊だけでなく、他国軍隊にもこれに相当する兵士が配属されています。その中で、アメリカとの合同軍事演習を行うような国では、この銃を試した者もいるかもしれません」

「日本の自衛隊にもいるかもしれないということか？」

「可能性はあるでしょう」

「すると狙撃犯がＳＡＭ‐Ｒを選択したのは狙撃手の正体隠しとして正しかったということか……」

「そうですね。いい銃を選んだと思います。最長射撃距離は五百メートルといいます」

「最長射撃距離五百か……それなりの訓練をすれば五百メートル離れて直径十センチメートルの標的をほぼ確実に射貫くわけだからな。今回のような百メートル程度の距離ならばお茶の子さいさいだ」

「スコープも要らなかったかもしれません」

「スコープなしで三人一撃のシャープシューティングができるのか……」

「それなりの腕があれば、ということです」

「弾丸の素材等、出所は明らかになったのか？」

「素材は日本国の企業で生産されたファインセラミックスで、ジルコニアに近いダイヤモンド構造を持っていたようです」

「そんなファインセラミックスによくライフルマークが残っていたものだな」

「おそらく銃口内のライフルにもダイヤモンド加工が施されていたものと思われます。そうでなければ弾丸に回転が加わりません」

「すると銃身も特注ということになるんじゃないか？　企業も特定されているわけなんだろう？」

「特定しているようですが、ファインセラミックスを銃弾に加工するには相当な技術を要するそうです」

「ファインセラミックス以上に強固な研磨作業が求められるわけだな」

「そのとおりです。情報では、ベルギーで行われているのではないかと」

「宝石の加工技術の応用だな……アンヴェルスか？」

「はい。アントワープ。世界最大のダイヤモンド取引量を誇る都市ですね」

「俺にとってアンヴェルスは『フランダースの犬』のネロが憧れてやまなかったバロックの巨匠ルーベンスの祭壇画が一番に思い出されるけどな」

香川の言葉に白澤が思わず笑みを浮かべて言った。

「香川さんの口から『フランダースの犬のネロちゃん』が出てくるとは思いませんでした」

これに対して香川がムッとした顔つきで答えた。

「何が『ネロちゃん』だ。犬の名前はパトラッシュだ」

「それはアニメの話でしょう」

白澤が今度は声を出して笑いだした。

「五月蠅《うるさ》いな。わざと言ったんだよ。俺が言いたかったのはルーベンスの『聖母被昇天』のことだ」

「へえ、よくご存知ですね。香川さんも案外知識の幅が広いんですね」

「知識？　常識と言えよ。アントワープと言えばダイヤモンドも有名なんだが、一番有名なのは聖母大聖堂と呼ばれるカテドラルだろう」

「確かにオランダ語では『Onze-Lieve-Vrouwekathedraal』で英語にすると『Cathedral of Our Lady』ですから、カテドラルには違いないのでしょうけど、カテドラルという言葉は宗派によって語義に差がありますから、あまり使わない方がいいと思います」

「ベルギーはオランダ語なのか？」

「ベルギー王国は日本の中国地方よりも少し小さい国土しかありませんが、オランダ語の一種であるフラマン語が公用語の北部フランデレン地域と、フランス語が公用語の南部ワロン地域とにほぼ二分されています。現在はこれにブリュッセル首都圏の三つの区分を主とする連邦制になっているんです」

「ＥＵの首都といわれるブリュッセルを持つベルギーでさえ三分立しているのか？」

「それに加えてドイツ語が公用語のドイツ語共同体地域もあるので、正確には四分立ということになります」

「ほう。さすがに帰国子女のベルギー担当だな。ＥＵの首都国家ともいえるベルギーの内部が四分裂しているとは、なにやらＥＵの将来を占うようだな。白澤のいうとおり、カテドラルという表現に関しては確かにそうかもしれないな。聖母大聖堂は、ノートルダム大寺院ともいわれているんだろう？」

「それも常識なんですか？」

白澤が驚いたような顔つきで香川に訊ねた。

「まあ、そんなもんだな。公安警察の情報担当は、宗教に関しては最低でもこれくらいの常識を持っていないと、新興宗教の布教担当に太刀打ちできないな」

「宗教は恐ろしいですからね」

「まあ、パトラッシュの話はそこまでにして、アントワープのダイヤモンド加工は幅が広いのか？」

片野坂が答える。

「広いです。かつてはユダヤ系の正規の業者がほとんどだったのですが、最近では盗品を加工するシンジケートまでできているようです」

「シンジケートか……そうなるとファインセラミックスの加工なんて朝飯前ということか……」

「そうですね。ただ、ファインセラミックスを銃弾等に加工する需要は極めて少ないと思います。シンジケートでも特殊な部類に入るでしょう」

「そうだよな。ファインセラミックスを銃弾に利用する意味がわからないからな」

香川もようやく重要な点に気付いたような話しぶりだった。すると片野坂が言った。

「ファインセラミックスを銃弾に使うメリットは幾つかあると思います。セラミックス関連メーカーの国内大手企業が『宇宙からの侵略者に対し秘密兵器ファインセラミックスで世界を守ろう』というゲームを作るくらいですから」

　今年の国内大手セラミックス企業の新卒採用ページに、謎のシューティングゲームが登場したことが話題となっていた。

「採用サイトに登場した『ファインセラミックシューティング』だな。本気でファインセラミックスを銃弾として売ろうとしているのかもしれないな。かつてはスペースシャトルの全面にファインセラミックスを貼り付けていたくらいだから、熱にも強いし強度もあるわけだ……」

「そうですね……ベルギーはブローニング社の拠点があるくらいですから、銃器だけでなく弾丸の需要が多いのかもしれません」

「セラミックスはもともとベネルクス三国の一つ、ルクセンブルクでもよく作られていたからな。一時期、義歯の大半はルクセンブルクで作られていたと聞いている」

「そうなんですか？」

「相当前の知識だから現在がどうかは知らないが、有名な陶磁器会社もルクセンブルクにあるだろう」

「ビレロイ&ボッホですね。あの会社はヨーロッパの戦争の波に翻弄された企業の一つと言っても過言ではないと思います。でもビレロイ&ボッホが造るセラミックスは決して武器となるようなファインセラミックスではありませんよ」

「そういう下地がある土地だということだ。それよりも、銃弾を加工する技術は特殊だと思うんだが、何か情報を得る手立てはあるかい？」

「スペアーキーを作る機械と同じで、モデルがあればそれに合わせてカットするだけのようですから、ダイヤモンド加工技術のプロのような特殊技能は必要ないのかもしれません」

「スペアーキーか……確か、一方で型をなぞれば、他方が研磨してくれるやつだな」

「そう考えていただいていいかと思います」

「すると誰でもできる、ということか……」

「それでも軸がぶれないように加工する専用の機械は必要でしょうから、片手間でできるものではないと思います」

「特殊技能は必要ではないが、それなりの機械が必要か……。代用できるような機械はないのか？」

香川が片野坂と白澤の双方に顔を向けて訊ねると白澤が答えた。

「今、アントワープの知人に調べてもらっています」

「素早いな……それは協力者なのか？」

「宝石の加工に関してはプロ中のプロです」

「なるほどな」

香川が首を傾げて頷くと、片野坂が言った。

「銃の出処を探るのも大変でしょうが、狙撃後どう処分したのか……まさか海に投棄したとも思えません」

片野坂の答えに白澤が顎に手を当てながら言った。

「まだこの島のどこかに保管されているのかもしれませんね」

白澤の言葉に香川が答えた。

「使用した武器は早めに手放すはずだ。使い捨てではないだろうし、船なら手荷物として運び出すことも容易だろうからな。夜の対馬海峡を眺めると、島のすぐ近くまで違法操業の他国の漁船がうようよ出ている。奴らに手渡すのだって容易だろう」

「逆に国内への運び込みも容易ということですね」

「そういうことだ。福岡のとある指定暴力団の武器庫にはロケットランチャーまで保管されていたんだが、その入手経路は対馬だったからな」

「そうなんですか？」

「対馬までは韓国の漁船を利用した瀬取りで密輸し、そこから国内線の航路を使えば容易だったそうだ。奴らが利用したクルーザーは福岡では目を付けられていたが、対馬に立ち寄って、一旦、ブツを降ろしていたらしく、再び福岡の係留地に戻って積み荷の検査を受けた時には、釣ったばかりの魚しかなかった……ということだ」

香川が腕組みをして語ると白澤が頷きながら言った。

「関税や手荷物検査の目をすり抜けるなんて、実に簡単なことなんですね」

「だからいつまで経っても日本に北朝鮮産のシャブがどんどん入ってくるわけさ。北朝鮮にとってシャブは重要な外貨獲得の手段で、その最大のお得意さんが日本だからな」

「覚醒剤ですか……私は麻薬というと、ついアヘン戦争を思い起こしてしまいます。十九世紀半ば、日本では幕末期の、イギリス他の列強による理不尽な東洋支配です」

「東洋は列強の草刈り場だったからな。日本もその一つになっていたことは事実だな。まさに黒船来航だ。今の中国の習近平が自国の歴史を振り返る起点が第二次アヘン戦争、日本式に言えばアロー号事件だというのは、ある意味で一理あるのだろう」

香川が言うと白澤が首を傾げながら訊ねた。

「中国四千年の歴史の中の、ほんの二百年足らずをもって自国の歴史……とするのですか？」

「中国共産党にとって、不利な過去は清算しておく方が便利だからだろう。ただし、論語や兵法といった古人の学問で利用できるものは中華思想として受け入れている」

「近代史の激変と中華思想が背景にあるわけですね」

「中華思想をぬぐい切れないから、未だに国名にそれを残し、『中華民族』という言葉を巧みに利用して無知な国民に朝貢外交を受け入れさせようとしている」

「無知な国民……ですか？」

「中国国民の九割は無知な国民と言っても嘘じゃない。正しい教育を受けていないのだからな」

「もの凄い表現ですね」

白澤が呆れた顔つきになって香川に言うと、香川が平然と答えた。

「だから共産主義が生き残っているんだ。たしかに、あれだけの人口を一国で支えようとすれば共産主義しかないのかもしれない……という思いもあるんだが、所詮、共産主義というのは多くの国民の犠牲の上に成り立つことに変わりはない」

二人のやり取りを、目を瞑って聞いていた片野坂が一度頷いて言った。

「アフリカ大陸の全人口よりも多いのが中国ですからね。仮に資本主義だったら、国家がいくつに分裂していたかわかりませんね。中国が安定していることで、ある意味日本の平和は守られてきたのでしょう」

香川もこれに同調した。

「特にシーレーン防衛を考えると、中国の沿岸地域の発展は日本の安全保障にとって大きな意義があるからな。沿岸地域が内陸地域を支える構図は、海を持つ国ならば世界中どこも同じだ。ただし、日本のように第一次産業人口が激減すれば、そのバランスを失ってしまう。農林水産業が疲弊してしまうと、衣食住の中で最も大事な食分野を海外に依存しなければならなくなる」

「そうですね……日本の農林水産業の失敗は回復困難なところまで追い詰められていますからね」

「政治改革で変わることがなかった農林水産省は何をやっていたんだ、と思うよ」

「政治依存を延々と続けてきた結果でしょう。かつてのウルグアイ・ラウンドの頃までは、農林水産省の外交テクニックは外務省よりもはるかに優れていたんですけどね」

「その後の政権が拙かったからな。最悪のタイミングでの政権交代だった」

片野坂と香川のやり取りを聞いていた白澤が笑って言った。

「いつも不思議に思うんですけど、私たちの会話って、どうしていつも横道にそれるんでしょう。それも単なる横道じゃなくて、その先の迷路にまで踏み込んでしまっているような気がします」

香川が白澤をチラリと見て答えた。

「頭の回転が速いからだ」

香川は自分の首を三回クルクルと早く回す仕草をして、

「ほらな」

と言った。白澤が思わず噴き出した。片野坂も気まずそうな顔つきを崩して言った。

「論議は展開した方が面白いアイデアにぶつかるものだと思います。頭をめぐらす、というのはそういうことだと思いますよ。ベクトルの方向は一方向よりも多方向にズレていたほうがいいでしょう。さて、武器の所在の問題でしたよね」

片野坂の言葉に香川がとぼけた顔つきで答えた。

「そうだったっけ。ま、いいか。銃弾の加工と銃器の捜査は同時進行が必要だろうからな。そうなると後は実行為者と、そのバックグラウンドの問題だな」

その時、香川のスマホが鳴った。

「外一課長からだ」

香川がスマホ画面を確認して通話モードをスピーカー設定に変えて電話に出た。

「結果は出ましたか？」

「潔ちゃん、とんでもない人物に当たったものだな」

電話の向こうの警視庁公安部外事第一課長、世古《せこ》和也《かずや》警視正の緊迫した声が響いた。

「撮影場所は長崎県の対馬だったみたいだけど、あの女はロシア政府のエージェントの疑いがある女スパイだったんだ。男の方もその関係者と思われている。特に女の方はいくつもの名前を持っていて、アメリカ国内ではロシアの諜報機関ＦＳＢ（ロシア連邦保安庁）とやりとりがあるだけでなく、アメリカの政党関係者をセックスで手懐けて操作していたようなんだ」

ＦＳＢとは、ソ連時代のＫＧＢ（カーゲーベー：国家保安委員会）の後継組織である。

「色仕掛けですか……米国内で活動したロシアの女性スパイというと、二〇一〇年に逮捕されたアナ・チャップマンの後継者のような女ですね」

「ああ。報道によれば、彼女はある時は『ロシアの中央銀行の職員』またある時は『銃を保持する権利を訴えるロシア組織の代表』『大学院生』『ジャーナリスト』と身分を変え、セックスを武器にしてワシントンＤＣでさらに地位の高い者たちとの人脈を築いたようだ」

「一筋縄ではいかぬ相手……ですね。銃の使い方もよく知っているんでしょうね」

「その女スパイがメディアで取り上げられた際、ロシア高官とみられる人物が女スパイに送ったメールが捜査で明らかになったんだ。『アナ・チャップマンはおもちゃの銃でポーズをとっていたけど、君は本物の銃でポーズをとっていた』というような内容だったと読んだな」

「ロシアの女スパイでアメリカの、しかも政党関係者の間で活動するとなれば、超一級のトレーニングを受けているはずです」

「映画『レッド・スパロー』をまさに地で行ったような話だよ」

「オスカー女優ジェニファー・ローレンス主演の映画ですね」

「さすがに何でもよく知っているな。そんな女スパイが何の目的もなく対馬に現れるはずがない。しかも殺害現場にいたというのだからな。射撃手の可能性もある。アメリカの情報筋も注目しているようだ」

「本格的な国際問題に発展してしまうかもしれませんね」

「総監もそれを気にしておられる」

「総監？　もう報告済みなのですか？」

「隣の警備企画課から直に連絡を入れたらしい。隣もＦＢＩからの報告を受けて大騒ぎのようだ。片野坂部付はずっと一緒なのか？」

「一緒ですよ。と言っても今は対馬ではなく福岡に帰ってきていますけどね」

「福岡？　長崎じゃないのか？」

「対馬は長崎県ではあるんですが、実質的には福岡圏なんです」

「何をいっているんだ。意味がわからないことを言うんじゃない」

「福岡経済圏、ということです」

「ああ、そういうことか。確かにフェリー等の海上交通は福岡からしか出ていないようだな」

「歴史的に対馬から長崎に行ったルートはないんです。倭の国以前から対馬とルートがあったのは福岡、それも博多だったんですよ」

「確かに元寇を見てもそうだったな。文化の窓口だったはずだ。ところで博多で何を調べているんだ？」

「そのロシアンスパイの連中は空路ではなく、海上航路で博多に入っているんです。国内線でね」

「すると手荷物はスルーパスということか？」

「新幹線だってスルーパスでしょう。彼らが使ったのはJR九州の船なんですよ」

「なるほどな……手荷物検査がある航空機を使用せずに入ったのか。その後をどうするかだな」

「ライフルをどこかに売り渡すか、どこかの在外公館に持ち込むか……でしょうね」

「治外法権を利用するというわけか。参ったな」

「まだ国内にあれば、ですけどね。韓国ルートで持ち出されてしまっているかもしれませんよ。殺害された三人の身元次第ということになると思います。奴らは一体何者だったのか、さらにどうして対馬で殺されなければならなかったのか。長崎県警もまだ明らかにしていません」

「入国手続き、若しくは釜山での出国手続きの状況を調べてもわからないのか？」

「被害者三人が所持していたパスポートそのものが偽造だったようです」

「どこの国の者になりすましていたんだ？」

「韓国人です。おそらく北朝鮮の工作員だったのでしょうが、現在の韓国政府は何事においても北朝鮮優先ですから身元を明かすことはないと思われます」

「表がダメなら裏から調べるしかない……ということだな」

香川は直ちにスマホを切ると、すぐにまた電話を架けた。通話モードをスピーカーモードにしているため片野坂、白澤の二人にも通話状況がまる聞こえの状態だった。

「香川さん、お久しぶりです」

「おう、真面目にやっているか？」

「なんとか生き長らえています」

相手の男は発音に半島系に近い特徴があった。

「お前、北朝鮮の工作員の面割りはどれくらいできるんだ」

「半分くらいでしょうか」

「そうか、韓国人になりすまして日本に来て、殺害された男が三人いる。そのデータをおくるから、確認してもらいたいんだ。三人が一発の銃弾でほぼ同時に殺害されているんだ。北だって面白くないはずだし、バックグラウンドの調査を行うはずだ」

「それはいつの話ですか？」

「もう、一週間になるな、場所は長崎県の対馬だ。ニュースを見ていないのか？」

「気が付きませんでしたね。対馬といえば、北朝鮮製シャブの第一寄港地ですけどね」

「そうなのか？」

「あそこにはコリアンマフィアの拠点が幾つかあって、釣り屋と民宿を経営しているんです。十人以上乗れるクルーザーで釣りだけでなくシャブや武器の密輸にも関係しているはずです」

「やはりそういう場所にされてしまっているんだな……」

「かつては対馬の日本人漁師を使っていたようですが、金持ちになってしまうと漁師を辞めて内地で暮らすようになっているそうですよ。しかし、その多くは商売に失敗しているとか」

「商売か……飲食業くらいしかできないだろう」

「漁師料理がほとんどだったようですが、博多でその類《たぐい》の商売を始めるのはむずかしいでしょうね」

「いくらでもあるからな、安くて美味い店はな。とにかく、至急当たってみてくれ。韓国政府は全く当てにならないからな」

「金王朝を全面的に信用しているくらいですからね。まあ、どうにもならんでしょう。うちで調べてみます。ちょっと興味もありますんで。ちなみに、現場の写真とか、当時の画像はあるんですか？」

「いくつかはある」

「何かのツアーだったわけですか？」

「そうだな。釜山からの買い物ツアーというところだろう。対馬の北部にある比田勝とか？」

「コリアンマフィアの対馬の拠点は北の方らしいですから、どうやら、その絡みかもしれませんが、工作員三人が一緒というのも気になります。近くに自衛隊基地はありますか？」

「海も空もある。基地を見下ろす韓国展望所という場所が殺害現場だ」

「なるほど……米朝会談後の自衛隊の動きを見に来ていた連中かもしれませんね」

「二度目の米朝会談は決裂することが最初からわかっていたんだ。トランプ大統領による強烈な金正恩攻略だったわけだからな。アメリカ合衆国の総力を挙げた情報収集活動に北朝鮮も冷や汗をかいたはずだ」

「衛星写真も強烈だったようですね」

「これからボディーブローとして効いてくるだろうな」

「北が核やミサイルを全廃するなんてことは到底できないわけで、金正恩は、なんとか現体制をキープすることができればいいだけのことなんですよね」

「特に南が条約の履行を平気で破っている現状で、そこと手を組んだところで何のメリットもないことがわかってきたようだからな」

「すると南北統一が遠のいた……ということですか？」

「まあ、そう思った方がいいだろうな。朝鮮漫才二号のオドシくんとタカリくんコンビに明らかな亀裂ができ始めていることは明白だな」

「ネットで話題になったオドシ・タカリコンビですね。関西でも流行っていますよ。オドシの金ちゃんとタカリの文ちゃんが対等な立場で一緒になるということは、南北の経済格差の一掃が第一条件になるわけですが、現在の七放世代をかかえる南の現状を、日本にも多くの同胞を抱えているオドシの金ちゃんはよく知っているはずです」

七放世代とは、現在の韓国の若者の状況を表す言葉で、「恋愛」「結婚」「出産」「人間関係」「マイホーム」「夢」「就職」の七つを放棄した世代をいう。この数年で、韓国では格差社会の歪みが若者世代を直撃し、エリートの座を得られなかった若者が諦めざるを得ない「将来」が徐々に増えてきているという。二〇一一年頃に登場した、「恋愛」「結婚」「出産」を放棄した「三放世代」がさらに拡大したのだ。

「同胞か……お前もその仲間か？」

「国籍は北朝鮮のままです。親からもらった名前と国籍は大事にするのが私たちにとって最大の親孝行だと思っています」

「仕事の種類は関係なく……か？」

「そうです。金を稼ぐことが第一です。かといって、私のチームは他所のシンジケートとは違って自主独立ですから、ロシアンマフィア、チャイニーズマフィアとも対等に渡り合っていくことができるのです」

「本国の地下資源を、裏ルートを通じて売りさばいているからだろう」

「国家には正当な対価を支払っていますし、地下資源を掘り出す技術と機械を入れているのは我々ですから、誰も文句を言うことができないのです」

「トンネル掘りもプロだからな」

「そうです。抜け穴だけでなくね」

ようやくそこで相手の男が笑った。

香川は巧みな話術で、通話を傍で聞いている片野坂と白澤に、相手の素性を何となくではあるが知らせていたのだった。

「十分以内に動画を含めた画像を送るから確認してくれ」

そう言って香川は電話を切ると、すぐにパソコンを開いて動画と画像を送った。片野坂が笑いながら香川に言った。

「蛇の道は……どころではないようですね。恐れ入りました」

「何を言っている。片野坂の方がもっとディープな人脈を持っているだろう？」

香川が笑って答えた。白澤は二人の顔を交互に見比べながら小さなため息をついて、独り言のように呟いた。

「私とは住む世界が違う」

「そのうち平気で同じようなことができるようになるさ」

香川が笑って答えると、白澤が神妙な顔つきになって訊ねた。

「香川さんは今、どういう関係の方と話していたのですか？」

「白澤、この世界では協力者に関する話はエージェント同士ではしないのが常だし、本来、訊ねることもタブーなんだよ。今回は初めて一緒に仕事をするので名刺代わりに、特別に教えよう。今の相手は、親は在日朝鮮人二世だが、元韓国のＫＣＩＡ工作員で対北担当をやっていた男だ」

「ＫＣＩＡが北朝鮮を調べていたのですか？」

「馬鹿げたことを言っているんじゃない。朴正煕がクーデター成功の一か月後に作ったのが大韓民国中央情報部、つまりＫＣＩＡだ。韓国国軍の諜報機関ＣＩＣ（Counter Intelligence Corps、対敵諜報部隊）のメンバーを中心に設立されたんだが、組織の主要な任務は、当時、韓国にとって唯一の敵、朝鮮民主主義人民共和国の工作員の摘発だったんだよ」

白澤香葉子がこうした情勢について質問するのには理由があった。白澤は巡査部長と警部補で公安専科を受講しているが、これは警視庁が独自で行う「公安講習」ではなく、巡査部長試験に合格した者が関東管区警察学校に入校する際に受ける専科講習だった。かつては管区学校の講習は巡査部長（警部補）任用科講習とは別に行われていたが、各種講習期間の短縮に伴い、専科講習が任用科講習と一緒に行われるようになった。このため、公安も刑事も幹部としての基本は学ぶが、専門分野の学習は警視庁独自の「公安講習」「刑事講習」を経験する必要がある。

だが、白澤は巡査部長の本部勤務の際に広報課音楽隊に配属されたため、専門分野の講習を受けることなく、警部補で公安部に抜擢された、極めて稀な存在だった。

「そういう歴史があったんですか……現在はどうなっているのですか？」

「ＫＣＩＡから国家安全企画部、国家情報院と形を変えたが、現在の文政権になって、国家情報院において徐薫《ソフン》国情院長から『北朝鮮に対する一切の工作活動を禁止する』という命令が出たようだ」

「あの大統領のやることとらしいですね」

「韓国の大統領といっても、不正を行って自殺した大統領が歴代大統領の中で好感度一位に選ばれた国だからな。正義というものに対する民意というものが全く理解できない国の一つだと片野坂も言っていた」

「そういう国のエージェントは信用できるのですか？」

「それは個々の問題だ。現に彼は国家情報院の不正も暴露している。二〇一四年に国家情報院が通信アプリＬＩＮＥのデータ（無料通話およびテキストメッセージ）を傍受していた。その時の記事では、韓国政府のサイバーセキュリティ関係者が、日本の内閣官房の情報セキュリティセンターとの協議の場であっさりと認めたと記されているし、その裏付けも取っている」

「ＬＩＮＥはそもそも韓国の企業でしょう？」

ＬＩＮＥは韓国ＮＨＮ株式会社（現：ネイバー株式会社）傘下の日本法人ＮＨＮジャパン株式会社（現：ＬＩＮＥ株式会社）が開発したアプリケーションソフトである。さらに、ＬＩＮＥの開発を旧ＮＨＮジャパンで指揮したのは、親会社ネイバーの創業者で、大韓民国国家情報院の情報システムを構築した李《イ》海《ヘ》珍《ジン》であることが公開情報の突合せにより判明している。

「ＬＩＮＥをメイドインジャパンと報じているマスコミの趣旨は一体何なんですか」

「馬鹿馬鹿しくて仕方がない。通信回線から直接データを収集するワイヤータッピングは、通信の秘密を守る法律が無い韓国では違法ではないと韓国側が主張しているし、データが中国企業テンセントに流出した疑いがあることも判明している。今やそれは常識なのに、日本の自治体や企業、学校までがこれをオフィシャルな情報伝達手段にしているのだからな。そんな団体を守るために日本警察は仕事をしているわけじゃないから、これに伴う事故は自己責任と考えてもらうしかないな」

「その点に関しては私も否定しません」

「当たり前だ。俺が協力者として選ぶ際は、ＳＮＳやＬＩＮＥをやっている者は全て排除の対象になっている。もちろん、チヨダも同じ考えのはずだけどな」

香川が木で鼻を括るような言い方をした。

「ＳＮＳもダメなのですか？」

「自己顕示欲が強い者は協力者には向かない。特にFacebookで自分の行動を伝えているようじゃ、そもそも情報活動を行う資質に欠けていると言っても決して過言ではない」

「言われてみれば確かにそうですね。ＳＮＳだって余計な人とのつながりが自然にできてしまいますものね」

「個人間のコミュニケーションを図るために第二の携帯電話を使うことも可能だが、その際に第二の携帯電話を提供してくれる協力者が必要となる。そうなると協力者に負担がかかることになる。さらに公安部のように組織的に裏で携帯電話を購入していても、通信会社にその実態が知られている。通信会社の中には中国や北朝鮮とズブズブの関係にある大手企業もあるわけだから、秘密の保持は決して完璧ではないだろう」

「公安部もダメなのですか？」

「公安部員の中で情報部門に携わっている者の中には、警察と企業が提携している組織の照会ルートに乗せず、独自のルートで電話会社や通信会社とつながりを持っているのがいるんだ。さらに個人情報を総務部情報管理課に確認する場合にも、公安部内のルートではなく刑事部や組対《そたい》部と情報交換しながら、そのルートから入手しているんだ」

「どうしてそんなことをするんですか？」

「そういう情報マンは情報の本質を知っているからだ」

「情報の本質……ですか」

「そう。まず知るべき人は誰かだ。情報の伝達というのは危機管理と同じでトップダウンで済むことなんだ。警視庁の場合には公安部長よりも警察庁のチヨダが優先される場合がある。というよりも、管理官、理事官、公総課長、参事官を経て公安部長に報告するまで、時間の無駄に加えて、知らなくていい人もいるからだ」

「それでは組織は成り立ちません」

「それが情報なんだ。知るべき人に知るべき内容を迅速正確に伝えるのが情報の本質なんだ」

「香川さんはそうやって組織の中でやってこられたんですか？」

「公安総務課だけで十五年、しかも巡査部長五年の後、居座り昇任で警部補十年。情報一筋でやってきているんだ。管理官は三年、理事官以上は一年半で替わっていく。誰を信用しろというんだ。信用できるかどうかは自分で決めるしかないだろう」

「そんなことを言っていたら警察庁の警備局長以上の警察幹部だってだいたい二年で替わってしまうでしょう」

「だから『警察の中には情報組織がない』と言われてしまうんだ。情報分野において、行政官には代役がいても執行官には代わりがいないんだ。そんな中で片野坂部付のような人材が登場してきたことで、本来の情報組織に近づく可能性が見えてきた……ということだ」

香川の言葉に片野坂が応じた。

「香川さんの存在は公安部でも有名で、一目も二目も置かれていましたが、それは『困った時の香川頼み』ができるからであって、それを利用することができない幹部にとっては『目の下のタンコブ』に過ぎなかったのかもしれません」

「咽喉に刺さった鰻の骨といってくれよ」

「抜くに抜けない……ですか」

片野坂が笑った。

「ところで、対馬の被害者は北朝鮮の工作員だと思いますか」

「なんとも言えないが、北朝鮮は未だに韓国の内部を調査している。このために北朝鮮は韓国に送り込む工作員候補として在日朝鮮人を利用しているんだ。しかも訛りのない韓国語を話させるために在日朝鮮人を韓国語の家庭教師につけて発音を学習させているほどなんだ」

「そのようですね。南北の温度差を南は理解していないようですね。特に現在の文政権はそれを知っているのか知らないふりをしているのか……アメリカも日本も知っているというのに」

「まさしく、韓国国民が現政権を支持する限り、正しい南北関係の情報が国民に伝えられることはないでしょう」

れることはないだろうな」

「韓国国民の根本意識は『反日』に取り憑かれていますからね。文政権が反日を掲げ、国民の政権支持率が変わらない限り、北朝鮮を正しく認識はできないでしょう」

二人の会話を聞いて白澤が驚いた声を上げた。

「そうなんですか？」

「何がそうなんだ？」

「北と南の関係です」

警視庁独自の公安講習を受講していない白澤にとって、朝鮮半島情勢の分析は、一般人が新聞から得る知識とそう変わりがない状況だった。このため、ある意味で白澤が持つ外事警察に関する「素直な性善説」は、片野坂や香川にとっては新鮮に思われる感覚でもあった。

「二回目の米朝会談の結果を見ればわかるだろう。国際社会から文政権は完全なレームダック状態に映っているにもかかわらず、まだ南北統一を追いかけている政権を多くの国民が支持している。同じ民族だから仕方がないのだろうが、習近平が中華民族という言葉を使って中国の一体化を目指しているのとはわけが違う。中国はあくまでも中国共産党による一党独裁が根底にあるんだからな」

「同じ民族が一緒になることはないのですか？」

「いつかはなるべきだろう。しかし、北朝鮮は現在の金王朝の承認をアメリカに求めている。つまり、南北の戦争状態が終結したという状況を作り出したとしても、現時点では北の独裁制に南の中途半端な資本主義が飲み込まれるしか統一の道はない」

「そうですか……日本はどういうスタンスがいいのですか？」

「北はまだ日本から第二次世界大戦で受けた損害について賠償を受けていない。日朝平和条約を締結するには拉致問題の解決が最優先である日本の立場は、現在の北のリーダーである金正恩にとっては解決不可能な案件なんだ」

「解決不可能……ですか？」

「父親世代の工作員が勝手にやったことで、自分は何も知らないし、すでに金正日の時代にカタが付いた話だと思い込んでいる」

「本当にそう思っているのですか？」

「拉致問題に関してはすでに解決済み……という態度だな。もしこれが未解決というのであれば父親が行った政治を完全に否定しなければならなくなる。そうなれば三代目の存在意義がなくなってしまうからだ」

「そんな理不尽なことが許されるのですか？」

「拉致問題が日朝両国の俎上に載って何年経っていると思うんだ。もし北朝鮮が本気で日本との関係を修復しようと思っているのなら、最優先で解決するはずだろう。そんなならず者国家でも、世界では百六十か国以上が国交を結んでいるんだ。百九十三の国が国連に加盟していることを考えると、北朝鮮と国交を結んでいない国の方が少数派なんだな。EU諸国は二〇〇〇年に韓国の金大中《キムデジュン》大統領と北朝鮮の金正日労働党総書記の間で共同宣言が正式署名されたのを受けて、北朝鮮と外交関係を樹立している。その中でもイギリスは突出して北朝鮮人に居住証を発給し留学生を受け入れているんだ」

「イギリスは何を考えているのでしょう」

「何も考えていない……というのが実態だろうな。極東の遠い小国で特に大きな利害関係や直接的な危険性もないので、特別拒否する理由もない。イギリスがその気なら日本も関係ない。EUを抜けるなら、どうぞご自由に。日本企業が撤退しても知らないよ……という感覚でいいんだ。ただし、イギリス連邦諸国との関係には留意しておかなければならないけどな」

「イギリス連邦は五十か国を超えているんですものね」

「そういうことだ。イギリス連邦王国だって十六か国だろう。最近ではイギリス王室のヘンリー・サセックス公とメーガン夫人が積極的に連邦の絆を強めているようだな」

「彼女の母親がアフリカ系アメリカ人ということで、有色人種が多い連邦国家では極めて人気があるようですからね」

「そうらしいな。ヘンリー・サセックス公も故ダイアナ妃の忘れ形見だからな。世界的に人気があってもおかしくはない。ただし、これと国家間の政治問題は別だけどな。イギリスのEU離脱に関してイギリス王室は政治的中立を貫くはずだからな」

「そうでしょうね。それでもイギリス本国の動きは連邦各国にも何らかの影響を与えるのではないですか？」

「イギリス本国だって連合王国だからな。サッカー、ラグビーのワールドカップにはイングランド、スコットランドなど四か国として参加しているくらいだ」

「オリンピックはイギリスで出ますよね」

「サッカー、ラグビーは発祥国だからな。世界組織ができる前から分かれて存在していたから仕方がない。オリンピックはギリシャが発祥。わがままは許されないんだ」

「そういうことだったんですか……それよりも、北朝鮮問題は国際的な問題にならないのですか？」

「国連安保理でも経済制裁に関しては決議を採択しているから、問題にはなっているが、ロシアと中国が裏でいろいろやっているからな。EU諸国と一緒で、極東のならず者国家とアメリカの対決を面白半分に眺めているというのが本音だろう。北朝鮮と国交を結んで相互に大使館を置いている国家が、北朝鮮に抗議をしたなんて話は聞いたことがないからな」

「なるほど……そういうことですか……」

「第二回米朝会談が行われたベトナムを見ればわかるだろう。あれだけ多くの留学生や労働者を日本に送っていながら、金正恩を国賓待遇で迎えるんだからな」

片野坂もうなずきながら付け加える。

「共産主義同士ということもあったのでしょう。しかも金日成主席以来、その孫が国の代表として祖父同様、列車で三日かけてきたのですから、それなりのもてなしをしたのだと思います」

「そういう儀礼も大事にしたのかもしれないな。ところで片野坂部付としては、何か裏取りをしているのか？」

「私も私なりのルートをつかって情報収集をしています。アメリカも専ら海兵隊で使われているSAM－Rが使用された可能性があるだけに、本気で動いてくれているようです」

「FBIか？」

「CIAと軍関係も動いているのだと思います。米朝関係を完全に崩壊させることは考えていないはずですから」

「なるほどな。全員が回答待ちか……その間に、たまには美味いモノでも喰いに行こうじゃないか」

香川の提案に白澤の目が輝いた。

「対馬のお料理も確かに美味しかったのですが、いり焼きと穴子ばかりでしたから……」

「まあ、地方の料理というのはあんなものだ。蕎麦の元祖とも呼ばれている対馬独自の製法の対州蕎麦は、東京の蕎麦に慣れている俺たちには、同じ十割蕎麦でもちょっと食感が違ったからな」

「長野の美味しい蕎麦を食べたくなってしまいました」

「有明山神社の隣にある蕎麦屋だろう？」

「はい。鐘の鳴る丘の近くにあるお店です」

「確かに、あそこは絶品だからな。東京の有名店のように、もり蕎麦が二口くらいでなくなってしまうのとはえらい違いだ。といっても蕎麦に関しては博多では期待しない方がいい。博多はうどんとラーメンだからな」

「博多は蕎麦とうどんの両方が最初に渡来した場所なんでしょう？　どうして蕎麦は根付かなかったのでしょう」

「蕎麦は貧しい者の食べ物という印象があったのだろうな。文化の違いだ」

香川が得意の食談義を始めた。すると片野坂が口を挟んだ。

「博多と言えば、警備企画課の青山《あおやま》理事官が、中洲にある味噌汁屋にハマっていたようですよ」

「青山さんか……元祖・警視庁公安部情報マンだからな。おまけに武末《たけすえ》前組対《そたい》部長の義理の息子ときている」

「警視庁で出した結果を全国区で展開するように求められて、警察庁警備局長の指名でチヨダに永久出向されたようですから」

「チヨダの裏理事官もやりにくいだろうな」

「青山さんの情報収集分析能力はアメリカでも有名でしたよ。CIAもヘッドハンティングを狙っていたようでしたが、警察庁がストップをかけたようです」

「まあ、あの人も片野坂部付と一緒で自分で動くタイプだからな。これからどうなっていくのか楽しみではあるんだが、それよりも、その味噌汁屋というのが気になるな」

香川は早速スマホで検索を始めた。

「味噌汁屋で検索すると一軒しか出てこないな。中洲の人形小路《にんぎょうしょうじ》、となっている」

「おそらくそこでしょう。味噌汁屋とはいうものの料理もかなり美味いらしいです。まさに知る人ぞ知る……という店のようですよ」

三人は思い立ったが吉日と、椅子を膝の裏で弾き飛ばすような勢いで立ち上がった。

その時、香川のスマホが鳴った。

「香川さん。動画を今確認しました。とんでもない人物が複数映っていましたね。まるでスパイオンパレードの動画でした」

島外に出ることができる空港と港、計三か所の防犯カメラ映像を送ってあった。

「スパイオンパレード？　動画にはロシアン女スパイは映っていないはずだが……」

香川が怪訝な顔つきで答えながらスマホの受信音声をスピーカーに切り替えた。すると協力者が思わぬことを言った。

「ロシア人はわかりませんが、北朝鮮のかつての三十五号室、つまり偵察総局エージェントが二人と、韓国の国家情報院が三人、さらに、中国の人民解放軍総参謀部第二部からも三人を確認できました」

「なんだって！」

香川は片野坂の顔を見た。片野坂はゆっくり頷いた。

「全員の個人データを取ることはできるか？」

「少し時間はかかると思いますが、可能です」

「わかった。できるだけ詳細なデータを送ってくれ。やはり餅は餅屋だな」

「何ですかそれは」

「その道のプロを知っていてよかった……ということだ」

「香川さんにその言葉をそのままお返ししますよ。それよりも日本の警察は把握できていなかったのですか?」

「残念ながら、現時点では北と中国の対日担当エージェントに関する基礎データが少ないんだ」

「なるほど……全員が対日関係というわけではないのですが、日本語は全員堪能なはずです」

「そうか。特に人民解放軍総参謀部第二部に関しては、その他の情報もあったらデータに加えておいてくれ」

香川の協力者は快く引き受けた。

香川が電話を切るのを確認すると片野坂が言った。

「とんでもない情報が飛び込んできましたね」

「実態がわかるまで、俺たちは美味い酒と博多名物でも喰いながら待つとするか」

香川が澄ました顔つきで言うと、白澤が「ハーッ」と大きなため息をついて香川の顔をマジマジと眺めながら言った。

「こんな大きな情報を得てもお酒優先なんですか?」

「日本はスパイ天国なんだから仕方ないだろう。協力者が言っていたようにスパイオンパレードの状態が対馬にあったということの意味を考える方が今は重要だ。ともかくどんな奴が来ていたのかがわかるまではどうしようもないだろう。果報は飲んで待て……

だな」

　片野坂も笑顔で言った。

「泰然自若。これこそが情報マンの姿なんですよ。香川さんだって、心の中ではウハウハしてますよ。ね、先輩」

「余計な事を言うんじゃない」

　そう言った途端に香川の顔が大きく崩れ、白澤に向かって言った。

「嬢ちゃん、赤いべべ買うてやるけえ、おっちゃんに付いてこんかい」

「何ですかそれ」

　白澤がきょとんとした顔つきで訊ねると、片野坂が代わって答えた。

「昔、関西で可愛い女の子をナンパする時に使った、おっちゃんたちのフレーズですよ。それにしても香川さん、今のフレーズ、いやらしさも含めて堂に入っていましたね」

「余計なことは言わんでよろしい。さて、本当に美味い酒が飲みたくなった。行こうぜ」

第七章　博多の夜

「すいません。今日は予約でいっぱいなんです」

人のよさそうな主人が申し訳なさそうに、暖簾《のれん》を右手で上げながら引き戸から顔を覗かせる程度に開けて席を訊ねる香川に言った。

「そうか……残念だな。何時頃になったら入ることができそうですか？」

「何とも言いがたいのですが、八時半以降でしたら比較的空くのではないかと思います。何分にも狭い店ですから」

確かにカウンター席だけで八人も入ればいっぱいになるような店だった。

「三人がカウンター席に座るのはご迷惑ですか？」

「いえ、そんなことはありませんよ。四人、五人の場合はお断りしますが、三人さんは大丈夫です」

「あと二時間か……わかりました」

香川が戸を閉めようとすると、カウンターの奥から主人がわざわざ見送りにきた。

「またよろしくお願いします。こちらは初めてですね？」

主人の丁重さに気をよくしたのか、香川が言った。

「以前、ここに青山さんという方が東京からよく来ていましたでしょう？」

「青山さん。あの特殊な仕事をされている青山さんのことですか？」

「その青山さんです」

香川が笑いながら答えると、主人が店の外まで出てきて言った。

「もしよろしかったら、席が空いたところでお電話いたしましょうか？　さしつかえなかったら……ですけど」

香川が片野坂を見ると片野坂が頷いた。香川は自分の携帯電話を伝えて「よろしくお願いいたします」と言うと、主人は「大事なお客様ですから」と笑顔で答えた。香川がどこか近くにいい店がないかと訊ねると、幾つかの店を教えてくれた。礼を言って三人は路地を曲がった。

「いい店で、いい主人だな」

「人のよさがにじみ出ているような人でしたね」

「音楽はジャズがかかっていたよ。味噌汁屋で……」

「そこも何かこだわりがあるのでしょうね」

三人は軽くつまみを取って飲みながら待つことにした。路地から少し大きな通りに出ると休日前の銀座以上の人出だった。

「それにしても中洲という所は元気がある街だな。銀座や六本木、新宿とも違う」

「確かに不思議な活気がありますね」

白澤も頷きながら言った。

「街を歩いている女性がみな綺麗。しかも女性のお客さんも多いみたい」

「確かにウォータービジネス系ではない若い女性も多いな。九州中から人が集まっているようだ」

「神戸以西では最大の歓楽街ですからね」

三人は味噌汁屋の主人から教わった、屋台から中洲に店を出したという博多料理屋に入った。

「屋台も店舗と並行してやっているんだな」

「有名な屋台のようですね」

「ホルモンの塩レモンと博多皿うどんがお薦めだったな」

「博多でお酒と言えば焼酎ではなく日本酒なんですね」

「九州の文化圏はＪＲの鹿児島本線と日豊本線で二分されているそうです。右手の法則というのが面白いです」

九州の右手の法則というのは、右の手のひらを指先を下に向けて見ると、その形が九州に似ているからだと言われる。手首から親指の先までが福岡、佐賀、長崎。さらに親指の付け根からいわゆる知能線と呼ばれる線にあたる熊本の球磨《くま》川までが一つのルート。手首の反対側から指全部が福岡県の北九州から大分、宮崎、鹿児島までのもう一つのルートとなっている。前者が鹿児島本線で、後者が日豊本線ということになる。前者は酒では日本酒文化、後者が焼酎文化と言われている。

「なるほど、熊本は日本酒と焼酎に分かれる文化圏ということか……確かにそうだよな。現在でも吟醸酒の多くに使用されている『きょうかい9号酵母』の元株でもある『熊本酵母』を維持・管理する研究機関の熊本醸造研究所は、まさに名前のとおり熊本だからな」

「凄い知識ですね」

白澤が笑うと、香川が答えた。

「酒飲みの間では常識なんだよ。きょうかい9号酵母はな」

「そうなんですね」

三人は日本酒のぬる燗でホルモンの塩レモンと博多皿うどんを食した。

「確かに今まで食べたことがない味だが、この皿うどんは絶品だな」

「本当に美味しいです」

「このホルモンの塩レモンも実に美味しいですよ」

片野坂はホルモンの塩レモンが気にいったらしく、もうひと皿をすぐに注文した。

「ここで長居してしまうと味噌汁屋に行くまでに腹いっぱいになってしまいそうです」

「たまには博多の夜を満喫してもいいんじゃないか」

香川が二皿目の皿うどんを注文した。

「このお店は何を頼んでも美味しそうですね」

白澤にしては珍しく日本酒を二合追加した。

「おいおい、ゆっくり行こうぜ。夜は長いといっても、腹に入る量には限度があるんだからな」

日本酒を三人で六合空けたところで味噌汁屋から電話が入った。

味噌汁屋のカウンター席に一番奥から三席が準備されていた。主人が笑顔で訊ねた。

「まだおなかに入りますか？」

「セーブしてきたから大丈夫です。今日のお薦めは？」

「久しぶりにツボダイの味醂漬けが入っていますよ。青山さんが一番好きだったものです」

「グルメの青山さんが選んだものなら間違いないでしょう。今日のお薦めのがめ煮とい

「博多では正月に必ず食べる郷土料理で、関東では筑前煮というものです」

「筑前煮か……がめ煮の『がめ』というのはどういう意味ですか？」

「諸説あるみたいですけど、博多弁の『がめくり込む』、寄せ集めるという意味ですけど、これが名前の由来と言われていますね。この煮物の特徴は、最初に具材を全て炒めるところですね」

「そういう由来があったのか……」

「骨付きの鶏もも肉を一口大に切ったものを出汁に入れてひと煮立ちさせた後、干し椎茸を戻したもの、コンニャク、アクを抜いたゴボウ、レンコン、ニンジン、タケノコ、サトイモを加えて野菜が柔らかくなるまで煮て汁気を飛ばすんです」

「骨付き鶏肉がミソなんだろうな」

「そうですね。最低でもこの八種類は入りますが、具材の数が偶数を嫌うところもあるようで、九種、十一種のところもありますよ」

「結構手間がかかる料理なんだな……」

「そうですね。博多では水炊きとがめ煮が二大郷土料理ですね。どちらも手間が掛かります」

「水炊きも白濁したスープだもんなあ」

「そうですね。一般家庭ではストーブの上で鶏ガラを一昼夜煮込むのが普通ですね」

「一昼夜？」

「あまり高温で炊き出すとエグ味が出るんです」

「それを博多の人はよくやるんですか？」

「まあ、年に数回でしょうね。それも冬が多いでしょうけど」

三人は主人の勧めで、たまたま手に入ったという熊本醸造研究所の銘酒、「香露」の大吟醸を頼んだ。

「確かにいい酒ですね」

「かつては『香露の大吟一本あれば、中洲で飲み明かすことができる』と言われたこともあった貴重品ですよ。今でも入手困難で、特に震災で相当な被害を被ったようです」

「熊本は大変だったからな……」

「それにしても青山さんはよくこういういい店を見つけるものだと感心しますよ」

「もう一人の、博多《はかた》克範《かつのり》さん共々、怖いもの知らずやけんね。博多克範さんは千社札まで作って、ここに貼ってるでしょう」

主人がカウンター内にある年代物の木製の食器棚を指差すと、そこには博多克範の名前の上に桜田門の小さな文字があった。

「本当に博多克範さんという人物がいるのですか？」

「本名は藤中《ふじなか》さんやけど、博多好きが高じて『博多克範』と名乗るようになったとよ」

「もしかして、カルテットメンバーで強面《こわもて》の藤中参事官のことでしょうか……そんなにおちゃめなところがあったんですか」

香川が思わず敬語を使っていた。これを聞いた白澤が訊ねた。

「カルテット……って何のことなんですか？」

「警視庁でも有名な同期同教場の四人組で、全員が一発一発で警視正にまでなった、スーパーポリスのことさ」

一発一発とは、巡査部長昇任試験から警部補、警部昇任試験を全て一回で、しかも上位で合格した者に与えられる称号である。警視庁では昇任試験で上位の者から順に昇任していくため、合格順位の上位と下位では約一年の差ができてしまう。これはその後の昇任試験の受験資格にも影響するため、警部までの昇任試験を全て一回で合格したとしても、約三年の差がつくことになる。

「警察庁長官官房の藤中分析官のことでしょう」

そう言うと、片野坂が頷きながら続けた。

「確かに組織の中では怖いもの知らずのようですが、反社会的勢力の中でも一目置かれている存在ですからね。その名はＦＢＩでも知られていましたよ」

それを聞いた主人が驚いた顔つきで片野坂に訊ねた。

「博多克範さんはそんなに有名な人物だったのですか？」

「うちらの世界は狭いですから。いい意味で目立つ存在はすぐに全国区どころか世界的に知られてしまうのですよ。青山さんはその最たる例です」

「そげんでしたか……清水保《しみずたもつ》さんが一目置くはずやな」

「清水保？　あの岡広組ナンバースリーだった清水保ですか？」

「ようここで三人で飲みよんしゃったとよ。言わん方がよかったかな？」

主人が失敗した……という顔つきになっていたので、片野坂が笑顔で言った。

「我々は大丈夫ですよ。極めて近い仲間ですから」

香露の大吟醸を空けると、香川が芋焼酎を頼んだ。

「珍しい焼酎を出しましょうか」

主人が奥から香川が見たこともない四合瓶を持ってきた。

「黒麴《くろこうじ》でもよかですか？」

「いいですよ」

「これは福岡の日本酒の蔵元が造った黒麴甕《かめ》仕込みの芋焼酎で『極上尽空《じんくう》』という、四十度あるものです」

主人の説明を聞いて香川が頷きながら訊ねた。

「ついに福岡でも芋焼酎を作るようになったんですね」

「第三次日本酒ブームが来る前に店をたたんだり、焼酎屋に買収された蔵元も多かったんですよ。その中でも我慢して日本酒で世界一になった蔵元が造った芋焼酎です」

「世界一の蔵元が芋焼酎ですか……異種文化をスムーズに受け入れる福岡らしい発想ですね」

「最近、いい日本酒や焼酎は中国人の爆買いの影響で品薄になっています。バブル期に造ったウイスキーが市場から消えているのと同じですよ。造り酒屋も飲み手に迎合するのではなくて、将来を見通す新たな一手を打っておかなければ、酒造りができん時代になりようとでしょうね。おまけに、最近の若い子は酒そのものを飲まんようになっとうけん、しょうがなかとでしょうね」

「体質的に酒を飲むことができない人はともかく、酒そのものを敬遠する若手は警察にもいますよ。しかし、往々にしてそういう子は育たないな」

「チャレンジ精神の欠如……ですか？」

片野坂が言うと香川が答えた。

「酒飲みは飲まない相手の前では本音を喋らないでしょう。本音を聞くことができないということは、物事の本質に近づくことができない……ということでしょう。それよりも、せっかくの焼酎ですから、やはりお湯割りでお願いしましょう。ロックの方がいいですか？」

香川の質問に主人が笑顔で答えた。

「一番好きな飲み方がいいですよ。いい酒はどんな飲み方をしても美味しいものですから」

「そうですよね。酒を飲まない奴が可哀想になるな」

香川の言葉に白澤が反応した。

「それって、ある種の好き嫌い……なんじゃないですか?」

「そうだよ」

香川は平然と言ってのけた。

「好き嫌いで部下や同僚を判断するのですか?」

「仕方ないだろう。嫌いな奴を無理して好きになろうと思うほどお人好しじゃないし、それに使う労力はエネルギーの浪費だからな」

そこに片野坂が口を挟んだ。

「どんな社会でも好き嫌いというものはありますよ。決して綺麗事では片付かないものだと思います。だから無理をして好かれようとは思わない方がいいと思います。いじめというものがこの世からなくならないのは、その好き嫌いがスタートだからなんですよ」

「部付はいじめを肯定しているのですか?」

「肯定はしませんよ。しかし、子供の世界だけでなく、大人の世界でもいじめは決してなくならない。人の能力には差がありますからね。それが社会というものでしょう」

片野坂の言葉に香川が頷きながら言った。

「イギリスでは学校内にいじめ防止監視カメラがあるし、フランスでは幼稚園からいじめ対策を行っているくらいだ。能力差がいじめを生むのは仕方がないことなんだ」

「そこが他の動物との違い……ということですか？」

「霊長類の中で集団生活を行っている一部のグループの中には弱者を救う大人の存在が認められているようだが、他人の子を救おうとするのは人間だけだろうな」

「確かに大人の社会のいじめもあるようですけど……」

「警察社会だっていじめはパワハラとして横行しているじゃないか。もっともレベルが高いと言われる東大を出ればエリートだと思う者は多いが、その東大出の中でも順位がつくんだ。警察キャリアでも毎年二十数人が採用されるが、その中でトップに立つのは一人だけ。時にはゼロということもある。エリートの象徴のような東大出の中でもそれだけの差が付くんだから、一般社会では当然だろう。格差社会というのも同じだ。差がなければ能力がある者が浮かばれないじゃないか」

「それは確かにそうですけど、あまりに差が付き過ぎるのもどうかと思いますけど」

「民主主義が生まれたイギリスだって、生まれながらの貴族が存在するんだ。おまけに王室は残ったままだからな。平等という言葉を鵜呑みにしない方がいい……ということだ」

香川の言葉に白澤は言葉を失っていた。それを見た片野坂が言った。

「日本はあまり加害者を救済しようとしないところに問題があるのだと思います。加害者が子供の頃から育ってきた環境によって、三つ子の魂……のようにいつまで経ってもいじめを続けるようです」

「加害者に対して早めに教養を身につけさせるのが大事……ということですか？」

「そう。特に日本のように人種問題が多くない国ではあまり問題にならないかもしれないけれど、欧米ではいじめが人種差別に直結することが多いのですからね。そうなると直ちに人種問題から宗教問題にまで発展してしまう。その怖さを欧米人はよく知っているんですよ」

「そういうことですか……」

片野坂の言葉に香川も、なるほど……という顔つきで口をつぐんだ。

話のタイミングを見計らったかのように主人が焼酎をチロリで温めて運んできた。

グラスに三杯、表面張力が生まれるように巧みに注いで言った。

「どうぞ。口から持っていって下さい」

片野坂は香川の怪訝そうな様子をチラリと見るとグラスに口を近づけて一口、焼酎を含んで言った。

「この芋は『黄金千貫《こがねせんがん》』ですね」

「ようわかりましたね。相当な酒飲みやね。麹米は『山田錦《やまだにしき》』を使《つこ》うとるらしいですよ」

「なるほど……日本酒の蔵元らしい発想だな。実に美味い」

香川は自分がオーダーした酒なのに先を越されたことに気付き、グラスに口を近づけて一口飲んで片野坂に言った。

「酒の飲み方を教えた俺よりも先に飲んだな」

「酒の気持ちになったんです」

片野坂が生真面目に答えると香川は声を出して笑いながら言った。

「いい弟子だ」

二人の会話を聞きながら白澤もお湯割りを口に含んで言った。

「先ほどの香露も美味しかったですけど、この芋焼酎の香りもよくて味も美味しいですね」

「そういや、お前、じゃなくて、お前さん、酒強いな。日本酒もクイクイ飲むが、焼酎も同じペースか？」

「お酒は大好きなんです。ドイツではワインばかりでしたけど、日本に帰ってきて、日本酒、そして警察に入ってからは焼酎も好きになりました」

「酒を飲めるのはいいことだが、飲み過ぎる女は嫌われるぞ」

「それは偏見です。男と女では体質的に女の方がお酒は強いとも言われているんですから」

三人の会話を聞いて主人が訊ねた。

「失礼ながら、今回はお仕事ですか？」

「仕事仲間が東京から三人で、しかも女性を連れて中洲に来ることはないでしょう」

「確かにそうですね。失礼なことをお伺いして申し訳ありませんでした」

「いえいえ、こういうところに来てみなければわからない現実もあるんですよ。ところで先ほど中洲の半分くらいをグルッと回ってみたんですけど、中国人も多いようですね」

「そうですね、確かに店も客も増えましたね。評判は決して良くないようなんですが、経営者がコロコロ変わるんで、不動産屋も大変らしいです」

「ほう……危ない仕事でもしているのかな？」

「店を経営する中国人のおかしなところは、同胞から必要以上に金をむしり取る構造ができているところなんですよ。身内を裏切るような商売をよく平気でできるもんだと、業界でも話題らしいですよ」

「構造……ですか？」

「そう。大型客船で来る客は初めての人が多いんですね。だから大型バスを連ねて観光するんですが、彼らが連れて行かれるのはディスカウントショップにせよ大型ドラッグストアにせよ、中国人資本の店が多いんですよ。そこでメイドインチャイナの偽ブランド商品や模造、違法の医薬品や化粧品を同胞に売りつけているらしいんです」

「インターネットではなく直接販売をやっている、ということですか……」

「二、三か月続けると中国国内から苦情が出てくるので、店舗の経営者と店名を変えてしまうそうなんです」

「中洲にもあるんですか？」

「中洲にそんな大型店舗を作るスペースはありませんよ。中洲は専らぼったくりバーですね。二束三文の酒を、高級ウイスキーや、今では中洲の老舗でも入手困難になっている日本製シングルモルトの空き瓶に入れて売っているんです。本物を飲んだこともない観光客ばかりですから、まあボロ儲けなんですね。中国人が経営している店用に空き瓶を集めている業者もいるほどですから」

「確かに日本人は行かない店でしょうね」

「それが、日本人が行くと裏のサービスがついているそうなんで、ホイホイ行く馬鹿がおるとですよ」

主人が呆れた顔つきで言うと、ようやく片野坂が口を開いた。

「十年ほど前に歌舞伎町の奥でよく見かけた光景ですね」

「十年前？　神奈川に行く前のことか？」

「神奈川に行ってからです。香川先輩からは六本木と上野で厳しく酒の飲み方を教えて頂きましたが、横浜の中国人グループの動きを調べているうちに歌舞伎町にも行く機会が増えたんですよ」

「俺はできる限り歌舞伎町には行かなかったからな……今でもよく知らない世界の一つなんだ。それで、ぼったくりはその頃にも多かったのか？」

「まあ、酷いもんだったんですよ。特に中国人の店は何を飲まされるかわかったものじゃない……という感じでした」

「その流れの連中が博多でやっているわけじゃないだろうな」

「なんとも言えませんが、歌舞伎町の奴らは同胞から金をむしり取ることはしませんでしたね。もちろん、当時は中国人の爆買いツアーなんてありませんでしたからね」

「そうだよな。『爆買い』という言葉が流行語になったのは、確か、二〇一五年のことだったからな。まだ四年しか経っていないのか……そしてもう終焉に近づいている」

「爆買いは二〇〇八年頃から始まったようで、十年間に、世界の高級品の三分の一を中国人が購入していると言われていますね。爆発的に中国の中産階級が増えた結果だと言えると思います」

「中産階級か……あの国の中産階級の定義が今一つわからないんだよな」

「中国政府は中産階級の年収を十万から五十万元（約百六十万円から八百万円）と規定しているようですが、年収には副収入を含めていない人も多いんです。特に親から相続した不動産を貸している者も多いようです。しかも中国の平均寿命は七十六歳と日本より短い」

「それでもそこまで生きているんだ……もう少し短いのかと思っていた」

「世界一の長寿は香港ですから、ここが一気に年齢を引き上げているのかもしれませんね」

「香港が世界一の長寿？」

「はい。男女とも世界一の長寿を誇っています」

「どうして、という気になるけどな……」

「それだけお金があるのでしょう。いい医師が揃っているのかもしれませんね」

片野坂が言うと白澤が思い出したように言った。

「そう言えば、福岡のある病院には香港からガンの手術を集団で受けに来ていると聞いたことがありますよ。案外、香港の病院ではなくて福岡の病院で手術を受けている人は多いのかもしれませんね。しかも香港と福岡間のビジネスクラスは満席が多いという話でしたよ。さすがに三時間半のフライトでファーストクラスを設定している航空会社はないからでしょうけど」

「なるほど……確かにその可能性は大ですね。PET検査に関しては日本の水準は高いようですからね」

PET検査とはポジトロン断層法を活用した検査方法の一つで、コンピューターによる断層撮影技術である。CTやMRIが主に組織の形態を観察するための検査法であるのに対し、PETは生体の機能を観察することに特化している。腫瘍組織における糖代謝レベルの上昇を検出することにより、ガンの診断に利用される。

近年PETとCTを一体化した装置も開発されており、診断には両画像をソフトウェア的に重ね合わせた融合画像が用いられるのが主流となりつつある。

「金もかかるんだろう？」

「まあ検査一回で三十万円くらいですかね。自由診療のケースが多いですから……公安部長も最近受診したらしいですよ。一泊二日の人間ドックに入って余計な検査を受けるよりも半日で終わる検査結果の方がはるかに正確だと言っておられました」

「忙しい人はそうかもしれないな……」

三人の話を聞いていた主人が頷きながら言った。

「最近、福岡には中国人の富裕層と呼ばれる人が外資系の高級ホテルによく泊まっているようなんです。それも一泊二十万円以上する部屋しか泊まらないらしいんですが、そういう人は日本のホテルがお粗末すぎると言っているそうですよ」

「それは事実だと思いますよ。海外で一泊二十万円以上というのはステータスでも何でもなくて、相応のサービスの対価だと考えられているんですよ。もちろんホテル内の専用クラブでの飲食は全て無料ですし、それなりの酒も用意されていますからね」

「まさに富裕層……って感じだな」

「いえ、海外旅行に慣れた人は、それくらいのクラスなら案外平気で泊まっているようです。中国の新興中産階級にも多いみたいですよ」

「新興中産階級か……」

　すると主人が思いがけないことを言った。

「そう言えば、中国の新興中産階級相手に、福岡市内に少なくとも二十社を超える『爆買い代行業』が存在しているそうなんですよ。それも最高級の『温水洗浄便座』が一番人気で、本社が福岡にあるので、いまや生産待ちという状態だそうですよ」

「爆買い代行業か……奴らもいろいろ考えるもんだな」

「その事業所開設に必要な在留資格の違法取得を手伝う、警察出身の悪徳行政書士が暗躍しているらしいですよ」

「警察出身の行政書士か……もう代書屋さんの時代ではなくなったと思っていたけど、

中国人相手のビザ申請で儲けている先輩がいたな……。中国人相手に商売をしているのはいい奴ばかりだとは限らないからな」

三人は締めに各々好みの味噌汁を食して店を出た。

「さすがに味噌汁一筋三十五年というだけのことはあるな……味噌汁全種類を試してみたいよ」

「味噌汁はもちろんでしたけど、料理もなかなかのものでしたね」

「黙々と料理を作っている息子さんかしら、一言も言葉を発しませんでしたね」

「料理のプロという感じだったな。相当厳しい修業を積んできたことが包丁さばきと出汁でわかる」

香川が言うと、片野坂が珍しく香川をからかうように言った。

「料亭の若旦那がそこまで褒めるのは珍しいですね」

「何が若旦那だ。白澤が笑っているじゃないか」

「笑ってなんかいませんよ。プロの味をプロがわかる……素敵だと思います。それにしても話題に出ていた青山さんは、凄い人なんですね」

「あの人は別格だ。内閣情報官から『バリバリの情報マン』と評されたほどの人だからな」

「警備企画課も本物の情報収集活動をせねばと本気になったことでしょう。しかも青山さんは徹底した事件化によって相手組織をぶっ潰していきますからね。実態把握だけで満足していた過去の公安から一歩も二歩も先を走らなければならない……まさに意識改革の担い手ですね。私たちと共通する意識を持つ人が察庁《サッチョウ》にいるのは嬉しいことです」

「俺はもったいない気がするけどな」

「警備局のトップになるこれからの数世代は皆、青山さんの世話になった人たちばかりですから、青山さんは退職まで好きなことができるのではないでしょうか。ああいうポジションは大事だと思います」

「中途半端にならなきゃいいけどな」

「これからが本当の力の見せどころでしょう。ただし、他府県から出向で来ている人たちが青山さんに付いていくのは大変でしょうが……」

「警視庁の専門官クラスでも付いていくのは大変だったんだ。しかもカルテットで動いていた時代ではなくなってしまったし。カルテットの一人は今や強面の衆議院議員だからな」

　参議院議員の一期目ながら衆議院議員の死去に伴う補欠選挙に出馬した大和田《おおわだ》博《ひろし》は官邸とも近く、反社会的勢力にも睨みが効く警察出身の新人議員として、永田町では徐々に知名度が上がっていた。

「面白いじゃないですか。参議院議員からの華麗なる転身で、三回生も黙らせる一回生でしょう。霞が関でも反社会的勢力内でも戦々恐々の存在になっているようですよ」

「ふーん。俺はカルテットの存在しか知らなかったが、関西財閥出身の龍《りゅう》さんも入っていたんだったな。やはり皆、優秀だったんだろうな」

片野坂が思い出すような目で答える。

「私は人事課付の時にたまたま全員の仕事振りは拝見していますけど、皆さん個性が強くて、その四人が仲良くしていたのが不思議な感じでした」

「誰がリーダー格だったの？」

「皆さん、それぞれが別格過ぎて、私の同期も啞然とする存在でしたね。四人がチームを組んで巧みに順位を入れ替えていて、まるで自転車やスピードスケートのチームパシュートのような動きでした。代々の警察庁長官をして『奇跡の集団』と呼ばしめたほどでしたから」

「奇跡の集団か……俺たちにとってはプレッシャーだな」

「香川さんでもプレッシャーを感じる素養はあるのですね。ただ、私たちは彼らとは違った動きができます。三人それぞれが世界を相手にできるのですから。その特殊性をこれから最大限に活かしていけば、新たな世界が広がってくると思います」

「世界を相手か……確かにそうだな。白澤、頼むぞ」

「香川さん、何を言ってるんですか。世界の裏社会とつながっているくせに」

「馬鹿なことを言うな」

三人がホテルに着くと香川宛にメッセージが届いていた。

「携帯の電波が届かなかったのか」

香川が電話を架けた。

「そうか……二人だけか……」

電話を切った香川が片野坂に言った。

「対馬で撮った写真の中に、中国人民解放軍総参謀部第二部のエージェントが二人写っていたそうだ」

「三人ではなく、二人だけしか解析できなかった、ということですね……総参謀部情報部が直々にお出ましだったわけですが、彼らはどこから入ったんでしょうね」

「釜山からだそうだ。それも事件当日、ロシアのスパイ同様、対馬にいたことになる。さらに韓国と北朝鮮のスパイか……三人を殺ったのはどこだ」

「目的は何だったのでしょう。対馬が危ないのか……」

「仕切り直しだな……」

白澤が香川に訊ねた。

「香川さん、どこからの連絡だったのですか？」

「公安部のハイテクセンターだ。科警研からの報告をＡＩデータ処理した結果のようだ」

「この結果は公安部にも伝えられているのですか」

「いや、これはあくまでも個人的な情報だ。今、これを公安部が知ってもなんの意味もない」

「公安部はそういうことが許されているのですか？」

「公安部長や外事第二課長はまだ、知るべき人じゃないからな。情報とはそんなものだ」

「でもAIのチェック結果はデータとして残ってしまうのではないのですか？」

「残ってしまうだろうな。ただ、写真はどこからでも引っ張ってくることができる。対馬で撮られた写真であることは照会者しか知らない。回答者が知らせない限り大丈夫だろう。それに加えて、情報管理課もそこまで目くじらを立てて犯人捜しはしないさ」

「なるほど……いいお仲間がいらっしゃるのですね」

「何年公安にいたと思っている。そんなことよりも……」

香川の顔に先ほどまでの酒飲みの気配はどこにも残っていなかった。さらに片野坂もまた懸命に思考回路を巡らしている様子だった。

第八章　アントワープ

空気は乾いていた。

三月のアントワープは暖流の北大西洋海流の影響を受けているとはいえ、晴天の続く夏期でも最高気温が二十度を上回ることは多くない。年平均気温は十度ほどで、特に雨が少ない三月の平均気温は四度くらいの寒さである。

白澤香葉子はハノーファー国立音楽大学留学時代の友人で、アントワープで宝石商を継いだジェニファーの実家を訪れていた。日本では滅多にお目にかかることはできないような豪邸で、市街地の一方通行の道に面した五階建ての伝統的な建築様式だった。

インターフォンで訪問を告げると、自動的に一階の扉が開いた。奥行きが三十メートルほどのアーチ式のトンネルのような造りになっており、さらにその奥に広い庭が見えた。トンネルの中程に宮殿を思わせるような玄関がある。

玄関でジェニファーが香葉子を出迎えた。

「素晴らしいお屋敷ね」

「曾祖父の代から百年を超える建物よ。戦争の被害を免れた地域なの」

玄関ホールは、香葉子がヨーロッパの多くの王宮で見てきたのと同じ、贅を尽くした建築と高価な調度品に囲まれた空間だった。

室内をゆっくりと見回している香葉子に、ジェニファーは部屋のことには何も触れずに言った。

「オルガニストになると思っていた香葉子が警察官になっているとは、全くの想定外だわ」

「私も音楽の道から外れるとは、つい最近まで考えもしなかったことよ」

「楽しいの？」

「新しくできたセクションに異動して、戸惑い半分だけど、とてもやりがいがある仕事だと思っているわ」

「あなたは学生時代から賢い人だったし、何にでも興味を持って吸収する人だったから、いい仕事ができると思うわ。しかも単身でベルギー勤務なんて恵まれているわ」

「それだけ責任も重いんだけど、焦らずに少しずつ成長できればと思っているの。その点、ジェニファーは宝石商の後継者になったわけでしょう？」

「後継ぎ……というわけではないんだけど、両親に子供は私と妹しかいないから、できるだけの協力をするしかないわ」

「宝石に関する専門的な知識も相当必要なんでしょう？」

「プレシャス・ストーンズ（貴石）だけでも七十種類以上あるし、これに貴金属との組み合わせや、石のカットなどを加えると、パニックになりそうよ」

　ジェニファーは少しだけ肩をすぼめて見せた。

「大変なお仕事なのに、余計な話を持ち込んでしまって申し訳なかったわ」

「気にしないで。私も新しい世界を知ることができて嬉しいの。ところで今回のファインセラミックスの研磨のことなんだけど、ダイヤモンド研磨の闇ルートでは頻繁にやっているらしいの」

「どこにでも闇ルートというものはあるのね」

「盗品を捌《さば》く時にカットを変えて鑑定書を付ければ全くの別物になるんですもの。表の社会より原価がないだけいい商売になるという話よ」

「そうよね……ちょっとだけ手を加えればいいんでしょう？」

「石さえよければ、二流の商品が超一流になることだってあり得るのよ。昔の古いカットをアイディアルラウンド・ブリリアントカットに変えるだけで、価値が数十倍になることだってあるわ。また、一部でしか評価されていないカラーダイヤモンドもカット次第では驚くほどの商品に生まれかわるの」

「なるほどね……それで、ファインセラミックスを研磨した店、というか人物は特定されているの？」

「ほぼ間違いないと思うんだけど、動物園の裏手にある闇市場の中にあるジェフ・ボーガンという店らしいわ」

「あの有名な動物園の裏手にそんな場所があるの？」

アントワープ動物園は一八四三年開園で、世界でも最古また最も有名な動物園の一つである。この動物園は市の中心部にあり、百年以上に渡って絶滅危惧種の保護にあたってきたことで有名である。

「それなりの業界人しか知らない店よ。一流の腕を持った職人が何人かいるの。闇に堕ちていく職人はどんな世界にもいるものよ。ファインセラミックス製銃弾の作成には専用の旋盤が必要らしいんだけど、それを持っているのがジェフ・ボーガンらしいの」

「ファインセラミックスの銃弾って需要が多いのかしら？」

「これも噂なんだけど、アフリカの紛争地域では、一度使用されたファインセラミックス製銃弾を再利用しているんですって。それだけ強度があるのね。一発の銃弾で人間を数人まとめて殺傷することができるそうよ」

香葉子は平気な顔つきで答えるジェニファーの顔を呆然と見つめていた。

闇市場の周辺に一般人は立ち入らない方がいいというジェニファーの意見を聞き、香葉子が目を瞑って次の一手を考えていると、ジェニファーが突然言い出した。

「香葉子、モサドのエージェントを紹介してあげようか？」

「モサド？」

香葉子は、まじまじとジェニファーの顔をみながら言葉を失っていた。

モサドはイスラエルの情報機関、イスラエル諜報特務庁のことで、設立はイスラエル建国の翌年一九四九年。イスラエルという国家がいかに情報というものに力を入れているかを物語っている。

「アントワープにはハレーディーと呼ばれる超正統派ユダヤ人の大きなコミュニティがあって、『西のイェルサレム』とも呼ばれているわ。ダイヤモンド研磨用の円盤を発明したローデウィク・ファン・ベルケンもユダヤ系ベルギー人なの。この発明によってユダヤ人のダイヤモンドカット職人が多くなり、町もダイヤモンド取引とカット・研磨の中心として有名になったのよ」

「だからイスラエルの情報機関もアントワープの住人を守っている、ということなの？」

「そう。私自身もユダヤ人だし、祖父の代からモサドとは深い付き合いがあったみたい」

「そうか……でも、ちょっと待って。他国の情報機関とコンタクトを取る際にはボスの許可が必要なの」

「日本とイスラエルは同盟国ではないの？」

「同盟国であっても同じなの。日米間は安全保障条約を締結しているんだけど、アメリカのＣＩＡやＦＢＩとコンタクトを取る時も同様なのよ」

「そうなんだ」

彼女が残念そうな顔つきをしたので香葉子は笑顔で答えた。

「きっとそのモサドのエージェントも同じことを言うと思うわ。日本には情報機関というものが存在していないので、いち捜査員とコンタクトを取ることは危険だと思うかも知れないわ」

「そういうものなのね。でもどうして日本のような大国に情報機関がないの？」

「第二次世界大戦で負けたから……でしょうね。今の国連憲章にだって未だに旧敵国条項というものが存在していて、日本だけでなくドイツ、イタリアの両国はどんなに国連に貢献しても、安保理で常任理事国にはなることができないのよ」

「ロシアや中国のように国家体制が変わっても常任理事国なのに、国連も変な組織よね。国家さえ持たないパレスチナの味方をする国家があまりにも多いわ」

香葉子は彼女が世界政治に詳しく、しかも国連に持つ不信感の根底にある何かを知ったような気がした。

アラブ諸国がイスラエルに対して四度の中東戦争を戦った理由の一つがパレスチナ問題の解決であったはずであるが、その最大の目的であるパレスチナ国家の樹立は未だになされていない。

「イスラエルとパレスチナとは永遠に一緒になることはできないのかしら」

「攻撃的な宗教を抱えている限り不可能でしょうね。宗教は決して他を攻めるものではないはずなのに、イスラム教の原理主義者は他宗教の否定から始まっているもの。しかも偶像崇拝を否定しているので文化的遺産も攻撃対象になってしまう。馬鹿げているわ」

「宗教的原理主義者というものは宗教の種類を問わず、概ね排他的になるものよ。日本の平和的な仏教の世界でも、同じ教祖をもっていても、他宗派を否定、攻撃する団体があるのだから」

「仏教にもあるのね。それは知らなかった。そう言えば日本にも化学テロを引き起こしたカルト教団があったわね」

「本当にあれは酷い教団だったけど、いまだにそれを信奉する信者が後を絶たない……と報道されているわ」

「カルトというものはそういうものよ。ところでボスにはいつ連絡を取ることができるの？」

「日本とベルギーじゃ時差が大きすぎるから、日本時間の朝一番で連絡を取って回答するわ」

香葉子はジェニファーに礼を述べて豪邸を辞した。

ホテルに戻ると香葉子はモサドについて調べ始めた。ひととおり組織概要を頭に入れて仮眠を取るとスマホの目覚ましで目を覚まし、電話をかけた。

「片野坂部付、ご相談があってご連絡を致しました」

「何かありましたか？」

香葉子は経緯を説明し、モサドとの接触の可否について訊ねた。

「信頼できる方からの紹介なら問題はないでしょう。ただし、先方はベルギーの、しかもアントワープで活動するほどですからプロ中のプロでしょう。宗教談義だけはしないことが鉄則です。日本人らしい無神論者で通してもいいかと思います。それから私の友人でモサドのアジア支局長の名前を伝えておきますから、そのエージェントに支局長と私の名前を伝えておいて下さい。彼らにとって普通なら言いにくいことも教えてくれるかと思います」

「ありがとうございます。どこにでもご友人がいらっしゃるのですね」

「それが仕事ですから。諜報機関というのは個人対個人の付き合いが大事なんです」

「私たちのグループをどう説明すればいいのでしょうか」

「警視総監直轄の情報部門……でいいのではないかと思います。先方は役所である警察庁よりも、現場を持つ警視庁を高く評価する傾向が強いですからね」

片野坂は白澤に、肩の力を抜いて、自分や香川と接しているような気持ちでエージェントに接するように付け加えて電話を切った。

翌日の朝、ジェニファーに連絡すると、彼女は喜んでモサドのエージェントとの引き合わせを承知した。エージェントとの初接触はその日の夕方だった。

場所は彼女の家のダイニングだった。

ジェニファーは二人を引き合わせると自らは笑顔で、

「二時間後にお食事にしましょう」

と言い残して席を外した。

ジェニファーが席を外したのを確認してモサドのエージェント、ルーカスが言った。

「アントウェルペンには知人が多いので、あなたのような美しい女性とホテルのラウンジで会うとすぐに話題になってしまいますから、この場をセットしてくれたのでしょう」

ギリシャ彫刻を思わせる端正な顔立ちをした、三十代後半と思われるルーカスは笑顔で言った。オランダ出身のモサドエージェントらしく、流暢な英語ながら土地の名前はオランダ語で言った。アントワープをオランダ語では「アントウェルペン」、フランス語では「アンヴェルス」と呼び、三つの言語が現地では入り交じっているのが現状である。

ルーカスが本名なのかどうか香菓子はあえて聞かなかった。

「エージェントとなるとお口もお上手なのですね。まるでダブルオーセブンみたいだわ」

「MI6の代表格ですね。でもあれは映画での話。あそこまで軟派じゃありません」

「でも、少しはそうなんでしょう」

「相手によります。あなたのような魅力的な女性に会えば、欧米人なら誰しもお世辞なしにそれを伝えるでしょう。しかも、名門トリケフスキー家のご令嬢ジェニファー様の御学友となれば、文化的素養も兼ね備えた才媛でしょうからね」

「しかし、無粋な組織のメンバーですから嫌になるんじゃありませんこと？」

「いえ、トーキョー・ケイシチョウは世界有数の優れた警察組織です。そこからベルギーに派遣されているということは、あなたの能力が保証されているようなものです」

「確かに私の活動拠点はブリュッセルですけど、それはEUの本拠地があるからに過ぎません」

「今やベルギー王国の首都ブリュッセルは、アメリカのワシントンDCに次ぐロビー活動の拠点です。ですから世界中の諜報機関が優れたエージェントを配置しているのです」

「あなたもその一人なんでしょう」

「私はブリュッセル担当ではありません。私はアントウェルペン担当です」

この時ふと香葉子は、以前、香川がアントワープをアンヴェルスと呼んでいたのを思い出して微笑んだ。

「アントワープだけの担当ですか……さすがに西のイェルサレムと言われるだけのことはありますね」

「アントウェルペン在住のパレスチナの人民は嫌いますけどね」

「そうですか……」

香葉子は片野坂から言われた宗教論議の回避を考慮して曖昧な受け答えをした。ルーカスも宗教に関してそれ以上話を深めることはなかった。そこで香葉子は片野坂に言われていた、モサドのアジア支局長と片野坂の名前をルーカスに伝えた。

「アジア支局長は組織内でも極めて優秀な人物です。彼の知り合いならば、あなたの上司も有能な方なのでしょう」

ルーカスは片野坂のフルネームを二度口に出して言うと、記憶したのを確認するかのように二度頷いて話を続けた。

「ところで今回、あなたはファインセラミックスの銃弾加工に関してアントウェルペンを訪れているのでしたね」

「はい。銃弾をファインセラミックスで作ることの意味も未だによくわからないのですが、それがこのアントワープで行われていることに、もっと驚いたのです」

「ファインセラミックスの銃弾はこれから需要が増える可能性が高いのです。なぜなら軍用ライフルでは、目標衝突時の弾頭変形を防ぎ貫通力を高めるため、メタルジャケット弾が使われることが多いのです。メタルジャケット弾にはフルメタルジャケット弾（弾頭を完全に真鍮で覆った弾）とパーシャルジャケット弾（弾頭の先端部分以外を真鍮で覆った弾）があります」

香葉子はカリフォルニアで訓練を受けた際に使用した弾丸の講義を思い出していた。パーシャルジャケット弾は、目標に衝突した際にメタルに被われていない弾頭先端が変形し破壊力を増す構造になっているため、主に大型動物のハンティング用に利用されていた。

これを軍用弾に使用しないのは、ハーグ陸戦条約第二十三条に規定された「不必要な苦痛を与える兵器、投射物、その他の物質を使用すること」への抵触を避けるなど、人道上の理由からだった。

しかし、正規軍人ではない傭兵や、現地の非正規兵は、数発命中しないと致命傷にならないフルメタルジャケット弾よりも、殺傷力が高い銃弾を使用する者が多かった。

ルーカスは香葉子が理解している様子だったので話を続けたようだった。

「メタルジャケットの弾丸を作るには二度手間になるのですが、ファインセラミックスの銃弾はそうではない。しかも予め弾頭の内部に空洞を作り、ソフト・ターゲット命中時に弾頭の横転を引き起こす構造を採っておけばいいのです。しかも再利用ができるとなればコストパフォーマンスもよくなりますからね」

「それでアフリカの戦闘地域ではファインセラミックスの銃弾を回収する動きがあるのですね」

「そのとおりです。アフリカだけでなく、中東の戦地でもよく見られた光景でした。特に過激派組織イラク・シリア・イスラム国（ＩＳＩＳ）の戦闘員が二名続けて射殺された長距離弾でも、ファインセラミックスの銃弾が使用されていたと報告されています」

「長距離弾というと、どれくらい離れた距離からの狙撃だったのですか？」

「三千五百メートルを超えていたといわれています」

「三キロ以上も離れた狙撃……」

香葉子は言葉を失っていた。

「通常なら弾丸が様々な抵抗を受けて失速してしまいそうな気もしますが、マクミランのライフル銃『ＴＡＣ-50』を使用していたという、狙撃者サイドの証言と一致しているのです」

「日本で発生した狙撃は百五十メートルほどの距離ですから、射角や偏流角を考える必要はなかったと思いますが、一発で三人の頭を同時に射抜いていたのです。当然、ファインセラミックスの銃弾内に空洞はなく、貫通を目的とした狙撃だったようです」

射角や偏流角は、長距離の射撃を行う際に影響する空気や風等の抵抗を考慮して、標的への銃口の角度を調整するもので、前者は上下の角度、後者は左右の角度を示す。

「短い距離、それも二百メートル以内ならば、狙撃手は半径五センチ以内に確実に当てることができます。しかし、一撃で三人同時となれば、何らかの撒き餌《まえ》があったはずです」

「撒き餌？」

「そう。釣りで魚を集める時の撒き餌と同じで、これには二つの意味がありますが、狙撃の場合にはターゲットを一か所に集める工夫のことを撒き餌と言います」

「シャープシューティングとは違うのですか？」

「よくそんな言葉を知っていますね。シャープシューティングの場合には撒き餌に加えて心理戦が必要となります。もっぱら鹿などの群れをつくる動物を撃つときに使う言葉ですね。スナイパーが狙撃を行った場所は明らかになっているのですか？」

「木の上だったようです」

「すると、実戦に慣れた軍隊の狙撃手の手口ですね。しかも狙撃手はカモフラージュによって位置を隠蔽していたはずです」

「カモフラージュですか……」

「カモフラージュは狙撃手の生命線です。見つかればアウト。臨機応変にその場に溶け込む必要があるのです。一昔前に『ウォーリーをさがせ！』という本がありましたが、戦闘地域ではカモフラージュした『スナイパーをさがせ！』という厳しい訓練が今でも行われています」

「そうなんですか」

「軍隊、それも特に陸上戦において、『優秀なスナイパーの存在は一個師団をも凌駕する』と言われているのです。現場で指揮官ばかりを狙うスナイパーに遭遇してしまうと、組織は散り散りになってしまいますからね。目に見えない存在に対して常に怯えていなければならない……という心理を指揮官に与えるのもまた、スナイパーの重要性の一つなのです」

「そんなスナイパーがいるのですか？」

「軍隊でスナイパーの存在価値はそういうものなのです」

「でも、一発撃てばいくらカモフラージュしていてもスナイパーの居場所が特定されてしまうのではないですか？」

「スナイパーだって動きますよ。そして再度また臨機応変にカモフラージュしていくのです。一つの場所で撃つのは二回まで。一発ではありませんよ。スナイパーは自動小銃も使うわけですからね」

香葉子は戦闘訓練で得た知識だけでは実戦で使い物にならないことを悟っていた。その雰囲気を見透かしたかのようにルーカスが言った。

「香葉子は軍人ではないから戦地に赴くことはないかもしれない。でも、テロリストの中にはスナイパーの存在があることを知っておかなければならないでしょう。オリンピックで攻撃を仕掛けようとするテロリストであれ、インターネットを監視する諜報機関であれ、現代社会における脅威は、まさにスナイパーのように目に見えないものですからね」

「まさに現在の日本の置かれた立場です。今回のような狙撃事件がオリンピックで行われてしまえば、日本の治安だけでなく信用が失われてしまいます」

「そんなことはない。現に世界中でテロは起こっています。ここベルギーでもテロ事件は発生しました。もはやテロは現代の生活の一部となってしまっていることを日本人は理解していないだけなのです。かつてオウム真理教によって引き起こされた化学テロを警察も国民も忘れてしまって、それを教訓として学習していないのです」

香葉子は咄嗟に返す言葉が見つからなかった。するとルーカスが、ややためらいがちに言葉を続けた。

「今、日本警察が忘れてしまった……といったのは少し間違っていました。日本警察はオウム真理教事件を教訓として、防犯カメラを活用した捜査に着手しましたからね。ただ、これをイギリスなどの欧米諸国のように監視カメラとして活用していない。これはテロ事件の予防に関しては残念なことです」

「日本では肖像権が憲法で認められていますから、監視社会を作ることはできませんし、国民もこれを欲していないのです」

「だから、テロ事件を教訓として学習していない、というのです。さきほども言ったようにテロが現代の生活の一部となっているという自覚がないのです。テロを起こすのは中東のイスラム過激派だけではない。北朝鮮や韓国の反日主義者は激増しています。その現実をもう少し直視しておくべきです」

　それを聞いて香葉子は、対馬での中露朝韓四か国のスパイが入り交じっていた現実を思い出した。

「確かに例の対馬での狙撃事件の際に北朝鮮、韓国だけでなく、中国やロシアの情報機関関係者が現場にいたようです」

「なんだって？」

　ルーカスが思わず声をあげた。

「そんなに驚くことですか？」

「ツシマというのはそんなに重要な場所なのかい？」

「確かに韓国とは国境を接していますし、日本の自衛隊の基地や駐屯地もあります」

「基地ということは空なのか海なのか？」

「両方あります。特に事件の現場となった韓国展望所からは航空自衛隊の基地が丸見えなんです」

「米朝会談の直前に発生した事件なんだね」

「そうです。ハノイでの会談まで、何が起こるかわからない状況下だったと思います」

「なるほど……日韓国境にもっとも近い航空自衛隊の無線を傍受するためにスパイが待機していたとしても何の不思議もないし、もし北朝鮮のスパイが殺されたとなれば、日本を除く関係国それぞれに何らかの思惑があって錯綜していたことでしょう」

「思惑？」

「米朝会談はトランプ大統領にとってはパフォーマンス。金正恩にとっては斬首作戦の阻止が最大の目的だったと思います。実際に米朝会談が行われたとしても、もの別れになる可能性だってあるわけで、トランプ大統領さえ無事にハノイを離れれば、帰国した金正恩を攻撃することは容易でしょうからね。一旦、姿を捉えてしまえばスパイ衛星がその後をフォローすることになるはずですし」

「その動きを日本の自衛隊の基地からの通信を傍受することで探っていた……ということですか？」

「それが第一でしょうね。ただ、そこで発生した三人の狙撃事件には全く別の目的があったはずです。三人の被害者が北の偵察総局エージェントだったとすれば、北朝鮮国内で、またもや、きな臭い動きがあったと見た方がいいでしょう」

「北朝鮮国内で反金正恩の動きがあった……ということですか？」

「これまでも何度か金正恩暗殺計画が浮上していたのは事実ですからね」

「北朝鮮国内はまだ落ち着いていないのですね」

「国内全体に広がっている食糧事情の悪化だけでなく、地域差と貧富の差まで拡大しているようですからね。特に多くの女性が性感染症にかかっているとも言われています」

「まだ売春が行われている……ということなんでしょうね」

「女性はまだそれで生き延びることができますが、病気、それも性感染症にかかってしまえば生きてはいけないでしょう。医療の遅れもあるけれど、これまでもそうだったように死を待つしかないのが、あの国の現実です」

「治療するところも、そのお金もないのが現実なのですね」

「そういう現実を突きつけられた国民の怒りが向く先は一か所しかありません。特に軍関係者の中でその傾向が如実になっているとも言われています。北朝鮮の軍事パレードを見ると、子供のような体格の軍人が多いのが目立ちます。食糧不足の影響が軍隊にまで出ているのです」

「でも北朝鮮国内での反体制的な出来事は脱北者からの情報でしか知ることができないのが現実ですよね」

「そうですね……脱北者は命を懸けて国を後にしているわけですが、その言葉を全て鵜呑みにしては危険だと思います。彼らは北を非難することを生活の糧にしようとしているから、相応の脚色があると思った方がいいでしょう」

「そうですよね……そうなると何を信用していいのかわからないのが実状なのでしょうか」

「脱北者が反体制に関する情報を共有しているとは考えにくいのは事実です。ただしこれが脱走兵となれば話が少し違ってきます。彼らの発言については、所属していた部隊が違っていれば、複数の発言から一致する内容は、確度が高い情報と思っていいでしょう」

「脱走兵……板門店で脱走した兵士もいましたね……まさに命懸けでした」

「表沙汰になっていない脱走兵も多いようです。ただし、韓国では最近、脱北者そのものが迷惑な存在になりつつあるようですから、新たな情報が出てこなくなった感もあります」

「そういえば最近、脱北者のニュースは減ってきたような気がします」
「同じ民族が分断されているのは実に悲しいことですが、共産主義に洗脳されていると
いうことは、宗教と同じで排他的になっていると言っても決して過言ではないと理解し
ておくことです。ツシマの事件に関しては我々も自分たちのルートを通じて確認してお
きましょう。イスラエルにも影響してくる案件かもしれませんからね」
ルーカスの言葉に香葉子はゆっくり頷いて、今後の情報交換を約束した。

ジェニファーを交えてルーカスと三人での食事を終え、深夜にホテルに帰ると香葉子
は片野坂に報告の電話を入れた。
警視庁本部内の電話は五人までの複数同時通話が可能である。これは警視庁警察官が
所持している警察無線専用スマホのPフォンと同じ機能を持たせるためでもあった。
香葉子の報告を受けた片野坂は香川のPフォンを呼んで三者通話を始めた。
「やはりファインセラミックスの銃弾の加工はアンヴェルスだったわけか？」
香川は相変わらずアントワープをフランス語でアンヴェルスと呼んでいた。
「まだ確定したわけではありませんが、そういう場所があることはわかりました。数日
中にははっきりすると思います。それよりも、ロシアだけでなく、中国、韓国、北朝鮮の
スパイの人定は取れたのですか？」

「ああ。バッチリ判った。現在奴らの所在を確認中だ」

「まだ日本国内にいるのですか？」

「出国の記録がないんだ。韓国、北朝鮮ならば対馬から船で帰った可能性もあるが、正規のルートで入国している以上、裏から帰ることはしないはずなんだ」

「正規ルート……もしかして航空機利用なのですか？」

「そう。中国人は台北《タイペイ》経由、韓国、北朝鮮はソウルから入っていた」

「北朝鮮が韓国経由なのですか？」

「韓国は今や日米の味方ではなく、北朝鮮の味方というのが、この点を見てもわかる。CIAもこの動きに注視している」

「CIAですか……モサドも対馬での事件に興味を持った感じでした」

「MI6はEU離脱問題でそれどころじゃないだろうが、ユダヤ社会を巻き込むようなことになれば話は変わってくるからな」

香川の言葉に片野坂が反応した。

「英国のEU離脱問題で共通通貨のユーロも安定しません。ドイツとフランス両国だけで共通通貨を作ることは困難でしょう。ベネルクス三国とバルト三国が加わるのも微妙ですしね。ベルギー単独も難しいでしょう。ベルギーはEUの拠点だったわけですから」

片野坂の言葉に白澤が呟くように言った
「バルト三国ですね……ロシアの飛び地、カリーニングラード問題もあります」

「カリーニングラードか。あのカントが生まれ育った土地ですね」

「哲学者イマヌエル・カントですね。『コペルニクス的転回』で有名な」

二人の会話を聞いて香川が訊ねた。

「バルト三国にそんなロシアの飛び地が残っていたのか？」

「琥珀の世界的産地ですが、元々はドイツ領ケーニヒスベルクで、今でもドイツでは有名な土地です。プーチンの元の奥さんの出身地として一部では知られていますよ」

「さすがにヨーロッパ担当の帰国子女だけのことはあるな。そうか、ドイツ領だったのか……すると第二次世界大戦後にソ連が分捕《ぶんど》ったんだな」

「分捕ったというのは不適切な表現ですが、ドイツの戦後処理が話し合われたポツダム会談で、ソ連邦への帰属が決定されたんです」

「北方領土と同じようなもんだな。ソ連は咽喉に刺さる棘のような場所を巧いこと取ったからな」

「戦勝国とはそういうものでしょう」

「敗戦国はいつまで経っても敗戦国か……」

香川が悔しそうに言うと片野坂も同意するように答えた。

「現在の国連がある限り、第二次世界大戦の結果が残る……ということでしょう」

「旧敵国条項か……」

「国連憲章に未だ記載されていますから。旧敵国を永久に無法者と宣言する効果があると言われています。ロシアのラブロフ外相は北方領土問題に関して、未だにこの旧敵国条項を持ち出していますからね」

「あんな役に立たない国連なんか脱退してしまえばいいと思うんだがな。日本は金ばかりむしり取られているだけだろう？」

「アメリカも分担金の支出には非協力的になっています。日本はもう少し強気に出ていいと思いますが、今の政治家にはそれだけの覚悟がないのが事実でしょうね。安保理の常任理事国入りを目指す国連外交なんて全く意味もないのに。外交が苦手なのは国民性というしかないでしょうね」

「ユネスコのような金目当ての団体に金を出すこと自体が間違いなんだ。日本人の中にも、やれ世界遺産だとかくだらないことに血眼になってる者が多いからな。分担金の最大の拠出国であるアメリカ合衆国が拠出金支払いを全額停止しているから、長年、実質的に最大の拠出国は日本という有様だった」

「日本人には権威付けに弱い国民性があるのでしょう。多くの食品に与えられるモンドセレクション受賞なんていうのを喜ぶのも日本人らしいところです」

片野坂の言葉に香川もため息をつくしかなかった。

「相変わらず、話題が逸れますね」

香葉子の言葉に片野坂が答えた。

「様々な実態に対する個々の認識確認ということでいいのではないでしょうか。こうしている間にも刻々と新たな情報が入ってきています。中国人スパイの居所について今SSBCから連絡がありました」

警視庁SSBC（捜査支援分析センター）から連絡が入った。

「SSBCも活用されているのですね」

「AI捜査に関しては今やSSBCを活用するのが定石となっています。よくあれだけの予算を組むことができたものだと思いますよ」

「東京都だけの予算じゃないのでしょう？」

「国費が半分以上使われていますよ。全国警察の捜査の試験的実施のようなものですからね。前総監の力量と人脈が優れていた、ということでしょうね。そちらも新たな情報が届いたら、時差を考えずに連絡してください。私もデスクの固定電話をPフォンに転送できるようにしていますから」

いつものことながら片野坂の明るい声に香葉子は安堵感を覚えていた。

香葉子からの電話を切った片野坂は、長崎県警から取り寄せた事件発生当時の現場画像をもう一度チェックしながら呟くように言った。

「カモフラージュか……」

狙撃場所とされている樹上の枝部分を肉眼でよく見たが、それらしい状況は確認できなかった。

片野坂は自席のパソコンからアクセスコードを確認して、押収した数十枚の画像と一つの動画をSSBCの画像解析ソフトにつないだ。画像解析ソフトは二〇〇〇年に警視庁刑事部捜査第一課のハイテク班が一般企業と組んで開発したのが最初で、日進月歩で発展している。

画像解析ソフトが反応した。複数の画像の中の変化を発見したのだ。

片野坂はソフトの画像を拡大して赤い丸印が付いた部分を確認した。

「これか……もう少し早く気付くべきだったな……」

片野坂はSSBCの専門官に電話を入れた。

「根岸《ねぎし》さん。今、そちらの画像解析にアクセスしているのですが確認できますか？」

根岸専門官はデスクの電話のナンバーディスプレイで、相手が公安部長付の片野坂であることを認識していた。

「片野坂部付がアクセスしている画像につなぎます」

数秒後、根岸も「ウーン」と唸るように言って続けた。

「これは……おそらく銃口ですね。そして、その数センチ上にあるのがスコープでしょうか……肉眼では誰も気づかないでしょうね」

「私ももっと早く気付けばよかったのですが、軍隊のスナイパーが狙撃する際に自らをカモフラージュすることをすっかり失念していました」

「そんなことSATの連中も知らないかもしれません。しかしこんなふうに樹木の葉っぱの隙間からスコープを覗いていたのですね……。しかも、銃口が見える画像は一枚だけですから、狙撃時には葉っぱの裏側から撃ったのでしょう」

根岸専門官は特別捜査官として民間企業から警部補として採用されていた。その後、捜査第一課、サイバー犯罪対策課を経てSSBC設立と同時に管理官級に昇任して着任していた。

「この画像からスコープの向こうにあるスナイパーの虹彩認識は可能でしょうか？」

「一般的に数メートル以上離れると、虹彩認識は困難と言われています。しかも画像解析ソフトを使っていますから何とも言いがたいです」

「別に証拠能力まで求めるわけではありません。先日SSBCが探し出してくれた個人画像の虹彩とある程度一致すればいいんですが……」

「あの海外スパイの連中ですね。面白い発想ですね」

狙撃事件発生当時、対馬を訪れていたロシア、中国、北朝鮮の諜報部員はアメリカ合衆国による北朝鮮への斬首作戦が見送られたことを知ると、それぞれ空路で福岡を経て帰国していたことが判明した。中でもロシア人女性スパイは直接本国に帰国することなく、そのままベルギーのブリュッセルで姿をくらましていた。

それほどアメリカの斬首作戦は極東地域にとっては最重要関心事であったことになる。

これらのスパイの動向を知った官邸は、防衛省と警察庁に対し、対馬に集中していた対朝鮮半島情報拠点を数か所に分散させる指示を出した。

第九章　もう一つの狙撃事件

夕暮れ時の大学構内は人もまばらだった。新入生を迎えるための看板の準備に追われる学生が時折ベニヤ板を抱えて通る程度である。

この大学のトレードマークとなっている銀杏並木の枝に、小さな若緑色の芽が連なっている。桜の花同様に幹から直接葉が出ているものもある。一センチメートル足らずの葉であるがリッパな扇の形をしているところが愛らしい。

そこに三人の男が建物から出てきた。三人とも教員という雰囲気でもない。スーツ姿で三人とも左襟に同じバッジを付けていた。

横一列に並ぶ三人は親しげで、真ん中にいる恰幅のいい四十代半ばと思われる男は、兄貴分のように両脇の二人の肩を時折ポンポンと叩いていた。

建物から出て十五メートルほど歩いた時「ビシュッ」という重い音がしたと思うと三

人のうちの二人が言葉を発する間もなくその場に前のめりに倒れた。もう一人の男は異変に気付いて倒れた二人を中腰になって覗き込んだ途端、その場に尻もちをついたが、周囲を見回しながら匍匐《ほふく》前進をして、銀杏の巨木の陰に隠れるように座り込んだ。そして内ポケットから携帯電話を取り出すと電話を入れた。

「はい。警視庁です」

「元文部科学大臣の竹之内《たけのうち》代議士が狙撃された。本郷の東大構内だ」

「あなたはどなたですか」

「一緒にいた経済産業大臣政務官の北条《ほうじよう》だ」

「竹之内元大臣の御容態は？」

「頭を狙撃されたんだ。おそらく即死だろう」

「東大構内のどのあたりになりますか」

「赤門から入った右側の経済学図書館入口の前だ」

「すぐに警察官を派遣しますが、大学構内ですので大学側の許可が必要となります。その点をご了解願います」

「わかった。狙撃犯はまだ近くにいるはずなんだ。私も狙われているのかもしれない」

「射撃方向等を冷静に判断して、できるだけ安全な場所で待機して下さい」

「わかった。大学には私からも連絡を入れておく。卒業生だからな」

一一〇番通報を傍受していた通信指令センターの指令官は直ちに緊急の指令を出した。

「至急至急。警視庁から各局。現在、文京区本郷の東京大学構内に於いて銃器使用の狙撃事件が発生した。場所は東大赤門から入った経済学図書館前。各異動は現場付近へ」

「至急至急。本富士《もとふじ》三は現場付近。なお、大学構内に無許可で入ることはできないため、赤門前で一旦待機する」

東大赤門は正門よりも有名かもしれない。れっきとした国指定重要文化財で、昭和六年には国宝に指定された。赤門の赤色は鉄丹ベンガラの赤で、江戸時代後期に加賀藩前田家により建てられ、明治後期に移築こそされたものの当時のままの面影を残している。

「警視庁了解。なお、事件発生からまだ数分も経っていない状況から、不審者に対しては徹底した職務質問を励行《れいこう》せよ。なお、本富士三を現場連絡担当に指定する。しばらくの間、本件を最優先通話とし、以後の通話は秘話コードを使用する」

「本富士三了解」

秘話コードとは、個人のプライバシーに関わる内容や、一般の勤務員に知らせる必要のない重要案件に関して、通信指令本部が判断して行う無線通信方法である。この秘話コードがかかると、通信指令本部から一般の警察官が所持している受令機に送られる指令が「ゴニョニョ……」という音声に変わる。当該事件を管轄する本富士署と警視庁本部の捜査担当部門だけが、指定コードの周波数に合わせると、通常の通話と同じ音声でやりとりできるのだ。

「本富士傍受了解。なお、現在、東大総務課に連絡中。ＰＳから署長以下本富士二十も出向」

「警視庁了解。なお、本件マル害は元文部科学大臣との入電あり」

「捜一から警視庁宛、鑑識課及びＳＳＢＣ出向」

「警視庁了解」

「至急至急。本富士から警視庁宛。現時点、大学の入構許可を得た」

「警視庁了解。警視庁から本富士三宛。構内に入ることはできるか？」

「本富士三、これより構内に入る。なお、現時点まで五人のＰＭで職質を実施、二名を残して乗務員二名、地域ＰＭ二名の計四名で入構する」

「警視庁了解。なお、狙撃者はまだ構内に存在する可能性が大である。受傷事故防止には特段の注意、各種資材の有効活用を図れ」

「本富士三了解。なお、本富士三現場。なお、現場には二名が倒れている。通報者との連絡は取れるか？」

「警視庁了解。現在通報者はＰＣの右手にある大きな銀杏の木の背後に身を潜めている。銀杏の木とＰＣを結ぶ延長線上で狙撃した模様」

「本富士三了解。通報者と思われる者を発見した。これから盾と鉄ヘルを装備し現場に向かう」

運転席の合屋《あいや》巡査部長が運転席のドアを開けて身を屈めながら車両の後方に進み、トランクからジュラルミン製の大盾等を取り出し、ＰＣ（パトカー）の横で一緒に動いていた二人の地域課の係員と通報者の元に向かった。

大銀杏の根元で前が泥まみれになった背広姿の男が、体育座りをしながら携帯電話で話をしていた。

「北条先生、お怪我はありませんか」

「私は大丈夫だ。それよりも、元文科大臣と経済産業副大臣が頭を撃たれた」

「狙撃者は二発撃ったのですね」

「それはよくわからない。ただ低い音は一発しか聞こえなかったような気がする。しかし二人が頭から血を噴き出してほぼ同時に前のめりになってその場に倒れたんだ。ここに逃げ込む時に竹之内先生を見たが、横顔を見た限りでは目を見開き、ほぼ即死……という感じだった」

「まもなく捜査車両が参ります。先生はとりあえずそこのパトカーにご乗車のうえ、少しの間、御待機をお願い致します」

「わかった。ここの管轄はまだ本富士署なのか？」

「はい本富士警察署管内になります」

「そうか……懐かしいな。昔はよくお世話になったものだ」

北条政務官は安堵したのか、それとももともと冷静だったのか落ち着いていた。

「そうでしたか……さ、盾と私の背後に隠れて移動願います」

「わかった」

パトカー乗務員の巡査部長は周囲に気を配りながら、中腰で慎重にパトカーの後部座席ドアを目掛けて進んだ。

「今の署長は誰だ？」

「田之上《たのうえ》警視です」

「田之上……キャリアか？」

「キャリア……ですか？」

「歳は幾つぐらいなんだ」

「もう五十近くだと思います」

「そうか……やはり、あの事件以来、ここの署長はキャリアポストじゃなくなったそうだな」

「私は上のことはよく知りません」

「そうか……」

「ところで、竹之内先生たちはどうなるんだ？」

「間もなく救急隊と本署、警視庁本部から現場鑑識が参りますので、それまでは惨いようですが現場を動かすわけにはいきません。ご理解下さい」

「わかった。それよりも学生たちが集まり始めている。パトカーで広報した方がいいんじゃないか？」

政務官は冷静だった。巡査部長は所轄系無線で、ＰＣの助手席で無線の対応に追われている部下の巡査長に広報する旨を伝えた。

「東京大学構内にいらっしゃる一般学生、教職員の方々にお知らせいたします。先ほど、このパトカー周辺で銃器を使用した狙撃事件が発生しております。犯人はまだこの周囲に潜伏している可能性もあります。どうか、建物の中に入り、危険防止に努め、警察の捜査にご協力下さい」

パトカーの側に近寄って警察官に文句を言っていた左翼系と思われる学生も、パトカーの広報を聞くと顔色を変えて校舎内に逃げ込んだ。

それから間もなく、捜査車両が三台、赤色灯を点灯させて現場に臨場した。捜査車両から降り立った私服の捜査員も鉄ヘルをかぶり、強化プラスチック製防弾盾を携行している。

狙撃者がまだ周辺にいる可能性があるため規制線を張ることができない。署長が鑑識係員と共に臨場すると、すぐに携帯電話を取り出して大学関係者と会話を始めた。

「本富士署長の田之上です。至急総務部長と連絡を取りたいので、この携帯番号にかけ直すように連絡を取っていただきたい」

「総務部長には構内で狙撃事件が発生したことのみ連絡済みです。至急、返信するよう連絡致します」

鑑識係員が現場の写真撮影を開始した。デジタルカメラ画像がリアルタイムで署長の手にあるタブレットに届く。

「確かに上野《うえの》紘一《こういち》経済産業副大臣のようだな。生死の判断はどうだ？」

「二人とも頭部を貫通した銃創が残っており、生体反応はありません。救急隊も今、現着したようですが、引き取ってくれるかどうか……」

「東大病院よりも一旦、日医大の救命救急に運んでもらったほうがいいんだが」

「その前にできるだけの鑑識活動を行っておきます」

「そうしてくれ。もう一人の被害者は誰だ？」

政治に疎い署長の問いに、いつの間にか署長の背後に来ていた北条経済産業政務官が答えた。

「竹之内利久《としひさ》衆議院経済産業委員長です」

「竹之内……大臣経験がある方ですよね」

「文部科学大臣ですね。もう八回生です」

「確かにそうだった。ところで失礼ながらあなたはどなたですか？」

「衆議院議員の北条政信《まさのぶ》です。現在、経済産業政務官の役職に就いており、今日はお二人の先輩に同行してきたのです。本件、狙撃事件に関しては、素人判断を加えてはならないと思い、まだ警察と大学以外には連絡をしていません」

「ご配慮に感謝いたします。私もこれから一旦本署に戻りますので、ご同行願えますか」

「もちろん。できる限りの協力は惜しみません」

その時、署長の携帯電話に東京大学総務部長から電話が入った。

「たいへんご迷惑をおかけしております。総務部長の相沢《あいざわ》です」

「重要事件ですので、今後もご協力をいただかなければなりませんので私から連絡を差し上げました。今回の事件の概要につきましては、しばらくの間、ご他言無用にお願い致します」

「かしこまりました」

「被害者は国会議員の二名で、一人は元文部科学大臣で現在は衆議院経済産業委員長の竹之内利久代議士、もう一人が上野紘一経済産業副大臣です」

「えっ」

総務部長は一瞬、電話の向こうで言葉を失った様子だった。

「総務部長、大丈夫ですか？」

「上野紘一は私の同期生です。そうですか……今日、本校に来ることは聞いておったのですが、私は文科省で別件の会議があり、会うことができなかったのです」

総務部長の沈痛な様子が電話を通してもわかるような響きだった。

電話を切ると署長は警視庁総務部企画課長宛に一報を入れた。企画課長は警視庁の筆頭課長で、課内には庁務という国会と都議会に別室を持つ部署を持っている。この速報は企画課長から警視総監、副総監、総務部長に伝えられることになっている。広報を行うのは通常は警務部参事官兼人事第一課長となるのが警視庁スタイルだった。この点が、他の道府県のナンバーツーに当たる警務部長や広報課長とは違っていた。

電話を切ると署長が北条政務官に向かって言った。

「大変お待たせ致しました。今、救急隊も到着したようですので、一旦本署に引き上げましょう」

「わかった」

署長は後から着いた署長車に北条政務官を先に乗せ、自分は助手席に座った。運転担当の巡査長は初めてのことに驚いた様子だったが、署長は表情を変えることなく軽く頷くと、発車を促した。赤色灯を回転させながら赤門まで東大構内を進むと、運転担当は窓を開けて着脱式の赤色灯のスイッチを切って車内に取り込み、本郷通りを左折した。

この日、東大に三人を呼び出していた人物がいた。元民自党幹事長で現在は政界の黒幕、キングメーカーとも呼ばれている中野泰膳《なかのたいぜん》である。中野はこれまで何度も『次の総理』と言われながらも、これを固辞し、後進に道を譲ることで現在の地位を築いていた。さらに政界再編に際して野党幹部とも深くつながり、反社会的勢力や有力な新興宗教幹部とのつながりも強かった。

アメリカのＣＩＡは中野の金脈について極秘に調査を行っており、日米の軍需産業との深いつながりに注目していた。

軍需産業は地球上から戦争が消えてしまえば商売が成り立たない業界である。そのため、戦闘が継続することが重要で、おなじ戦争行為であっても、瞬時にカタが着くような北朝鮮に対する斬首作戦では意味がなかった。

平成の天皇は、後の退位にあたり、自らの御代に日本で戦争が起こらなかったことを素直に喜んだが、アメリカ大統領でそんなことを喜ぶものはいない。戦争こそ国家の利益なのだ。

これに全面的に協力をしている日本人が中野泰膳だった。日本で戦争がなくとも、アメリカ製の防衛関連製品を買わせる動きを続けてきたのだった。

「竹之内、文相の頃には言えなかっただろうが、経済産業委員長となれば、日本経済の要の一人だ。日本の防衛産業の発展に寄与することもまた、日米共存の重要な柱だ」

「仰《おお》せの通りです。御大《おんたい》が表面に出ることなく、日米の絆を構築されていればこそ、平成の御代での戦争を避けることができているのです」

竹之内がうやうやしく答えると、中野は上野紘一経済産業副大臣に向かって言った。

「上野、お前は最近、経産相と神楽坂遊びにふけっておるようだが、国家のために何をしておるのじゃ」

「神楽坂遊びとは心外です。日々、経産相の動向を注視しながら、日本における宇宙産業の発展に寄与しております」

「お前がいくら宇宙産業の発展と言っても、人工衛星を飛ばすことばかりじゃ意味がなかろう。監視衛星、情報衛星の時代はもう古い。戦略的防衛衛星を飛ばしてこそはじめて、直接日本を攻撃してくるたわけた国がなくなるんじゃ」

「戦略的防衛衛星……というのはＩＣＢＭ等を撃ち落とすような機能を持った衛星のことですか？」

「そうじゃ。撃ち落とすことが不可能ならば、ＩＣＢＭを打ち上げる施設や潜水艦を直接叩くような衛星の保持が必要なんじゃ」

中野の言葉に上野は怯んだ。そこに経済産業大臣政務官の北条政信が口を挟んだ。

「御大のお気持ちはよく理解しているつもりですが、今の日本の技術的水準では、そのような開発を行った段階で潰されるどころか、学会でも袋叩きにされてしまいます。さらには、これに金を出す企業もありません」

「強力なリーダーが不在の日本企業になくとも、海外にはあるだろう。日本国の技術を結集すれば超電磁砲など簡単にできるはずだ。電磁砲と強力なレーザーを合体させればいいという報告を、儂《わし》はある筋から受けておるがな」

「イスラエル……ですか？」

「それは言わん。言わんが、現在ある技術を応用するだけのことじゃ。これに一兆円とは言わんが、それなりの予算を付けてやれば済むことだろう」

「そうなりますと、相応の大きさの人工衛星を打ち上げる必要があります。しかも、その人工衛星を使った実験も行わなければなりません。一度や二度の実験ではどうにもならない、国家的なスケールの、しかも極めて高い秘匿性が求められる計画でなければなりません」

「とはいえ、全くできん計画でもないだろう」

「長期政権と有力なスケープゴートが必要になります」

「日本海や太平洋で違法操業している、北朝鮮や中国の漁船を秘密裏に沈めてしまうくらいの実験をやってみればいい」

　中野の思わぬ発言に、国会の過激派として知られている北条も驚いた。

「民間の漁船を日本の兵器で沈めてしまう……というのですか？」

「民間？　中国や北朝鮮に民間なんて言葉は通用しない。現に違法操業というのは盗人と同じだろう。しかも、中国の違法操業船の実態を見てみろ。武器を携行し、海保の船に銃撃するわ体当りするわ、これを放水なんかでごまかしている海保もダメなんだが……」

「中国の漁船に対しては海保も実弾攻撃をしたことがあります」

「沈めてしまわにゃ、奴らは痛くも痒くもない。日本の怖さを教えてやらないから、日本の周辺だけでなく排他的経済水域にまで平気で入ってくるんだ。津軽海峡を堂々と進行してくる中国の船など、沈めてしまえばいい。自衛隊が動いて問題となるならば、衛星を使えばいいんだ。原因不明の沈没を、海保や自衛隊が救助してやる……日露戦争末期、対馬でロシアバルチック艦隊の軍人を救助したような美談が生まれるぞ」

「美談ですか……」

中野の妄想は止まるところを知らない様子だった。中野を囲む三人が顔を見合わせ、阿吽の呼吸で年長の竹之内が言った。

「御大、お気持ちは重々お察し申し上げます。しかし、今の宇宙空間は中国も日本以上のスパイ衛星を打ち上げております。いくら原因不明の事故を装ったところで、向こうもいつか気付く時が来ます。その際の対応を考えておかなければなりません」

「原因不明の事故などというものは、実験だ。ほんの数回やってやるだけでいい。北朝鮮の木造船と中国の軍艦ではレベルが違う。ピンポイントの瞬時のレーダー照射を対面ではなく、側面から検出する技術など、世界のどの国も持っておらんぞ」

この時、北条は中野の言葉が妄想ではなく、専門的な研究に基づくものであることにようやく気付いた。

「御大。その人工衛星を造るのに、どれくらいの予算が必要なのですか？」

「現時点の計算では、イスラエル製を加工すれば一番安くて三千億、これを参考にして、独自開発すれば五千億というところだろうな。将来的なことを考えれば独自開発が最も好ましいし、四井重工の話では産業化も可能……ということだった」

「産業化……ですか？」

「あくまでも平和利用だがな……」

そこまで言うと、中野は「ガッハッハ」と高笑いをした。その顔はまさに、一部の財界人の間で囁かれていた「平成の妖怪」そのものだった。

帰り際、中野が北条を呼び止めた。

「お前、ユージン社との付き合いがあるようだの」

北条の顔つきが変わった。それを見た中野が妖怪の本領を発揮するかのように不気味な笑いを込めて言った。

「邪魔者は消せ……か？」

「どういうことでしょうか？」

北条の額に一瞬で汗が噴き出した。

「これでお前は経済産業部会のナンバーツーに躍り出るわけだな。これからは儂の手伝いもしてもらいたいものだ」

北条の背中に汗が流れた。中野がそれを見越したように北条の背中をパンと叩いた。音とは裏腹に北条の背中には、中野の手形が、まるで焼き印を押されたかのようにびっしょり濡れた感覚とともに伝わっていた。


警視庁本部の十一階は平静を保ちながらも慌ただしく動いていた。

刈谷副総監が、官邸で勤務する警察庁出身の総理大臣秘書官と官房長官秘書官に電話連絡を入れた。さらに官房副長官、内閣危機管理監、内閣情報官に速報を入れる。続いて警察庁長官、警察庁次長、官房長にも速報した。

直ちに公安部長と刑事部長が総監室に呼ばれた。

三橋警視総監が宮島公安部長に最初に訊ねた
「宮島、これはテロか？」

「おそらくそうかとは思いますが、国際テロリズムの可能性を考慮する必要があるかと思います」

「国際テロか……その理由は？」

「私は二人の国会議員が同時に狙撃されたことで、先般の対馬の狙撃事件を思い出さずにはいられませんでした」

「あれはまだ解決していないんだったな。お前のところにやった片野坂はまだ調べているのだろう？」

「捜査は進展の兆しを見せております」

「ほう。そうか。まだ報告がないが……」

「まだ内々の情報ですが、あの案件は北朝鮮の軍関係者が行った可能性が高いようで、現在、鋭意捜査中です」

「鋭意か……たった三人で捜査が進むのか？」

「捜査員の数が多ければいいとは限りません。時効を迎えてしまった長官狙撃事件捜査の経緯を見れば明白です」

「指揮官次第……ということか？」

「御意《ぎょい》」

「すると、今回も北朝鮮の可能性があるのか？」

「まだ捜査も始まっておりませんし、使用された銃器関連情報も何もありませんので可能性を考えた結果です」

「可能性？　あるのか？」

「被害者になった竹之内利久、上野紘一の両代議士はどちらも経済産業省の中では対北朝鮮強硬派で知られております。特に竹之内代議士は拉致《らち》被害者救出に関する代表議員の一人で、北朝鮮とはアンダーでも厳しい交渉をやった経緯があります」

「確かにそうだったな。しかし竹之内代議士は現内閣では決して主流派ではないだろう。与党内で何か起こっているのか？」

「竹之内代議士はパチンコ業界でも改革派です。特にメーカーよりもホール関係の縮小を推進していることで、半島系経営者から恨まれている点が気になっています」

「パチンコ業界か……様々な分野で警察関係者の天下りも多いからな……」

「パチンコ改革に関してはパッキーカードに始まり、CR機の登場から現在の貯玉システムまで、決して上手くいっているとは言えないのが実状です。しかも、その度に警察OB、それもキャリアが関与してきています」

「竹之内代議士の選挙区は大阪だったな」

「元通産省OBで、しかも大阪経済の闇の部分をよく知っている人物です」

「大阪経済の闇か。頭が痛いな……警察もこれまで手を焼いていたところだからな」

「ただし、今回は狙撃という強硬手段ですから、闇も一緒に切り開くことができればいいのですが……」

「闇を切り開く、か……。藤原《ふじわら》、お前はどう思う？」

突然話を振られた藤原刑事部長はひと呼吸置いて、総監にではなく、一期先輩の宮島公安部長に訊ねた。

「北朝鮮軍関係者ということですが、これは日本に工作員として入っている者ではないのですか」

「潜伏工作員ではないと思われる。対馬経由で日本国内に入った可能性が高いようだ」

「対馬？」

「韓国が現政権になって北との融和策を推し進めた結果、北のスパイ連中が大手を振って韓国に入り込んでいるんだ。そしてその連中は偽造パスポートで日本国内に入ってきている。航空機の利用は危険と考えているのか、武器を携行しているせいか、海路を利用して来るため福岡県警も摘発困難な様相を呈している」

宮島公安部長の答えに総監が切り込んだ。

「話はやや変わるが、日韓関係がこれだけこじれている中、韓国からの来日者数が減らない原因は何だと思う？」

「二つ考えることができると思います。一つは韓国国民の中でも釜山をはじめとする地方の若者が文政権を見限っていること。もう一つは韓国の経済圧力を日本に対して見せつけようとする動きがあることです」

「韓国の経済圧力？　そんなもんがあるのか？」

「今、政治的にも韓国をスルーする動きが出ています。これは韓国文政権が日本に対してジャパンパッシングを行った意趣返しのようなものですが……。その結果、日本の大手企業は韓国経済、特に電子機器企業、自動車企業に対して部品の供給を停止しようとする動きまで出てきています」

「それは聞いている。それがどうして韓国サイドからの圧力につながるんだ」

「韓国や中国の電子機器、自動車の両産業が部品を調達している、日本の多くの中小、零細企業の存続が危うくなってしまうからです」

「一定期間、国が面倒を見てやればいいだけのことだろう。文政権がこけても韓国にたいする通貨スワップが始まることはない。中国、韓国とも何とか自国の製造業を動かすしか生きるすべがないんだから、ギブアップ寸前のギリギリの状況まで追い込んでやることも必要なんじゃないか」

「それも一つの方策であることは間違いありません。しかし、日本国内の労働組合内に嫌な動きが出始めていることも確かです」

「野党第一党が極左勢力に牛耳られていることか？」

「それもありますが、野党結集を声高に叫んでいる議員に親中派、親韓派が多いのは事実です」

「今の野党に何ができるというんだ」

「しかし与党だってたいした議員はいません。三流どころか四流政治に陥っています」

「それは日本だけじゃない。アメリカでもそうだ。さらに欧米の代表格ドイツ、フランス、イギリスでも似たり寄ったりなんじゃないのか。かといって、中国、ロシアが立派な政権かといえば決してそうじゃない。政治の劣化というのは今や世界的規模で進んでいる」

「だから怖いんです。平成の時代、日本では戦争も国際テロも発生しませんでしたが、多くの国家が当事者になっています。それも全てがイスラム国家絡みになっています」

「それと日本の野党連合、極左系労働組合がどう関係してくるんだ。公安はその手当はしているんだろう？」

「野党連合、極左系労働組合の現在の最大の闘争方針は沖縄です」

話題が沖縄に振られると、総監が敏感に反応した。

「沖縄？　沖縄を独立させようとでも思っているのか？　沖縄からアメリカ軍と日本政府の支援がなくなれば、一か月で沖縄経済は破綻するぞ。いくらハワイに匹敵する観光客が押し寄せているとはいえ、それは沖縄が世界のリゾートの中でも安全だからだ。しかも酒と肉が安い……若者が行くのはそれが主たる目的だろう？　反基地闘争に参加している連中なんて一パーセントにも満たないだろう」

「そこが問題なんです。反基地闘争に興味がない、ただ観光目的で沖縄に行く若者の多くはアナーキストと同じです。つまり、どちらにも転びやすい者たちです。実質経済成長率が低迷する中、日本の若者が韓国のように七放世代にならないことを祈るばかりです」

「日本はこれから教育制度の見直しをしなければならない時代なのに、どうも政治家の考えは逆行する傾向にあるな」

「官僚の弱体化が生んだ結果ではないでしょうか」

「おまけに社会主義国家でもないのに『働き方改革』などという、本来、国が口を挟むべきではないことをやり始めたからな。霞が関は広告代理店ではないんだ。もう少し利口な国会議員が増えれば、霞が関の仕事は今の半分ですむんだ。国会でも答弁も自前でできない。与党だけでなく野党まで同じだからな。国会での質問を作ってやって、答弁まで作るのが霞が関だ。マッチポンプと言われても仕方ない状況が何十年も続いている」

総監の言葉に刑事部長がようやく口を挟んだ。

「以前はそうではなかったのですか？」

「少なくとも霞が関で課長にもならない連中が国会議員になることはなかった。ところがどうだ。今は大臣の先輩が審議官で残っている時代だろう。霞が関は議員を馬鹿にしていても、官邸が人事権を握っているだけに、逆らうことができない。警察も似たような状況になってきているのが心配だ。道府県警本部長を一度も経験しない者が本庁の局長以上になる時代だからな」

「官邸秘書官あがりの、警察庁の『手放せない二人』ですか……それは総監だから言える言葉で、われわれは何も言うことはできません。現政権が終わるまでは、官邸への権力集中に苦言を呈する者は現れないでしょう」

現政権が誕生した当時の総理秘書官と官房長官秘書官のうち、警察庁出身の秘書官二名は政権交代前から居残った数少ない存在だった。そしてその二人は現在、道府県本部長を経験することなく官房長、警備局長に就いていた。

「まあお手並み拝見……というところだが、二人とも組織内に本当の子飼いがいないところが問題だな。特に官房長はラ・サールの片野坂の先輩だろう？　必ず、片野坂に触手を伸ばしてくるぞ」

「片野坂のことです。巧く対応してくれることでしょう。案外、官房長を協力者に仕立て上げるかもしれませんよ」

宮島公安部長が笑って答えると、藤原刑事部長が心配そうな顔つきになって言った。

「総監。それよりも狙撃事件の対応は如何致しますか？」

「発生したばかりだ。現時点では刑事部の捜査一課と鑑識課が主導しているんだろう。まずは鑑識結果が出るまでは静観だな。官房長と警備局長が何を言ってきても『私に聞け』でとおしてくれ」

「余計な忖度はなし……でよろしいのですね」

「そうだ。長官と私の二人で判断する。ただし宮島に藤原、この事件に片野坂を投入させろ」

「了解」

公安部長、刑事部長の二人が全く同じ呼吸で返事をした。

警視庁刑事部鑑識課の鑑識活動には精鋭が揃っていた。

「マル害グループが三人であったことを考えて、一発の銃弾で二人以上を倒すとなると、身長差から必然的に殺害された二人に絞り込まれるな」

鑑識課の管理官が狙撃現場で3Dを駆使したコンピューターシミュレーションシステムを見ながら言った。

「二人のマル害の頭部への着弾角度から計算するとスナイパーの位置はこの方向になります」

コンピューターと現場を交互に確認しながら主任が言った。

「障害物の位置からして距離にして八十メートル……というところか」

「二人の動線を知ったうえでなければ、狙撃は不可能と言えます。どうやって三人の動きを知ったのか……ですね。生存した議員の話によると、彼らは急遽ここを訪れたということですよね」

「そうらしいな。ただ議員の言うことを鵜呑みにしてはならない。何にしろ与党の中でも反主流派の東大グループらしいからな」

「東大グループですか……どこにでもあるんですね、お偉いさんの世界は……」

広く張られた規制線の内側では三十人を超える鑑識課員がそれぞれの専門分野に応じた動きを慎重にこなしていた。その外周には捜査一課と組対五課の捜査員がいて、鑑識活動の終了をじっと待っていた。その中で一人だけ、鑑識課の動きをスマホで撮影しながら、鑑識課の指揮官が指示する方向に足を運んでいる者がいた。

鑑識課の主任がその男に声を掛けた。

「失礼ですが、どちらの所属の方ですか？」

「公安部です」

「公安部？　公安部のどちらですか？」

「公安部長付の片野坂と申します」

片野坂が上着の内ポケットから警察手帳を出して主任に示した。主任は顔写真と階級欄を確認すると直立不動になって挙手注目の敬礼をして言った。

「これは大変失礼いたしました。公安部参事官でいらっしゃいましたか」

「いえ、参事官ではなく、公安部長付です」

主任の声を聞きつけた管理官がその場にやってきた。

「部長付……というポジションが公安部にあることは本部の編成表では存じておりましたが、あなた様がそうでしたか」

「実質的には昨年の秋からのポジションですので、知らなくて当然です。鑑識活動の邪魔は致しませんので、業務を続けて下さい」

「はい。ところで部付、お一人でいらっしゃったのですか？」

「藤原刑事部長からも命《めい》を受けておりますので、一人で参りました」

「部長から、ですか……」

管理官は姿勢を正して頭を下げて再び訊ねた。

「本件は公安事件の可能性もあるのですか？」

「まだ何とも言いがたいです。ただ、鑑識課の方ならご存知かと思いますが、長崎県警で発生した狙撃事件との共通性があるのかを確認したかったのです」

「ああ……あの一発で三人を殺害した案件ですね。確かに今回は二人ですが、被害者グループの身長差からいって一発で三人は無理だったようです」

「一人だけ生かした……ということですよね。プロのスナイパーなら、これぐらいの距離ならば第二弾を撃つことも容易だったと思うのです」

「確かにそうですが、生き残った議員は、たいした大物じゃなかったのかもしれません」

「なるほど……それよりも銃弾はまだ発見されていないのですね」

「まだです。そのためこれだけ広く規制線を張っているのですが、ライフルだとどこまで飛んでいるのか、現在計算中です」

「抜けた方向はあちら方向ですよね」

片野坂が指を指すと、管理官は二度頷きながら答えた。

「仰せのとおりだと思います。狙撃地点はあのコンクリートブロック製の給水栓ボックス辺りだと思われますので……」

「なるほど……私もちょっと探してみます。金属探知機では発見できないかもしれませんから」

「そうか……そうでした。長崎の事件で使用された弾丸はセラミックスでしたね」

管理官は「しまった……」という顔つきで片野坂を見た。

「案外、向こうの壁辺りまで飛んでいるかもしれません」

片野坂は穏やかな顔つきで言うと軽く手を挙げて、その方向に向かって歩き始めた。

管理官は直ちに部下の係員に片野坂の後を追わせた。

片野坂は目測で見当を付けていた本郷通りに面した塀の付近に、規制線に沿って速足で向かった。

一般学生用に通路を確保する目的だったのだろう。大学の塀の手前約十メートルの地点で規制線は塀と平行に設定されていた。

目測地点付近に着いた片野坂は、塀を斜めから見るようにして立ち止まった。鑑識課から報告を受けた、銃弾が貫通した被害者の頭部の高さを基準として、数センチ下部を慎重に観察していた。まもなく、壁に一センチメートルほどの異物が刺さっているような状態になっているポイントを発見した。片野坂はゆっくりとその場所に近づいた。

鑑識課員も片野坂のすぐ後ろをゆっくりついてくる。

「これのようですね」

片野坂が鑑識課員を振り返って言った。鑑識課員は二度、素早く頷いて、片野坂を追い越すと、銃弾が突き刺さった場所を確認して上司にPフォンで報告し、カメラを銃弾に向けて、様々な角度で撮影を始めた。間もなく二人の鑑識課員が現場に駆け付けてきた。警部補と巡査長であることが制服の階級章で確認できた。

「片野坂部付、採取してもよろしいですか?」

「もちろん。銃弾の尻尾の部分を綿で包んで、銃弾の角度に合わせて、できるだけ塀を壊さないように引き抜いて下さいね」

「了解」

さすがに鑑識課員は片野坂が言ったとおりの資材を準備していた。銃弾を引き抜く工具は、二本の取っ手を使ってワインのコルク栓を抜くような形状だった。

「こういう機材も開発していたのですね」

「これは案外応用できる機材で、針の一本から直径五センチメートルの鋼材まで、めり込んだ物を引き抜くことができるんです。しかもゆっくりと回転させずに引き抜くことができるので、対象に対して回転傷をつけずに抜けるんです」

「なるほど……ライフルマークを傷つけずに銃弾を抜くには最適な工具ですね」

「縦傷はついてしまう可能性がありますが、めり込むということは、対象物よりも周りの方が柔らかいという証拠ですから、そんなに気にはならないと思います」

鑑識主任の説明を聞いているうちに、壁に突き刺さっていた銃弾が抜かれた。片野坂が対馬で見たものとよく似た、ファインセラミックス素材のように思われた。最初に片野坂と一緒に到着した鑑識課員が、カメラをビデオモードから切り替えて、再び写真撮影を開始した。現場で銃弾の特徴を把握できるように、メジャーがついた複数の色彩の下敷きが用意されていた。

片野坂もまた鑑識主任の了解を得て、採取した銃弾を自らのPフォンで様々な角度から撮影すると、画像を直ちに科警研の銃器担当専門官に送った。

「銃弾の長さは四十五ミリメートル、直径は約五・五ミリメートル……ですね」

「五・五六×四十五ミリメートルＮＡＴＯ弾仕様のものでしょう」

片野坂が言うと、鑑識主任が驚いたような顔つきになって片野坂に訊ねた。

「ＮＡＴＯ弾……ですか？」

「対馬で使われた弾丸に酷似しています。使用された銃器が同じだと、連続殺人事件ということになってしまうな」

片野坂の言葉に、警部補の鑑識主任が驚いた顔つきになって訊ねた。

「そうすると、合同捜査本部ということになりますね？」

「先に発生した方が元立ちになりますから、長崎県警との協議になるでしょうが、鑑識結果を待つ間に警視庁でも態勢を組まなければなりませんね」

「組対五課の主導になりますか？」

警視庁組織犯罪対策部組織犯罪対策第五課の分掌事務は銃器、薬物対策である。その中で、第一、第二銃器捜査が銃器事犯に係る情報の収集、及び銃器事犯の取締りに関する捜査を行っている。

「そうですね。ただし、被害者が現職の国会議員ですからね。企画課も関わってくることになるでしょう」

「企画課？　公安部はどうなりますか？」

鑑識主任は企画課に庁務担当というセクションがあるのを知らない様子だった。そして上目遣いに、恐る恐る……という口調で公安部の捜査本部入りを訊ねたので、片野坂は笑顔で答えた。

「公安？　もう、私が入っていますよ」

「いや、部付のような偉い方ではなくて、現場を担当する課が入ってくるんじゃないですか？」

「それは何とも言えませんが、公安が入るのが好ましくないような口ぶりですね」

「公安の連中は情報をこちらに流しませんからね。一緒にやりにくいんですよ」

「同じ捜査本部に入っていて、それはないでしょう。捜査会議で黙秘権は許されませんから」

片野坂は相変わらず笑顔のまま答えた。

「こういう言い方をするのは失礼ですが、部付は我々のようなヒラの鑑識課員にも、そうやって敬語を使われるのですか？」

「鑑識さんあっての我々捜査員ですから……しかも、現場にヒラも階級もないでしょう。特に私服警察官には階級章が付いていない。捜査の現場に階級を持ち出すことは実にナンセンスなことです」

「ナンセンス……ですか？」

「そう言えば、最近、この言葉は使わなくなりましたね。無意味、馬鹿げたこと、とでもいいましょうか」

「とはいえ、警察は階級社会ですし、それこそが組織を守っている、という方も多いですよ」

「部署にもよるでしょうが、階級で仕事ができるわけじゃありませんからね。ただし、特に近代の軍隊の指揮系統が上意下達を基本としているのは、部下の命を預かるという幹部の宿命によるもので、根底には上下間に相互の信頼関係があることが前提となっています。警察も、機動隊のような敵と正面から戦わなければならない組織では、これが必要最低限度の条件になってきます」

「マル機と刑事は違いますからね……それを勘違いしているというか、キラキラ星で上がってきた幹部が多いのも事実です」

「キラキラ星か……まだ警視庁には残っているんですかね」

キラキラ星というのは機動隊と警ら（地域課）を行ったり来たりしながら昇任試験に合格して階級を上げていく幹部のことで、星というのは階級章に着いている「日章（旭日章）」のことである。現在は階級章の中央に日章があり、階級が上がるごとに金色の部分が多くなる。

「機動隊は以前のような極左暴力集団との全面対決がなくなりましたから、常駐警備がほとんどを占めるようになり、機動隊十個隊の競争は昇任試験の合格者数だけになっているのが実状です」

「なるほど……勤務環境だけを見ると陸上自衛隊の多くが災害派遣に行っているのと同じなんでしょうね」

そこまで言って片野坂は話を戻した。

「勘違い幹部の存在に関しては今後、私も注意しておきますが、指揮権限に及んだ重大な人権問題行為は決して見逃してはいけません」

「それは、いわゆるパワーハラスメントのことですか？」

「それも含みます。少しまわりくどい表現になってしまったかもしれませんが、必ずしも日本国内に限った現象ではなく、いじめ同様、世界共通の認識でもあることを知っておいた方がいいと思います」

「そうですよね。ハリー・ポッターの映画を観てもいじめとパワハラは万国共通の課題のようですからね」

鑑識主任はようやく笑顔になって言い、こう付け加えた。

「とはいえ、捜査会議でもひな壇の方々の態度はなかなか横柄ですよ」

片野坂は相変わらず柔和な表情で頷きながら答えた。

「どこに行っても威張りたがる人はいますからね。個人の資質はなかなか変わらないものです。そういう人に対しては中途半端な受け答えと安易な了解は厳禁です。疑問点は全員の前ではっきりさせなければいけませんよ」

「恨まれませんか？」

「別に恥をかかせようと思っているわけではないでしょうから、全員が納得いく回答をするのが幹部の務めです」

「なるほど……部付も是非捜査会議に出席して下さい」

「そうさせていただきます。もう一つ、私は、鑑識課の皆さんが捜査会議に出席される機会が少ないことも、実は問題だと思っているんです。証拠が取り残されてしまうような気がすることが時々あるんですよ」

「証拠が取り残される……ですか？」

鑑識主任が首を傾げた。

「一つの証拠でもいろいろな見方がありますよね。例えば、この一個の銃弾がどうして金属ではなかったのか。どこからどういうルートで狙撃者の手に入ったのか。そして、誰がどこで作ったのか……などです。それを解明せず、一個の銃弾が二人を殺した、というだけで犯人を捕まえても意味がないと思うんです」

「公安的発想ですね」

「そこに重要な要素が隠されているのに、犯人を捕まえるだけで終わらせているような気がするんです。鑑識課の方は鑑識活動をしながらそういう感覚を持つことはありませんか？」

「そりゃありますよ。しかし、刑事の場合には実行犯を検挙することが最大の目的で、犯人が撃った銃弾で被害者が殺害された事実を証明することだけでいいんです。警察庁長官狙撃事件を捜査一課が捜査していれば、必ず犯人は逮捕できたと思っている捜査員が今でも多くいるのは事実です」

「公安部の捜査手法ではダメだった……ということでしょうね」

「初めから実行犯が一つの組織の人間だと決めつけていたんでしょう？　途中の変更を許さなかった……と聞いています」

「そうですね。犯人も逮捕できずに外周ばかりを語っても意味がないのは事実ですからね」

「部付は公安部なのに、そんなことを言って大丈夫なんですか？」

「ミスはミス。事件捜査を知らないキャリアを指揮官にしてしまったのが間違いだった、ということですよ」

「部付もキャリアでしょう？」

「私はまだ駆け出しですが、現場を知るためにこうしてここに来ているんです」

「お若いのに珍しい方ですね？」

「一人くらい、こういう者がいてもいいでしょう」

片野坂が笑って言うと鑑識主任もつられて笑った。

そこに科警研の専門官から電話が入った。

「片野坂部付、ライフルマークが対馬のものと完全に一致しました」

「完全に？　何らかの特徴点が一致した……ということですね」

「はい。使用されたＳＡＭ－Ｒに施された十二本のライフルのうち、一本に傷があるんです。今回の分は画像解析によるものですが、実物を見てもほぼ同じ結果が出ると思われます」

「そうか、銃は生きていたのか……そうなると銃の出処を調べる必要が出てきますね」

「調べることができるのですか？」

「一般的には難しいんですけど、ＳＡＭ－Ｒは海軍特殊戦センターと共同開発した銃器なので、全ての銃身のライフルマークが保管されています。だから、この銃はどこかの戦闘地域で敵に奪われた可能性があるんです」

「奪われた銃器の数は少ない、ということですか？」

「戦死した軍人は多いんですが、狙撃手が攻撃を受けることは少ないはずです。そうなれば必然的に狙撃銃が敵の手にわたることも少ない」

「なるほど……そのルートを辿ることはできるのですか？」

「やってみるしかありませんね」

片野坂は他人事のように言うと、対馬と今回のＳＡＭ－Ｒ銃に関する照合データを自席のパソコンにプロテクトを確実にして送るよう指示を出して電話を切った。

デスクに戻ると香川が待っていた。

「対馬の再現か？」

「どうやら使用されたＳＡＭ－Ｒも同じ物のようです」

「何？　もうわかったのか？」

「現場から科警研に銃弾の画像を送ったんです」

「画像だけでライフルマークの一致がわかるのか？」

「ほぼ……ということですが、当該ＳＡＭ－Ｒの銃身に設けられている十二本のライフルの一本に特徴ある傷があって、そこが一致したようなんです」

「そうか、凶器は生きていたか……面白いことになってきたな」

香川が不敵な笑みをみせると、片野坂がゆっくりと頷いて訊ねた。

「ところで被害者になった国会議員のバックグラウンドはいかがでしたか？」

「二人とも秘書に半島系の宗教団体組織員を抱えていたよ。いわゆる食口《シック》と呼ばれている連中だ」

ったんだ」

「反共と言いながらも北朝鮮と深い関係にある、あの『世界真理教』ですか？」

「そうだ。そして生き残った政務官の北条政信も、その教団との関係が深いことがわかったんだ」

「三人の共通項は世界真理教だった……ということですか？」

さすがの片野坂も想定外の結果だったらしく、思わず身を乗り出していた。

「さらに、もっと面白いことに、生き残った北条政信の方が、殺害された長老の竹之内利久と上野紘一よりも教団内の地位が高いんだ」

「日本の宗教政党にもまま見られる構図ですが、そうなると北条だけが助かったのは決して偶然ではなかった、ということですか？」

「それは軽々には判断できないが、北条は年齢、キャリア的にも、まだ生かしておいた方が、今後の役に立つ……ということは言えるな」

「北条のところに秘書を入れていない理由はなんなのでしょう？」

「それは俺にもわからんな。もともと、俺はあの教団が大嫌いだからな」

「日本国内でもいろいろな事件を引き起こしてきましたからね。しかも長期政権を続けていた政権与党に、ガッチリ食い込んでたようですから」

「俺は教祖が死んだ段階で、すっかり消えたのかと思っていたくらいだ」

「ところがどっこい……今なお次世代を狙っていたようですね。あの宗教団体の最大の目的はなんだったのでしょう？」

片野坂が首を傾げながら呟くと香川が答えた。

「片野坂の世代は、世界真理教についてはあまり知らないだろうが、現在の南の大統領はあの宗教団体の教祖と姻戚関係にあるという説もあるんだ」

「えっ」

片野坂にしては珍しく、驚きの声を出して訊ねた。

「そう言えば姓が同じですよね。もともと朝鮮民族は姓の種類が少なく、二百八十種類ほどです。特に、金、李、朴の三つの姓で人口の約四十五パーセントを占めていますからね」

「そうなのか……そういう雑学には本当に強いな。それよりも教祖が金日成と刎頸《ふんけい》の友だったことは知っているだろう？」

「それは警大で習いました。その後、教祖がアメリカから国外追放になったにもかかわらず、日本に超法規的に入国させて講演をやらせてしまった。そこに元首相までいて、教祖と抱き合った、とかいうものでした。まさに日本の政権政党の負の遺産でしょう」

「当時は世界真理教が日本国内で作った反共団体を、半島系国会議員が中心となって、選挙要員として積極的に活用したんだ」

「半島系国会議員……北朝鮮系ではなく韓国系ということですか？」

「両方だな。教祖を超法規的に入国させたのは北朝鮮に近い国会議員だったからな。国会議員になった早い時期から、北朝鮮を支持していた在日朝鮮人団体朝鮮総聯と親しく、総聯の外交部門を担う国際局出身で後に総聯のトップになる許宗萬《ホジョンマン》とは蜜月関係にあったからな。外事二課は早い時期から彼をマークしていたようだったな」

「旧労働党ならわかりますが、どうして政権与党の中にそういう人が生まれてくるんでしょう」

片野坂の質問に、香川はやや首を傾げるようにして答えた。

「政党の歴史がそこにあるんだ。半島系国会議員と言っても単なるシンパから、祖先が半島から帰化した連中まで様々だ。特に後者の方は向こうの血が流れているからな。祖国は、と聞かれて『日本』と即答できない議員さえいたんだ。本当に日本国のために議員活動をしているのか、半島のためにやっているのかわからない連中がいたほどだ」

「中には政界のドンと言われた者もいたわけですよね」

「ドンもいたし、ご意見番もいたが、誰もトップに座ることがなかったのは公安部が裏で動いたからに他ならない。公安部が自ら手を出さなくても、違法行為や不正を様々な形でリークして失脚させていったからな」

「あれは単なるうわさ話じゃなかったんですね」

「俺はその時の下っ端で動いていたからな。俺が尊敬していた唯一の上司はその中心にいたんだ。その国会議員の家にガサを入れた時、オウムの金庫にあったのと同じ、北朝鮮で鋳造《ちゅうぞう》されたと思われる一個十キログラムの金のインゴットが出てきた」

「その話はＦＢＩで聞いています。『日本の政治家に半島系が減ってきたのはいいことだ』と言われた時には驚きました」

「まだ隠れ半島系はいるが、たいした力を持っていないから放ってあるし、今の半島情勢では動きようがないのも事実だ」

「それでも世界真理教は、未だに食口《シック》を日本の政界に送り込んでいるのでしょうか？」

「そうなんだろうな……世界真理教も教祖の死後、分裂を繰り返していると聞いているが、俺も最近はあまり注目していないカルトだった」

　香川がため息まじりに言った時、片野坂はふとＦＢＩ時代の情報を思い出した。

「香川さん、『サンクスト教会』という名前に覚えはありませんか？」

「サンクスト教会？　カルト教団の一つとしてあったような気がするが……世界真理教の分派だったたっけなあ」

　それを聞いて片野坂の表情が一瞬こわばった。そして言葉を続けた。

「そうです。世界真理教の分派でした。しかもＡＲ－15を持って祝福式を行った教団でした」

「何？　ＡＲ－15を持って祝福式？　どういうことだ」

「彼らは世界真理教の分派ではありますが、同じグループ宗教として日本国内でも武装蜂起を目論む一派で、その上部には『天上国』があるのです」

「天上国といえば天上国合衆国憲法などを作っているカルト教団だったはずだが……そうか、教祖亡き後の世界真理教の別名だ」

「そうです。その教義は、この世に争いが起こり、王に調停の要請が来るが、放っておく。殺してはいけないが、争っても良い……というような内容だったと思います」

「殺してはいけない、というのか？」

「勝手に殺してはいけない、というだけの話です。『天の教祖様も争いの重要性をよく知っておられた。争いを無くそうとはしない』と述べていたはずです」

「宗教絡みとなると、どこに敵がいるのかわかりにくいのが問題だな」

「警察組織の中にもどれだけ信者がいるのかわからないのが実情です。特に警察官に拝命、もしくは一般職として採用されたあとに改宗されてしまうと、全くわからなくなりますから」

「そうなんだよな……オウムの時もそうだった。奴らの信者データが収められた光ディスクを滋賀県警が職務質問で押さえてくれなかったらどうなっていたかと思うと、ゾッとしたものだった。何か手を打たなければならないんだが、今はそんなことをしている暇はないかもしれないな」

「ガサを打つにしても、ごく限られた人員でやるしかない……ということですね」

「敵には殺し屋が付いている。しかもテロリストと同じ考えの持ち主ときている。慎重に動く必要があるということだ」

「日本にもサンクスト教会の支部があるはずです。まずは、そこの通信傍受の令状をとりましょう」

「宗教関係協力者にも当たってみよう。必ずどこかでつながっている者がいるはずだ。ところで白澤から何か報告は来ていないのか？」

「ロシアの女スパイが出てきたことで、モサドと共同捜査を行っているようです。モサドもテロが一番怖いでしょうからね」

「モサドと共同捜査か……お前の目標でもあった日本のスパイ部隊結成が、現実のものになってきたような気がするな」

「既に、私の友人のモサドやFBI、CIAのエージェントは、すっかりその気になっていて、結果が出るのを楽しみにしているようです」

「そうか、警察幹部が誰も知らない間に諜報の世界で有名になってしまうと、日本の政治家が海外でその話題を出されたら、驚いてひっくり返ってしまうんじゃないか？」

香川が笑って言うと、片野坂は平然と答えた。

「『そんなものは日本には存在しない』と笑って答えてくれればいいだけです」

「しかし、官房長官や外相になると、そうはいかんだろう」

「警察組織の中でも知っているのはごく一部です。たった三人で何ができる……と笑い話で終わってくれることでしょう」

「いつまで三人なんだ？」

「公安部長判断でしょうが、そんなに大きな組織にする必要はないと思います。現在ある組織を巧く使えばいいだけの話ですから」

「情報室とは一線を引く……ということなのか？」

「悩ましい問題ですが、現在の情報室では予算的にも恒常的な海外赴任は難しいと思います。私たちは警察庁警備局と警視庁公安部のタイアップの下に、もっぱら国費の予算を使いながら活動するわけです。情報室のように警視総監直轄とはいえ、組織構成上、警視庁総務部指揮下では、東京都の予算での活動を強いられる……そこが当初の情報室設立の目的から変わってしまったのではないかと思います」

「そうか……確かに組織運営上、予算は大きな問題だよな。警備局予算ならば機密費の範囲内だろうからな。公安総務課の会計担当も大変かもしれないな」

香川は情報のプロとは言え、階級的にも組織運営そのものについてはよく知らない様子だった。警視庁公安部では筆頭課の公安総務課が、公安部指揮下の八課、一隊の計九所属の予算を一手に握っている。その運用に関しては公安総務課長が管理していた。

「公安部の予算に関しては公安総務課の会計担当管理官が実質的に配分するのですが、警察庁からの紐付き予算については、警察庁の指示を変えることはできません」

「そうは言っても、チヨダから来るタマの運営費等は、本来紐付きのはずなんだが、全額貰ったことは一度もないぜ」

「そこは以前の悪しき慣例だったのでしょうが、チヨダの理事官出身の公安総務課長が来てからは改善されていますよ」

「そうだったかな……」

紐付き予算というのは、使用目的が限定されている予算のことで、目的外使用が発覚した際には警備局内の処分の対象とされている。

「公安部長付の予算は全て紐付きで私自身が管理していますので、警視庁内で予算額を知っているのは公安部長、公安総務課長と公安総務課の会計担当管理官だけなのです」

「なるほど……俺の知らない世界の話だな」

「会計はそれでいいんです。逆に会計担当は金は配るが、それが何に使われているのか全く知りませんし、その使途について責任を負う立場にもないのですから」

「それはいわゆる機密費というものなのか？」

「警備局に機密費という言葉はありませんが、使途を部外に報告する義務がない予算ということですね」

「どう違うのかよくわからんが、まあいいや。自由に動くことができるだけでもありがたいと思うよ」

香川が生真面目な顔つきになって片野坂に頭を下げた。

第十章　代議士襲撃

アントワープのホテルのラウンジで、白澤香葉子はルーカスと情報交換を行なっていた。

「これはアメリカ国内にある民間軍事会社からの注文だったようです」

「民間軍事会社……社名はわかりますか？」

「ノースカロライナ州にあるユージン社です」

モサドのエージェント、ルーカスがメモを確認しながら説明した。これを見た香葉子が訊ねた。

「モサドのエージェントはメモを取るのですね」

「協力者の前では一切メモは取りません。ただし、正確に物事を伝えなければならない時には記憶が明確なうちにメモに残して、これを使うようにしているのです。日本の公安はメモを取らないのですか?」

「原則的には取りません。ただし、複数の数字が続く場合に限って、相手方の了解を得たうえでスマホに暗号として残すことはあります」

「暗号化するのか、なるほど……私も見習わなければなりませんね」

ルーカスが神妙な顔つきで答えたので香葉子は笑って訊ねた。

「何事も正確が最優先ですから。それよりも、そのユージン社のデータはありますか?」

「モサドが把握していました。元々はアメリカ合衆国南部にあるプロテスタント系の会社だったようですが、最近はサンクスト教会の影響が強くなっているようです」

「サンクスト教会……ですか?」

「韓国系なのかどうかは未だにはっきりしていませんが、世界真理教の教祖の子供が独立して作った教団です。武装蜂起を提唱する過激なキリスト教原理主義に基づいています」

「教会が武装蜂起を提唱するのですか?」

「争いごとが好きなようですね。南部のプロテスタント系の会社とは、コンキスタドールの是非を巡って論争となり、この会社を二分する争いになったようです。元の会社の職員も、元々が民間軍事を目的としていますから、強くなければ意味がないことを主張していたようです」

「コンキスタドール、ですか。スペイン語で『征服者』を意味する言葉ですが、彼らはカトリックで、プロテスタントではなかったのではないですか？　それはともかく、結果的に会社も征服してしまったのですね」

「その結果、余計、過激な民間軍事会社になってしまったようです」

コンキスタドールは、十五世紀から十七世紀にかけてのスペインのアメリカ大陸征服者・探検家を指す。中でも有名なのがアステカ王国を侵略したエルナン・コルテス、インカ帝国を侵略したフランシスコ・ピサロの二人である。

彼らは金銀を求めてアメリカ大陸を探索し、キリスト教徒側から見た異教徒インディオの生命財産を脅かしたうえに、固有文明を破壊し、黄金を略奪した。これに同行した宣教師の多くもこの行為を黙認していた。

「それよりも、世界真理教と言えば確かに韓国系ではありますが、教祖は北朝鮮とも深くつながっていた……と記憶しているのですが、そんな団体がアメリカ国内の民間軍事会社で権限を持つことを、アメリカ合衆国政府は認めているのですか？」

「ＩＳＩＳの掃討作戦で多大な成果を挙げたことが認められているようです。特に最前線での活躍に加え、後方からの狙撃によって多くのＩＳＩＳ幹部を抹殺していたようです」

「狙撃、ですか……」

「そう。そしてイラクの砂漠地帯で多くの実績を挙げたのが、今回のファインセラミックスの銃弾だったとも言われているのです」

「砂漠地帯で……ですか？」

「ファインセラミックスの銃弾は弾頭と弾本体が一体化しているため、風の抵抗を受け難いそうです」

「ファインセラミックスの銃弾には、そういう利点もあったのですね……」

「しかも現在はファインセラミックスの生産は容易になりましたから、原価率を考えると一般的な銃弾よりも安いようです」

「そうなんですか……ファインセラミックスはもっと高価なものかと思っていました」

「そんなに高価では一般的なガイシは作ることができません」

「なるほど……高圧線だけでなく、電柱にもたくさんのガイシは必要ですものね」

「そうなんです。それを銃弾の形に変えるだけだから、案外安くできるそうなんです。ただし、対応する銃器に合わせた加工が必要になってくるので、アントウェルペンの研磨技術が必要になってくるというわけです」

「そういうことでしたか……」

香葉子は直ちに情報を片野坂に送った。

「サンクスト教会がでてきましたか……ありがとう。もう少し情報収集を続けて下さい」

片野坂は白澤からの電話を切ると、時計を見てＦＢＩに電話を入れた。

「ノースカロライナ州にあるユージン社を調べているんだが」

「ユージン社に関しては政府内でも賛否両論なんだ。北朝鮮との関係だろう？」

話は早かった。片野坂はＦＢＩニューヨーク支部の元同僚のアトキンソン特別捜査官に訊ねた。

「やはり、そちらでも問題になっていたのか？」

「シリアの英雄とまで言われた民間軍事会社だったんだが、彼らが保有する武器の量は半端じゃないんだ。もしこれが国内テロに使用されたら、陸軍、空軍で対応をしなければならなくなる。テロというよりも内戦に近い形態になることだろう」

「その可能性が出てきた……ということなのか？」

「ユージン社のオーナーは南部出身ながら、祖父の代まではバリバリのイースト・エスタブリッシュメントだったんだ。石油を発掘して巨額の富を得て、さらに父親が保有していた土地からシェールガスが発掘され、使い道がなかった金で民間軍事会社を創ったのがスタートだ。ユージン社はアメリカ国内に三か所の訓練場を保有しているが、中でもノースカロライナの訓練場は七千エーカーの広さを誇り、中心には四千二百メートルの滑走路がある。施設内には射撃場、屋内・屋外施設、様々な街並みを再現した施設、森林、さらには人工湖から砂漠地帯まで、あらゆる戦闘態勢に対応できるようになっている」

「七千エーカー……日本式に言えば東京ドーム六百個分か……」

「広さだけではないんだ。彼らの戦闘能力は、陸海空問わず偵察、監視、不正規戦等の特殊作戦に対応出来る能力を持っているといわれているし、現にアフガニスタンでは反政府組織のリーダーたちの殺害作戦を遂行し、シリアでは反アサド派勢力に軍事訓練をしている」

「イースト・エスタブリッシュメントの血を引きながらどうしてキリスト教原理主義に走ってしまったんだ？ それも韓国、北朝鮮系といわれる宗教に……」

「現社長の母親の影響らしい。現社長は本妻の子供じゃなかったらしいんだ。容姿もイースト・エスタブリッシュメントというよりは東洋系の血が混ざっているように見える。しかし、頭脳は明晰、ハーバード大学をトップに近い成績で卒業するとアナポリスにある海軍兵学校に入り、首席で卒業して海軍士官になっている」

「変わり者だな……」

「彼の兄弟は石油とシェールガスのエネルギー部門を引き継ぎ、彼だけがユージン社を全て受け継いだんだ」

「自らユージン社を継ぐために海軍兵学校に進んだということなんだな。それも士官として……」

「先見の明があったのだろう。エネルギー関連会社は、資源は永遠ではない。しかし、国家がある限り戦争はこの世からなくなることはないし、優秀な戦闘能力はどこからでも求められるからな。彼がユージン社を継いでから、あの会社は爆発的に大きく、そして強くなったんだ。現社長も在籍したアメリカ海軍特殊部隊ＳＥＡＬｓにも彼の教え子がたくさんいるようだ」

「ＳＥＡＬｓに在籍……頭脳だけでなく、適応能力、身体能力も抜群ということか」

ＳＥＡＬｓという名称は、ＳＥＡ（海）、ＡＩＲ（空）、ＬＡＮＤ（陸）の頭文字から取られており、アザラシ（英：seal）に掛けたものでもある。個々の〝チーム〟は単数形の「ＳＥＡＬ」であり、総隊は複数形の「ｓ」が付く。

　片野坂が再び訊ねる。

「ユージン社に関する情報は豊富なのか？」

「いや。秘密主義で閉鎖的な社風に加え、株式も公開しておらず、数年に一度行う採用時の広報に頼らざるを得ないのが実状のようだ」

「現社長についてはどうなんだ？」

「アナポリスを卒業後、その成績からホワイトハウス実習生としてホワイトハウスで働いた経験もある」

「なに、そんな経験があれば政府内で人脈を築くのも容易だな」

「アメリカの政府、米軍、CIAと密接な関係を持ち、対テロ戦争で法的に議論のある無人攻撃機を運用した標的殺害プログラムを推し進めたことで有名なCIAの元対テロセンター長、元CIA副本部長、ペンタゴンの元監察総監、元司法長官、元NSA長官まで取締役会に名を連ねている」

「というと民主党ではないな」

「そう。共和党の強力な支援者だ。それだけに厄介な存在になっているのが実情だ」

「ユージン社は極東アジアにも力を及ぼしているのか？」

「ユージン社は民間人のみならず正規軍に対しても戦闘訓練を提供しているんだ。SEALsのチーム5は極東アジア担当で、北朝鮮関連問題等で韓国に駐留しているんだが、士官クラスの多くがユージン社で訓練を受けていたことがわかっている」

片野坂は想像以上の相手の出現に、これがもし本当の敵となった場合のことを考えなければならなかった。

「ユージン社本体が敵になる可能性があると思うかい？」

「最初に言ったとおり、ユージン社の存在に関しては政府内でも賛否両論なんだ。しかし、どれだけ多くの軍事力とスタッフを持とうと、アメリカ合衆国国内で国家を敵に回すような愚は犯さないと思っている」

「共和党支援者となれば、アメリカ合衆国と中国との間の様々な問題にも敏感なんだろうな」

「数年前、ＣＩＡがユージン社を中国の情報機関との繋がりがあるとして捜査している。ユージン社側の主張は、中国の政策の一つである一帯一路に基づき、その通過地点となる中東各国の警備要請に応えるための情報収集だったということだ」

「なるほど……まさに賛否両論だな」

片野坂がため息まじりに言うと、アトキンソンが思わぬことを言い出した。

「日本で発生した二件の殺人事件にユージン社が直接かかわることはないだろうが、ユージン社で学んだノウハウを活かしたとなれば、民間軍事会社が犯罪者の養成所になったということになる。これを法的にどう判断するかだな」

「法的と一口に言うが、英米法のアメリカ合衆国と専らドイツ法の日本では対応の仕方が違うからな」

「ユージン社の捜査まで日本にやってもらおうとは思っていない。ユージン社が何らかの形で関与している蓋然性《がいぜんせい》が認められた段階でこちらが動く……ということでどうだ？もちろん、こちらも狙撃事件の捜査に関して最大限の支援はさせてもらう。日本警察には全力を挙げて狙撃に使用された銃を入手してもらいたい」

「そこが一番重要な点であることは我々も理解している。人よりも物……これが公安だからな」

「人よりも物か……同じFBIの組織でも、君がいたNSBに近い考え方だな」

「『物イコール組織』という発想に過ぎないさ。いくら人を捕まえたところで、組織が残ってしまえば、また同じような指導者が生まれてくる。組織犯罪の場合、組織を潰さない限り意味がないのさ」

「そういう割には、日本のヤクザがいつまでたっても生き残っているのはなぜだい？ セクションが違う、だけでは答えにならないぜ」

アトキンソンが電話の向こうでニヤリと笑っているのを、片野坂は感じ取っていた。

「犯罪組織の中でも日本のヤクザは裾野が広くてね。合法的な活動をやっている連中がいるのも事実だ。しかも、その金の流れを解明するのは国際的なマネーロンダリング組織を解明するのと同じくらい厄介なんだ」

「国際的犯罪組織との連携の上に成り立っている部分があるのは、どこの国のマフィアも同じだろう。しかし、日本の場合は大小様々なヤクザが抗争しながら生き残っている。われわれにとっては不思議な感覚なんだ」

「狭い日本にも、地理的、歴史的な経緯が背景にあって、反社会的勢力と呼ばれるヤクザが存在している。かつての博徒《ばくと》、的屋《てきや》などという簡単な括りで分けることが難しくなっているんだ。しかもそこに在日という、近代日本が抱えた複雑な問題が残されていることも組織壊滅に至らない原因になっている」

「歴史的な民族問題か……アメリカのマフィアがイタリアからの移民によってできたのとは違うんだな」

「組織が生まれた経緯が違うのと、積極的に移民を受け入れてきたアメリカの政策の歴史とは全くことなる部分があるのは事実だ」

「どちらにしても、悪がこの世からなくなることはない。それがどのくらいまでの社会悪となるか……そこをきちんと押さえておく必要がある。日本にも新たな悪が出てきて、若い芸能人を中心にはびこり始めてきたようじゃないか」

「そんなことまでよく知っているな」

「六本木でＦＢＩのエージェントにポン引きが声を掛けたらしい。エージェントが面白がって後に付いていくと、あるビルに入ったんだが、そこは政治家からマスコミ関係者、さらに著名な歌舞伎役者から若手芸能人まで、多くの客が来ていたそうだ」

「政治家から若手芸能人か……そこでは何が行われていたんだ？」

「薬と『ヒューマン・トラフィッキング』と呼ばれる性犯罪だそうだ」

「現代の女衒《ぜげん》か……」

女衒は主に若い女性を買い付け、遊郭などで性風俗関係の仕事を強制的にさせる人身売買の仲介業であり、人買いの一種である。

ヒューマン・トラフィッキングという言葉が使われるようになったのは、特定のイベントや映像・写真撮影会等で、特に外国人女性が必要な接待に対して、一部の芸能プロダクションが人材派遣と称して取引を行うようになってからである。

「こういう人身売買の歴史は古く、世界中、古代からこのような職業が存在していたと考えられているのは確かだ。ただ昔は人買いではなく奴隷だったけどな」

「千夜一夜物語の中に出てくるスラヴ人のことか？」

「そう、奴隷をスレイヴという語源だ。日本では芸能プロダクションの名を借りた、新たな人買いが世界中のマフィアとつながって、大手を振って活動しているようだな。それも日本では合法というのなら仕方ないけれどな」

アトキンソンの言葉の端々に棘があるのを片野坂は敏感に感じ取っていた。

「今、警察だけでなく、麻薬取締とも連絡を取りながら徐々に解明している。近いうちに大物が上がることになるだろう」

「しかし今は『物』を追っている、というわけだな」

「その話は、もう少し待ってくれ」

片野坂がやや強い口調で言うと、アトキンソンは声を穏やかにして言った。

「アキラを責めているつもりはないんだ。犯罪捜査にはタイミングが大事だということを覚えておいてもらいたいと思っただけだ」

「アトキンソン。ありがとう。君の善意は僕が一番知っている」

片野坂が笑って答えた。

「サンクスト教会のユージン社に対する影響力を、当局としても懸命に調べてはいるんだが、双方ともに秘密主義だけにOBを現在獲得中なんだ」

「FBIのOBでユージン社に雇われた者はいないのか？」

「知る限りいない。案外NSBのOBならいるのかもしれないな」

「そうか……」

片野坂はNSBの元同僚の顔ぶれを思い浮かべながら、アトキンソンの話を聞いていた。


その頃、香川はかつて世界真理教が組織的に行っていた霊感商法の中でも、商品の販売はしないが、祈禱料、除霊料、供養料などの名目で法外なお金を払わせるという、霊視商法で逮捕した元信者を訪ねていた。

「どうだ。最近は真面目にやっているようだな」

「香川さんのおかげで、危うく失いそうになった医師免許を、今はこどものために活かしています」

「小児科というのは本当に大事な分野だからな。あの時、お前の供述があったから、世界真理教系列の悪徳病院を摘発できたんだ」

「あの病院は院長以下、ガンでもないのにガンの判定をする結果につながりがちな腫瘍マーカー総合診断法に加え、温熱療法という、治療に長期間を要する怪しい療法で患者の不安をあおりたて、その不安に付け込んで高額な費用負担をさせていたんですからね」

「医師としてのお前の正義感がなければ、立証できなかったのは事実だ」

「しかし私が医療行為とは関係なく霊視商法をやっていたのは事実です」

その言葉を聞いて、香川はゆっくりと二度頷きながら訊ねた。

「ところで最近、世界真理教も分裂して、サンクスト教会なる団体が活発に動いているらしいじゃないか？」

「そのようですね。私のところにも昔の仲間から誘いが来ました」

「医者仲間か？」

「教団系の病院とは縁を切りました。当時、教団の外郭団体として国会活動を行っていた連中です」

「連中というと複数いるわけか？」

「私のところには、そのうちの二人が訊ねてきました。一人はサンクスト教会日本支部の幹部で、もう一人は議員秘書から都議会議員になっている奴です」

「現職の都議か？」

「そうですが、奴自身も厚相秘書官をやっていましたから、今でも歯科医師会とは仲がいいようです」

「デンタルか……三師会の中でも、以前は医師会とは違って結束が強かったんだが、最近は三分裂してしまっているようだな」

「よくご存知ですね。三師会でいまだに結束が固いのは薬剤師会だけですよ」

三師会とは、日本医師会、日本歯科医師会、日本薬剤師会を、あるいは地域の医師会、歯科医師会、薬剤師会を指す。

「サンクスト教会が目指しているのは、世界真理教の教祖の意思とは異なっているのか？」

「決して異なってはいないようなのですが、教義の一部をやんわりと否定しているところはあるようです。キリスト教原理主義の中の、さらに原理主義という、先鋭化した感じですね」

「危険性が高まっている部分もあるのか？」

「武力行使を辞さない、という感じですからね。日本から戦士を集めている、という話も出ていました」

「戦士？　武装闘争でもやろうというのか？」

「ＩＳＩＳなどと対抗する、さらにはイスラム原理主義と正面から戦う集団、とも言えそうです」

「本拠地はアメリカ合衆国なんだろう？」

「世界真理教の教祖が国外追放されて、アメリカ国内での布教活動が弱まった時期もありましたが、相変わらず東海岸での漁業の流通は押さえているようです。それでも世界真理教が拠点をブラジルに移してから、アメリカ国内の信者は減ってきていたようです」

香川は警視庁公安部公安総務課で三代目の宗教担当者として、宗教における原理主義の危険性をよく知っていた。

「世界真理教の教祖の三男坊が興したのがサンクスト教会だろう？　奴は教祖存命中から金集めのプロと言われていた男だったが、今でも資金は豊富なのか？」

「頭脳明晰ですからね。アメリカ合衆国生まれですし、ハーバード大学も出ています。もともと人脈も広かったようです」

「サンクスト教会にとって一番のスポンサーはどこなんだ？」

「日本国内はたいしたことはないようですが、アメリカでは南部の大手石油商が付いているということでした」

「オイルマネーか……」

「しかも、最近はシェールガスも掘り当てたようで、金はふんだんにあるようです」

「戦士の育成はどこでやっているんだ？　まさか自衛隊出身者ばかりを獲得しているわけではないだろう？」

「アメリカ国内でも有数の民間軍事会社の社長が信者らしく、先ほど話した南部の石油商の息子らしいです」

「民間軍事会社か……」

香川は公安部長付になる際に受けた、カリフォルニアの民間軍事会社での厳しいトレーニングを思い出していた。

「アメリカには三十以上の民間軍事会社があるそうですよ」

「ああ知っている。俺もそこで気が狂うようなトレーニングを三か月も受けてきたんだ」

「いつのことですか？」

「ほんの半年足らず前だ」

「そんなに最近のことですか。失礼ながら、香川さんの年齢じゃ大変だったでしょう？」

「ああ。冗談抜きに死ぬかと思った。あらゆる想定の中での訓練だ。砂漠、泥水の中、ジャングル……ディズニーランドとは違うんだ。ガラガラヘビまで本物がいるんだぜ」

「訓練で死んでしまっては意味がないですよね」

「本物の傭兵になるには一年間のトレーニングを積まなければならないんだが、俺たちは自動小銃の組み立てなんて必要ないからな。それでも半年分のトレーニングを三か月でやり終えたんだ。ヘリからの戦闘降下なんていう、警視庁じゃ国際緊急援助隊クラスのトレーニングもやらされたよ」

「公安部でそんな必要性があるのですか？」

「相手の戦闘能力を知っておくことが大事だろう。想定の幅が実に広がったよ」

「なるほど……」

「ところで、サンクスト教会が付き合っている民間軍事会社の名前は何というんだ？」

「そこまでは聞いていませんが、調べればすぐにわかると思います」

香川は続報を依頼してデスクに戻った。

デスクでは片野坂がたて続けに電話を受けていた。

「秘書役が必要なんじゃないのか？」

「余計な人材は入れる必要はないと思います。このデスクの電話番号を知っている人は限られていますし、まだいっぱいいっぱいにはなっていませんから」

「それにしてはよく架かってくるじゃないか？」

「私が依頼した案件に関して回答が続いただけです」

「すると、先方も対応が早いということなんだな」

「事件のバックグラウンドが、少しずつですがわかってきたような気がします」

「サンクスト教会は相当過激らしいな」

「原理主義の中の原理主義ですから、過激になってしかるべきです。そしてその実態が北朝鮮系なのか韓国系なのかの判断がまだつきません」

「世界真理教の教祖が親北だったことは誰もが知っていることだが……今時、北朝鮮をキリスト教原理主義が支援する可能性が果たしてあるのかどうかだな。世界真理教の教祖の時代とは、大きく世の中が変わっているからな」

「私が思うには、サンクスト教会が新たに朝鮮半島の統一を目指し始めたのではないか、という点が重要なのです。実は先ほど架かってきた電話の中で、対馬の被害者は北朝鮮の諜報機関の者ではなく、韓国の諜報関係者ではないか……という話がありました」

片野坂の話に香川は驚くわけでもなく、淡々と言った。

「そうか。海外情報なんだろうな」

「驚かないのですか？」

「今の韓国問題で驚くことは何もないからな。韓国展望所が処刑場に選ばれた、と考えれば、被害者は北朝鮮よりもむしろ韓国の可能性が高いだろうと何となく思っていた」

「確かに処刑場ですよね。そして、もう一つ面白い情報があって、あの当時、米朝は一触即発の危機にあったのですが、アメリカのペンタゴンが一つの怪情報を入手していたようなんです。日本の航空自衛隊の偵察機が、米軍に対して北朝鮮の核と大陸間弾道弾に関する情報を発信していると」

「その偵察機の基地は、対馬の韓国展望所から丸見えの、航空自衛隊基地のことか？」

「はい西部航空方面隊西部航空警戒管制団第十九警戒隊。通称『航空自衛隊海栗島《うに》分屯基地』です」

海栗島は対馬市に所在する六つの有人島のうち、対馬本島と埋め立てや橋梁で地続きとなっていない唯一の島で、全域が国有地である。

「この基地の歴史は古く、明治三十六年には大日本帝国陸軍省が無線基地を設置しています」

「明治三十六年というと……」

「翌年に日露戦争が勃発しています」

「そういう時代背景か」

「ついでに、この年には日比谷公園が開園、メジャーリーグの第一回ワールドシリーズが開幕、そして、戦争の概念を一気に変えるきっかけになった、ライト兄弟が有人動力飛行に成功した年でもあります」

「ライト兄弟はそんな時期だったのか……」

香川が感慨深そうに言うと、片野坂が笑いながら答えた。

「そういう時代背景だったのですが、この基地は第二次世界大戦の終戦まで使用されていたのです。そして昭和三十一年、民間に払い下げられていた土地を、航空自衛隊西部訓練警戒隊第九〇五六部隊とアメリカ合衆国国防総省空軍省が、共同運用し、三年後にアメリカ合衆国から日本国へ移管されて現在の体制になり、今に至っているのです」

「米軍と共同運用していた時期があるのか……」

「米軍はまだ日本の通信傍受やレーダーシステムを評価していなかったのでしょう」

「その評価がソ連による大韓航空機撃墜事件で大きく変わった、ということか」

「日本にとっては大きな損失でした。当時の首相が警察庁長官出身の官房長官の意見に耳を貸さず、個人的な政治の損得で国家機密をアメリカに渡してしまったのですからね」

「その後いくら大勲位になったとはいえ、あの失敗のおかげで当時の陸上幕僚監部調査部第二課別室が積み重ねてきた実績が水泡に帰したのだからな。玄人からは尊敬されない大勲位のままだ」

「当時はまだ『風見鶏』と呼ばれる存在でしたから、仕方なかったのでしょう」

一九八三年に発生した大韓航空機撃墜事件に際して、ソ連の戦闘機が地上と交信している音声を傍受した、民間航空機に対する「ミサイル発射」のメッセージが録音されたテープが存在していた。

この傍受テープをめぐり、日本がテープをアメリカ側に提供して公表することについては、防衛機密保持の上から、官房長官や防衛庁の幹部は消極的だった。しかし首相は日本にとって「得になることはあっても、損になることはない」との判断から、反対意見を押し切って提供した。さらにこの録音テープは国連安全保障理事会において、英語とロシア語のテロップをつけたビデオとして各国の国連大使に向けて上映された。その後、民間航空機撃墜を否定していたソ連は撃墜を認める声明を正式に発表した。

しかしこの結果、防衛庁が多大な時間と労力をかけて解析したソ連の軍用無線の周波数は変更され、その後の傍受は不可能になった。これは日本にとって防衛上の最大級の損失となった。

「時として政治家は国家よりも個人の損得で動くことがありますからね。外務省のチャイナスクール出身の阿呆な議員もいました」

「『拉致被害者は北朝鮮に戻すべきだった』とか、金正日のことを『あの国では、一種、天皇陛下みたいなポジションの人物』とほざいた大バカ者だろう」

「まあ、ああいう人物が淘汰されて、国のトップにならなかっただけでも良しとしなければならないのでしょうが、北朝鮮に対するコメ支援では北朝鮮の貨物船を日本の港に来させたような人物でしたからね」

「今となっては、そんな無能な政治家は減ってきているだろうが、官僚上がりの若造議員の知的レベルの低さには呆れるばかりだ」

「国家一種試験に受かった、というだけですからね。かつての中国の科挙試験や日本の高等文官試験とは質的にもだいぶ違うとは思いますが。アメリカに傍受テープを渡した首相も内務官僚だったわけで、忖度と損得を勘違いする政治家は昔から存在していたのですね」

片野坂がため息をつきながら苦笑いして、話を戻した。

「ところで対馬の話に戻りますが、当時、米軍による金正恩斬首作戦が本気で検討されていたのは事実でした。しかし、トランプ大統領が政治的判断ではなく、経済的損失を考えて方針を変更したのです。日本国としても斬首作戦が遂行されれば、拉致問題が完全に暗礁に乗り上げてしまうことは明らかでしたから、むしろ、トランプ大統領の力を背景に北朝鮮と交渉を進めたかったわけです」

「そうだろうな。金正恩が死んでしまえば、残党は全て金一族の責任にして、全て闇の中に消えてしまうだろうからな」

「南の文大統領はもはや金正恩のスポークスマンですから、北朝鮮が崩壊することは決して受け入れられることではなかったでしょうし、南北統一の旗頭としての夢が潰えてしまうことに危機感を感じていたようです」

「奴は平気で嘘をつく国家指導者の代表格だからな。すでに金正恩からもそう思われている。奴に手を差し伸べる者は国内のわずかな陣営しかいないのが実情だろう」

「韓国政府からすれば、日米に独自の北朝鮮との交渉ルートを作られては国家としての存在意義さえ消えてしまう、と思っているでしょう。しかし、金正恩はすでに文大統領を見限っているだけに、最終的には中国を頼りにするしかないのです」

「二度の米朝会談でも習近平は家庭教師のような立場だったからな。しかし、その習近平もまたアメリカとの関税問題で苦境に追いやられている。アメリカの強さを、自国での政治基盤が盤石でなくなったEUのリーダーたちに知らしめたことはトランプ大統領の商売人気質が功を奏したと言っていいだろう」

「イギリス、フランス、ドイツのサミット主要国でさえ、中国から莫大な金をつかまされていますからね。関税問題や知的財産権に関して、中国に対して何も言うことができない中、アメリカだけが筋を通したのは事実です。中国の社会主義市場経済という意味不明の国家丸抱えの国営企業と、資本主義国家における民間企業との対等な競争を否定するトランプ大統領の姿勢、さらには知的財産権の保護を加えた対抗策に、中国経済は恐怖感に近い危機感を覚えているはずです」

「しかも一帯一路を進めるに際して、日本のバブル期に反社会的勢力の闇金業者がやっていたような、途上国への貸し付けに対する強引な回収策として、不動産や港湾利権を獲得するしかなくなっているからな」

「途上国だけでなく、ギリシャのようなヨーロッパの経済破綻間際の国々に対してEUが何もできない状況も明らかになっています」

「EU不信の波はこれからますます大きくなることだろうな」

「しょせんは過去の宗教・人種問題に蓋をしたままの同床異夢のユートピア思想だった……ということでしょう。そして、国連の旧敵国条項がドイツ、イタリアに影を落としています」

「同床異夢のユートピア思想か……うまいことをいうな」

香川が腕組みをして頷いた。片野坂もそれを見て頷きながら言った。

「そんな世界中がカオスに陥る中、朝鮮半島の二国はダブルノックダウンの危機に陥ってしまったわけです」

「対馬で、仮に北のエージェントが南のエージェントを撃ったとして、北が得ることができるモノはなんだ？　そして南は海栗島の通信傍受だけの目的で三人もエージェントをあの場に送り込んでいたということなのか？」

「北は南にこれ以上余計な動きをしてもらいたくなかったのだと思います。文大統領になってから朝鮮半島が統一するかのような動きを見せたのは金正恩の意向だけだったわけで、朝鮮半島における戦争状態を終結させて、各種制裁の解除を求めていたからです。しかし、非核化と日本がアメリカ経由で金正恩に突き付けた拉致問題の全面解決という、北にとって野晒らしにしていた案件が重荷になってしまったのです」

「北には拉致問題を真摯に解決しようという考えも、それを処理する機関もないのが実情なんだろう？」

「そのとおりだと思います。全面的非核化や大陸間弾道弾よりも、さらに解決困難な課題をトランプ大統領が真面目な顔をして金正恩に伝えたことで、金正恩は言葉を失っただけでなく、思考回路までもが停止してしまったのです」

香川は腕組みしていた手を解いてデスクに両手を置くと、片野坂の顔を正面から覗き込むような姿勢になって訊ねた。

「片野坂、お前、どこからそういう情報を入手して分析したんだ？」

「情報はホワイトハウスに直結するエージェント数名から確認しました。複数の証言が一致しているので、事実関係について間違いはないと思います。情報の分析についてはＡＩの力も借りましたが、私なりに考えてみました」

「確かに言い得て妙ではあるが、対馬の狙撃現場にいたロシアの女スパイや、中国人民解放軍のエージェントの存在をどう考えるんだ？」

「まずロシアは、トランプの北朝鮮対策の本気度を確かめたかったのだと思います。ロシアにとって朝鮮半島で必要なのは北朝鮮の地下資源と釜山港だけです。その双方が手に入らないとなれば、ロシアの極東政策は大きく変わりますし。中国の一帯一路に対抗する北極海輸送ルートに関して、日本に対する交渉手段が大幅に変わってきます」

「解決の目途さえ立っていない北方領土問題と北極海ルートをどう関連付けるかが、現在のロシアの対日外交の最大の案件だろうからな……」

「そのとおりです。また中国は中国で、南の経済をほとんど手中にしていると言っても決して過言ではありません。ただし、いくら韓国と通貨スワップ協定を結んでいても、今や中国には何のメリットもないのが実情です。韓国ウォンが、テクニカル・デフォルトを起こす可能性が高まり、韓国の国内銀行は、恒常的な『米ドル不足』に悩んでいるのが実情です」

「今でも韓国は日本の銀行などから米ドルを借りて凌いでいるんだろう？　一ドル千二百ウォンのレートが崩れた段階で、翌日渡しの当座貸出を受けられなくなる可能性もいよいよ現実性を帯びてきたわけだ。韓国にとって三度目のデフォルトが現実のものになりそうだな。韓国が中国、北朝鮮の防波堤として役に立たないことも明らかになった以上、韓国不要論が日本だけでなく、アメリカにまで広がりそうな気配だ」

「そこなんです。そうなって喜ぶのは中国だけで、ロシアも面白くないのが実情でしょう」

「ロシアは何を狙っているんだ？」

「トランプ政権がアメリカ国内で思った以上に支持率を下げていないことに関して、その理由を詳しく分析しているようです」

「米中の関税問題で投資家の不安はあるようだが、そもそも機関投資家というのは自国のことなどほとんど考えていないからな。彼らの目的は金儲けできるかどうかだけだ」

「それは中国国内でも同様ですが、中国の富裕層の投資対象は中国国内の企業やかつての理財商品のように内需だけですから、今回のアメリカとの全面対決は、中国の富裕層にとって想定外のダメージを負うことになるかと思います」

「そうかといって、習近平王朝が崩れるわけではないだろう？」

「一帯一路のイケイケドンドンの動きが微妙になってくる可能性が高いですね」

一帯一路とは、習近平総書記が提唱する、中国を中心とした世界経済圏の構想である。中国西部から中央アジアを経由してヨーロッパにつながる陸路の「シルクロード経済ベルト」（「一帯」）と、中国沿岸部から東南アジア、スリランカ、アラビア半島の沿岸部、アフリカ東岸を結ぶ海路の「二十一世紀海上シルクロード」（「一路」）の二つの地域で、インフラ投資計画としては史上最大規模とされている。

「一帯一路なんていうのは現実の話ではなく、ある種の夢物語だろう？　それを近未来の現実路線に結び付けるところに無理があるというものだろう」

「おっしゃるとおりです。ただ、これで国内の富裕層に投資を求めた中国政府の立場は、終身主席の地位を狙っていた習近平にとって厳しいものになってくるでしょう。ＥＵ加盟国の中で起こっているＥＵ否定論議の中で、難民問題同様に中国の一帯一路が問題視されることになるかもしれません」

「一帯一路で中国人がヨーロッパに押し寄せてくる……ということか？」

「ヨーロッパ各国でも中国人旅行者の無作法は有名になっています。あのスウェーデンでさえ国営放送で中国人旅行者を揶揄する映像を流したくらいですから」

「中国人はアフリカで我慢しろ、という話を欧州人から聞いたことがあるが、アフリカの総人口よりも中国人の人口の方が多いんだからな」

香川が笑って言うと、片野坂も苦笑しながら答えた。

「これまでは十三億とも十五億ともいわれた中国の人口が、中国の発展を支えてきたのですが、人口の大半を占める、教育を受けたことがない人々の存在はいつまで経っても負の遺産として中国国内に残り続けるでしょう」

「それが共産主義なんだから仕方がない。都会と田舎の格差だけでなく、共産党員かそうでないかで経済格差ははかりしれないからな」

「中国国内の不動産投資の失敗も大きいんです。新築の空き家が五千万戸あるというのですから、計画経済ができる状況でないことは明らかです。さらに年寄りばかりの新興都市が間もなく崩壊します。中国は日本以上に年金制度の破綻が早いはずです」

「労働力はあり余るほどありながら、その基礎になる教育を行ってこなかった弊害が大きいな。実は先日、中国に化学製品を輸出している企業の人に聞いたんだが、中国の都会の小中学校では黒板はすでになくて、八十インチ以上のタッチパネル式電子黒板が使用されているそうなんだ。当然ながら大手企業も同様で、未だにＦＡＸを使っている日本企業は嘲笑の対象になっているそうだ」

「日本も紙文化の弊害をなくさなければならない時代になっていることは事実ですが、中国のように上意下達が瞬時ででき、しかも知的財産権を侵害する国家とは違い、日本は民主主義らしく討議する資料が必要です。コンピューターだけで仕事ができる社会とは、基本的な面でまだ違うといえると思います」

「そうか……ペーパーレス社会は文化水準が高いと思ってはいけないんだな？」

「知的財産権が念頭にないから全てタッチパネルの世界で済むのです。これだけハッキング等が進んでいる時代に、何でもインターネットの波に乗せてしまう愚を喜んではいけません。中国の学校が大型電子黒板を使っているのも、授業の統制を確認するための道具であることを忘れてはいけません」

「なるほど。そういう考え方もあるのか……」

香川は片野坂の顔をマジマジと眺めながら納得している様子だった。


その時片野坂のデスクの電話が鳴った。

「白澤さんからです」

片野坂は迷うことなくオンフックの状態で電話を受けた。

「片野坂部付、白澤です。ファインセラミックスの銃弾と使用された銃器に関して新たな情報が入りました。まず、銃弾について、アントワープで研磨されサンクスト教会系の民間軍事会社であるユージン社に卸された銃弾は三千発ということです。さらに、この銃弾を使用するためにライフルにダイヤモンド加工された銃は五十丁しかないそうです」

「ライフルにダイヤモンド加工を施したのは、どこの会社ですか？」

「それが、日本のミネルバ社だったのです」

「えっ。ミネルバ……確かに国内産銃器メーカーの大手ではあるのですが、海外の銃器加工に関しては届け出が必要なはずです。私は聞いたことがないな……」

「どうやら極秘で扱っているようで、ライフルマークのデータもミネルバ社に残っているのです」

「対馬と東大で使われた銃器のライフルマークと一致する銃もその中にある、ということですか？」

「すでにイスラエルの某企業がミネルバ社のコンピューターを解析済みです」

さすがの片野坂もあぜんとした様子を見せた。

「ミネルバ社の内部サーバーに侵入したのか」

「対馬の銃弾に残されたライフルマークと一致しています。そしてその銃は現在、韓国に駐留する米軍に派遣されたユージン社の傭兵が所持していることが明らかになっていますが、この傭兵は現在休暇中なのです」

「定期の休暇でしょうか？」

「はい。六か月間勤務して三か月休むというユージン社の勤務システム上の休暇です」

「すると銃器は個人保管、ということでしょうね」

「よくご存知ですね」

「アメリカの民間軍事会社から派遣される傭兵の勤務体系はだいたいどこも同じです。私の時もそうでしたから」

片野坂の発言に、白澤が驚いた声を出した。

「部付は傭兵の経験もあるのですか？」

「短期間でしたが、民主化直後のウクライナで闘っていましたよ」

「闘った……って、ロシア軍相手にですか？」

「ウクライナはロシアとしか闘っていませんからね」

片野坂があまりに平然と答えるので白澤は言葉を失った。片野坂が訊ねた。

「休暇中の傭兵は本国に戻ることは許されていませんが、近隣諸国へのバカンスは許されています。出国先は判明しませんか？」

「韓国では航空機を使用して海外に渡航した場合には明らかになりますが、船舶利用の場合には全くわからないようです。特に済州《チェジュ》島から漁船をつかってこっそり出国する人たちも多いようです」

「船舶ですと中国か日本ということになりますね。特に、日本からは海産物を持ち帰る輩も多いようですからね」

「済州島周辺は海も綺麗なのではないですか？」

「韓国国内ではマシ、というだけです。韓国国内唯一ともいえる観光地でありながら、韓国第二の都市の釜山同様、下水道施設はほとんど整備されていません。香川さん風に言えば『垂れ流し』なのです」

「そうなんですか……」

「ですから、日本周辺の新鮮な海産物を知っている韓国の財閥関係者や中国富裕層は、済州島に集まる日本の新鮮な海産物を闇で売買しているのです」

「そうなんですね……なんだか韓国に食べ物ツアーに行くのが怖くなってきました」

「韓国美食ツアーなんていう冒険はするものではないですね。中国に美味しく飲むことができる天然水を探しにいくようなものです。中国の場合には間違いなく肝炎、若しくは赤痢に罹ってしまいますが。それよりも、韓国駐留米軍の休暇簿はチェック済みなのですね？」

「はい」

「では、当該兵士の個人データを全て送ってもらえませんか？　もし、日本国内に入っていれば国内の公的防犯カメラデータと照合してみます。もちろん、対馬のカメラデータも同様ですが」

「ところで部付、対馬での事件の狙撃手の虹彩認識は結果が出ているのですか？」

「はい。日本国内に航空機で入国した外交官を含むすべてのデータとは一致していません」

「するとやはり海から、ということなのでしょうか？」

「島国ならではの問題ですが、陸続きの国よりは発見は容易だと思います。いい報告をありがとうございました。モサドのお友達によろしくお伝えください」

片野坂の「エージェント」ではなく「お友達」という言葉に、白澤は何かしらの安堵感を覚えた様子だった。

「ありがとうございます。彼の上司が部付のことをよくご存知だったようです」

「ほう。誰だろう」

「ジョー・ケデルさんという方だそうですが、ご存知ですか？」

「ああ。イェール大学の同期生です。そうか、彼もモサドに行ったのか……」

片野坂は懐かしそうな顔つきになって、二度頷いていた。

電話を切ると片野坂が香川に訊ねた。

「今の話、どう思いますか？」

「どうでもいいが、何で俺流が『垂れ流し』なんだよ」

「ダダ洩れ、よりは表現がわかりやすいでしょう」

「まあいいや。白澤の野郎も全く否定しようともしなかったしな……。ところで、そのユージン社の傭兵だが、もうワンクッションあったとしたら、どうなると思う？」

「実は私もそこを考えていたのです。休暇中に銃を盗み出されたという問題です。もちろん、いわゆる使用窃盗で、その後元に戻されていて、本人は全く知らない……というシチュエーションの場合です」

「そうか……傭兵という立場上、銃を失うことはできないからな。さて困ったな」

「韓国は自国のエージェントが殺害されたことは公表できないだろうし、ましてや自国に派遣されている米軍関係者を捕まえることもできない二重苦にあるわけですから、全てを闇から闇に葬りたいところでしょう」

　片野坂の言葉に珍しく苦渋の色を見せた香川が訊ねた。

「片野坂、何かいいアイデアはないのか?」

「狙撃者の虹彩データを活用するしかないかと思って、すでに稼働しています。それと、東大事件で生き残った北条政信経済産業政務官の周辺を現在調査中です」

「捜査ではなく、調査なのか？」

「一応、公安総務課の調査七係に、事件翌日から十六人態勢で二十四時間の行動確認を行ってもらっています」

「十六人態勢？　何人追っているんだ？」

「政務官本人と都内にいる二人の公設秘書、そして私設の女性秘書の四人です」

「一人に四人も付けているのか？」

「まさか。先輩の言葉とも思えませんね。遊軍を配置していますよ」

「何か動きはあるのか？」

「チョロチョロ動いているようです。またＡＩ捜査も過去の分だけでなく、現在進行形でも進めています」

「ついに防犯カメラが監視カメラになってしまったか……」

　監視カメラと防犯カメラの最大の違いは、監視カメラが現在進行形で対象を追っているのに対し、防犯カメラは事件が発生した段階で録画している画像を解析する点にある。ただし、同じ防犯カメラであっても、空港や駅など、多くの人が集まる場所で、何もなかったところに物が置かれた場合などは、認識システムによってアラートメッセージが出るシステムを組まれていることもある。

「離島対策を考えると、そこまでやらなければ結果が出ないような気がしています。しかも監視カメラはリアルタイムで回答を分析しなければ意味がありません」

「なるほど。打てる手は全て打っている……ということか」

香川が腕組みをして首を傾げながら言ったので、片野坂もまた腕組みをして訊ねた。

「まだやるべきことがあるような気がしています。先輩、何か思いつくことはありませんか？」

「タマに聞いてみるかな……」

「先輩は本部登録のタマだけで何人持っているのですか？」

公安の世界で本部登録というのは、警察庁警備局警備企画課の、いわゆる「ウラ理事官」が率いる「チヨダ」から、協力者の獲得作業が進められ、情報の内容、精度等から協力者として承認され、協力者名簿に登録されることをいう。これがいわゆる「タマ」なのであるが、それ以前の運営準備中の協力者候補もまた、チヨダのチェックを受けながら獲得作業が進められている。

「登録ダマは十一、作業中が六だ」

「警備局長賞が十一件ということは長官賞も二件あるわけですね。おそらく、永遠に破られることがない日本新記録でしょうね」

「半蔵門にも最近は行かなくなったからな」

「警備企画課長が寂しがっているんじゃないですか。備企課長が作業マンと直接会うことができるのは局長賞の全国表彰の時だけですから」

「昔の半蔵門会館は確かに警視庁の持ち物だったが、今のグランドアーク半蔵門になってからは警察庁の所有になってしまったからな。『半蔵門で逢いましょう』なんて言っていた時代が懐かしいよ」

「半蔵門での全国表彰こそが全国公安マンの憧れ、かつ目標であるわけですから、これを無下に断っている先輩は『不思議な存在』でしかないはずですよ」

「呼ばなくてもいいと言っているだけだ。東京と地方ではタマの数や質が違って当然なんだ。全国一体の原則というのなら、地方の少ないタマ候補の中で懸命に作業をかけている仲間を評価してもらった方が俺としても嬉しいんだ」

「警視庁と地方警察を同等に扱うことには無理があることはわかっていますが、結果次第なのだから仕方ありません。警視庁公安部に所属する警察官は千人を超えています。これに所轄の公安係員を加えれば二千人を超すでしょう。これは小規模県警の総数の倍の数です。その中で一度もタマを獲得したことがない公安警察官が八割を超えているのも事実です」

「同じ公安でも現場を持っている部門とそうでない部門がある。現場を持っていても視察に追われているセクションだってあるだろう。タマを取ることだけが公安じゃない」

「それはセンスの問題だと思います。先輩の場合も最初のタマは所轄で獲得したわけでしょう」

「まあ、それは運もあるし、そういう所属だったから仕方がない。署にいる頃は特に専門もないし、一口に外事といっても、麻布の場合にはソ連大使館、中国大使館からアメリカンクラブまであったわけだからな」

「でも、麻布署勤務中に何人の公安係員がタマを獲得できました？」

「それを言ったらキリがない。俺は作業をかけるのが面白かっただけの話だ」

「それがセンスなんですよ。公安だけでなく、情報はセンスであり人なんです。同じ相手に同じ手法でやっても獲得できるかどうか、そこには臨機応変かつ緻密な計画がなければ相手、しかも敵を落とすことなどできません」

「まあな。好きこそものの……という奴だ。そういうポジションに俺を持って行ってくれた上司に感謝するしかないだろう」

「でも、それが誰だかわからない」

「そう。退職する前に一度挨拶してみたいと思ったこともあるんだが、『まだ警部補やっているのか』と言われるのもシャクだからな」

「階級なんて関係ありませんよ。警察を離れてしまえば誰だってパンピーになるわけですからね」

「それがそうでもないんだ。警察という組織、特に警視庁は定年から十年を過ぎても希望さえあれば再就職の斡旋をしてくれる。これは天下りの問題というよりも一般社会が警察経験者を欲している。つまり需要と供給の問題なんだ。一般ピープルになったつもりでも回りがそう見てくれない社会が、キャリアの世界だけでなく、ノンキャリに対しても、この世にはまだゴロゴロ転がっているんだよ」

「キャリアや上級幹部に関しては『天下り』という言葉がいまだに使われますが、そもそも民間にはない業務運営のノウハウを六十歳で手放すこと自体が、もったいないことなのです」

「何となく天下りを正当化しているような気がしないでもないが。天下り先が警察の許認可業務にあたるところの場合、そこへの再就職には少なからず疑問が残るけどな」

「警察による許認可の代表格がパチンコ業界ですが、あそこはご存知のように半島系が八割以上を占める、いわば無法地帯だったわけで、自浄能力が皆無といっても決して過言ではない組織だったのです。そこに警察ＯＢが関わることによって、かなりの改善がなされたのも事実です。これは国家のためになったと思います」

「しかし、最初のパッキーカードに始まって、やることなすこと失敗の連続なんじゃないのか？　しかも、腹の中が真っ黒な警察系国会議員が土足でズカズカ介入して、ろくでもない連中とくっついた現実を俺はよく知っているぜ」

「その点は私も否定はしません。しかし、パチンコ業者は一時期の半数以下に減っていますし、悪い部分はかなり淘汰されてきているような気がします。さらには今後、日本国内で始まるカジノ業に関しても、反社会的勢力の排除によりパチンコ業界の健全化を図ったノウハウが使われることになると思います」

「ラスベガスが健全化された背景とパチンコ業界の健全化は全く違うぜ。カジノはいわば大人の遊びだ。金がない奴が行くところじゃない。ラスベガスで行われる様々なショービジネスだって、全て正当なスポンサーが付き、一流が揃っている。果たしてこれを日本で同じようにできるか？　『やってみなはれ』の心境だな。まあ、ここで言っても仕方ない話だ。まずは北と南のタマに聞いてみるさ。ところで片野坂、対馬のマル害三人の身元はまだ割れていないのか？」

「韓国は自国人であることを否定していますし、被害者が釜山で使用したパスポートそのものが偽造であったと伝えてきています」

「それでも着衣は全て韓国製だったんだろう？」

「その捜査は一切進めていないようです」

「そうか……死人に口なし。死して屍《しかばね》拾う者なし。敵に撃たれた隠密同心は草となって刈り取られただけか……。面白いな。攻めるとすればそのあたりだな」

香川がようやく情報マンらしい不気味な笑みを見せて席を立った。

「最近、南と北の情報関係者の動きを聞いていないか？」

「日本国内で、ですか？」

男はポーカーフェイスで通そうとしたようだったが、一瞬、目が泳いだのを香川は見逃さなかった。

「俺が海外の話を聞いても仕方がないだろう。例えば、二か月ほど前に九州の離島、対馬で三人の男がたった一発の銃弾で狙撃されたことを知らないわけじゃないだろう」

男は目をみひらいて香川の顔を見た。香川が追い打ちをかけるように言う。

「お前を責めているわけじゃない。まず、イエスかノーで答えろ」

男が香川の目を見たままゆっくりと頷いた。

「まず、殺された三人の件だが、お前の同胞か？」

「ノー」

「すると南のエージェントか？」

男はゴクリと生唾を飲み込んだ後、一呼吸おいて答えた。

「メイビー」

「そんな答えは聞いていない。イエスかノーだ」

「イエス」

「知っているのなら最初からそう答えろ。何がMAYBEだ。ふざけたこと抜かしているとお前もあの三人と同じようになるぞ」

男は二度首を振った。香川はさらに高圧的な態度で訊ねた。

「北とサンクスト教会はどれくらい接近しているんだ」

男はあんぐりと口を開けたままになった。香川がフーッとため息をついて、さらに訊ねた。

「俺の質問の仕方が悪かったようだな。北とサンクスト教会に接点はあるのか？」

「イエス」

「サンクスト教会との接点を持っているのは金正恩本人なのか？」

「ノー」

「北の偵察総局か」

「イエス」

「偵察総局が直接サンクスト教会幹部とコンタクトを取っているのか？」

「中国の人民解放軍総参謀部第二部が仲介しているのか」

「イエス……いや、ノー」

「なんだ。はっきりしろよ。初めは中国の人民解放軍総参謀部第二部が仲介していたが、現在は偵察総局が直接サンクスト教会関係者と連絡を取っている……ということか？」

男の顔つきはもはや諦めの表情に近かった。

「イエス」

「サンクスト教会の関係者とは、ユージン社の幹部だな」

「イエス」

そこまで聞いて香川が男に訊ねた。

「イエス・ノークイズはここまでだ。さて、しっかりしゃべってもらおうか。南の三人のエージェントが消された理由はなんだ？」

「彼らは北に対して故意に間違った情報を流していたからです」

「それは米軍による斬首作戦のことか？」

「それもありますが、そこに日本の航空自衛隊が保有するステルス戦闘機F35Bが参加する可能性が高い……という情報です」

「米軍の斬首作戦に日本の自衛隊が参加する、などという情報があったのか？」

「ノー」

「南の国家情報院からの報告にはなかったのですが、その後の南北軍事個別会議でその話題が出たと聞いています」

「被害者の三人は常に行動を共にしていたのか？」

「エージェントですから、原則は個別行動のはずです。しかし、北から情報の確認と謝礼の交付の話をすると、三人が一緒になった、ということです。彼らは国家情報院の中の北の協力者となっていたからです」

「狙撃者は偵察総局のメンバーなのか？」

「いえ、元偵察総局のエージェントだったようですが、現在日本国内に潜んでいる潜伏工作員と聞いています」

「潜伏工作員か……誰が指示を伝えたんだ？」

「潜伏工作員に指示を出す手法は本国から直接、平壌放送を通じてのルートしか存在しません」

「A3か……最近、意味がわからない暗号が多いと聞いているが、放送解読の乱数表はそんなに頻繁に変わるのか？」

Ａ3は平壌放送が乱数放送に際して使用した電波型式のことで、旧電波型式表記で、振幅変調を用いた通信の型式を「Ａ3」ということに基づいている。

「狙撃手はまだ日本国内に潜伏しているのか？」

「これまでの通例では指令を完遂した者は帰国が許されていたのですが、最近では本国に帰るよりも日本での生活の方が安全だと思うエージェントが増えています。特に潜伏工作員にとって日本ほど暮らしやすいところはありません。朝鮮総聯からの支援よりも様々な分野で成功している同胞が『ツナギ』を通じて生活支援をしてくれるため、本国に帰るよりもあらゆる面で裕福になっているのです。しかも、彼らの多くは家族をも信用していないため、親兄弟が人質になっている……という感覚がほとんどありません」

「時代が変わった……ということか？」

「しかも偽造パスポートを所有している者が多く、東南アジアなどへ脱出するのは容易なんです」

「そうか……日本国に合法的に入国済みの印があれば、途上国がいまだに使用しているICチップが組み込まれていない旧来のパスポートなら出国は可能ということか」

香川が納得した顔つきで答えると、男もようやく安心した顔つきになった。香川がさり気なく訊ねた。

「すると使用された狙撃銃のSAM－Rもまだ日本国内にある……というわけだな？」

「潜伏工作員個人が保有する銃ではありませんから、どこかでツナギに返却したと思われます」

SAM－R銃の名を出しても全く反応がない男を見て、香川はゆっくりと頷いてみせた。

「ツナギは一人で五人程度の潜伏工作員の面倒を見ているんだろう？」

「そうだと思います。ツナギのほとんどは偵察総局の幹部経験者ですから、ミスはありません」

「ツナギは今でも地域ごとに指定されているんだよな」

「よくご存知ですね。土地勘がなければツナギの仕事はできませんし、潜伏工作員に対する防衛担当も兼ねるわけですから、地域に精通していなければなりません」

「対馬にもツナギはいるのか？」

「最近は北の幹部クラスが南経由でこっそり対馬に入って買いものをしているようです。特に日本製のゴマ油、わさび、チョコレートが評判です。ですから、幹部の防衛を兼ね、かつ南のエージェントを見張るためのツナギがいると聞いています」

　ここまで聞いて香川は胸の内ポケットから茶封筒を取り出した。男の目が封筒を意識したのを香川は敏感に感じ取っていた。

「南のエージェントか……奴らは対馬で必死に自衛隊の無線を傍受しているわけか？」

「南のエージェントの中には、北の情報を取ってアメリカに流している者もいるようです。あの国は大統領が替わる度に情報機関のトップも替わるので、何を信じていいのかわからなくなっているようです。そこを利用して我々も彼らを獲得しているのですから」

「軍規が乱れてしまっては、もはや軍の存在意義がなくなったのと同じだな。ところで。今回の対馬の事件でも、その対馬のツナギが動いたのか？」

「いや、関東周辺のツナギだと思います」

「関東？　なぜ？」

「対馬だけで事件が終わっていないからです」

この時、香川の目元と口元に悪魔が降臨したかのような、冷徹かつ狡猾な薄ら笑いが浮かんだのに男は気付かなかった。

「東大事件も同じツナギの仕業、ということか」

男の顔に「しまった」という表情がありありと浮かんだ。しかし、時はすでに遅かった。香川の次の質問は直球ど真ん中だった。

「北条政信経済産業政務官だけ生かしておいた理由はなんだ？」

「生かしておいた、ですか？」

「対馬では三人を同時に射殺しておきながら、東大では二人だけ、しかも大臣経験者、副大臣を殺しておいて、最も下の地位の政務官を殺さなかった。おかしいだろう？」

「それは、対象に身長差があったのではないですか。一発で三人を倒すことが物理的に無理だったとか」

「だからな、さっきからＳＡＭ－Ｒという銃が使われたと言っているだろう。ＳＡＭ－Ｒはセミオートマチックライフルなんだ。ＮＡＴＯ弾をファインセラミックス仕立てにした銃弾が、弾倉に一発しか装填されていないなんてことは考えられない」

男が再び目を見開いて訊ねた。

「ＮＡＴＯ弾のファインセラミックス仕立て……そこまで公安は知っていたのですか？」

「同じ銃で同種の弾が使用されたんだ。しかもベルギーのアンヴェルスで加工された弾がな。さらに銃のライフルにダイヤモンド加工を施したのは日本のミネルバ社だった」

これまで幾度もの重要公安事件の取調べを行って、容疑者の口を割らせてきた香川の前では、元ＫＣＩＡの総括エージェントから北に転じた男とはいえ、すっかり観念した様子になった。

香川は現金十万円が入った茶封筒を男のジャケットのポケットに強引に押し込みながら言った。

「ちょっとだけ付き合え」

香川は失意のどん底に落ちたような男の肩を抱えるように立たせると、かつて、男が初めて香川の前で落ちた浅草のバーに連れて行った。

元ＫＣＩＡの総括エージェントにとって最も屈辱的な場所に連れて行くことで、協力者としての初心に帰らせる……という深慮があった。

片野坂は久し振りに李星煥を銀座のバーに呼び出していた。

「今後、北条政信代議士をどうするつもりなんだ」

李は驚く素振りも見せず、穏やかに答えた。

「上手く育ってくれればいいと思います」

「日本のためにか？　それとも祖国のためにか？」

「両方ですね。彼は世界真理教からサンクスト教会に転身した珍しい国会議員です。議員になる前は、外務省のチャイナスクールでありながら中国一辺倒ではありませんでした。しかも、中国の周辺国に対して深い興味を持って支援を行う意思を持っています」

「中国の周辺国に対する姿勢は、大昔から朝貢外交を押し付けてきただけじゃないか。そして今まさに朝鮮半島の南北二国が再びその傘下に入ろうとしている」

「朝鮮事大主義が生まれた背景をご存知でしょう。しかし、今、我々には過去と違う、三つの大きな切り札があります。中国に隷属する時代ではなくなった、ということです」

「核と大陸間弾道弾と地下資源か……」

「順番的には地下資源が第一です。これを守るために核を保有するのです。何と言ってもウランの埋蔵量は世界一になるのですから」

「原子力を止める運動が世界中で広がる中で、か？」

「原子力を止めることは不可能でしょう。シェールガスが発見されたといっても、もつのは数十年の話で、結果的に天然資源は枯渇してしまうのですから。太陽電池や風力エネルギーと言っても、今後の世界の需要を考えれば安定供給は無理です。それを一番よく知っているのが中国とアメリカです。太陽電池で空母が動くとは誰も思っていません。さらに空母よりももっと原子力を必要としているのが潜水艦です。太陽の光が届かないところで動く唯一の武器ですからね」

「北朝鮮に原子力潜水艦を造る技術はないだろう？」

「買えばいいだけです。ロシアも中国も売る気満々ですよ。豊富な各種地下資源の埋蔵量を考えるとキャスティングボートを握っているのは、こちらの方ですからね」

「随分と強気になったものだな。金正恩がまた何かを思いついたのか？」

「彼はあれでなかなか賢いところがありますが、今回の発案者は、おそらく彼ではないでしょう」

「ほう。誰か参謀でも雇ったのか？」

「参謀というわけではないのですが、世界情勢に詳しい者がアドバイザーになってくれたようです」

　李にしては珍しく胸を張って答えた。

「そいつは何の利権を狙っているんだ？」

「金や物ではないようですね。南北統一後の朝鮮半島の防衛について話し合っているようです」

　それを聞いた片野坂は「ふーん」と他人事のように言った後でポツリと言った。

「共産主義国家が宗教戦争でも始めるつもりなのか」

　李が驚いた顔つきで片野坂を見て訊ねた。

「片野坂さん。あなたは何を知っているのですか？」

「北条政信の名前を出して何の反応も示さずに答えたあなたが、日本国内で発生した二つの狙撃事件を知らないはずはないからな」

「二つの狙撃事件……」

　李は次の言葉を必死に探しながら、瞬きを繰り返していた。

「東大構内で二人の国会議員が狙撃された件だ。その時一緒だった北条だけは無傷だった。バックレてんじゃないぜ」

　片野坂にしては珍しく厳しい口調だった。李が片野坂から目をそむけた。片野坂はさらに追及した。

「殺害された二人の国会議員と北条の共通点は世界真理教とサンクスト教会だ。知らないわけじゃないだろう。むしろ、サンクスト教会の関係者が金正恩のアドバイザーか？」

「片野坂さん。本当に日本のスパイ組織を完成させたのですか？」

「スパイ組織？　そんなのはまだまだ先の話だ。数か月でできるような代物ではないことは君にもわかるだろう？　それとも図星を指されたのか？」

　李の唇が震えはじめた。

「北条の事務所にはサンクスト教会からの食口《シック》は入っていなかった。なぜなら、奴本人が敬虔な信者だからだ」

「どうして……」

「サンクスト教会は世界真理教からの分派だ。サンクスト教会の開祖が世界真理教の教祖の三男坊だとしても、世界真理教の信者からは教祖に対する裏切りと看做されても仕方ない。そこをあなたたちは見落としていたんだよ」

「するとサンクスト教会の中に世界真理教のスパイが入っている……ということですか？」

「それは知らない。サンクスト教会が過激になればなるほど、世界真理教からは疎まれる存在になることは自明の理だ。いくらサンクスト教会に金があるといっても、しょせん一つの大企業の資産に頼っているだけだろう。一企業の資産の流れ、それもエネルギー関連企業と民間軍事会社が一体になっているようなところはアメリカ政府も当然のように目を付けている」

「ＣＩＡが動いている……というのですか？」

「アメリカ政府というより、トランプ自身が北朝鮮を信用していると考えているわけではないだろう？　トランプは商売人だ。米韓合同軍事演習なんて無駄遣いをいつまでもしているはずがない。さらに三万人もの駐留米軍を韓国が面倒見ないのならグアムまで引き揚げてもいいだろう。対中国を考えるなら、台湾やベトナム、フィリピンといつでも手を組むことができる」

「しかし、トランプは米朝関係で対話の可能性を否定していないではないですか？」

「それは余計な戦争をしたくないだけの話だ。米中対立がエスカレートすれば『戦争が起きる可能性がある』という危機感を持つ東南アジア諸国連合のリーダーも多いようだが、それは米国と中国との関係が貿易摩擦だけの問題ではなくなったことを意味している」

「北朝鮮はどうでもいい、ということですか？」

「一言でいえば、コリアパッシングだ。朝鮮半島のリーダー二人が蜜月関係を装っている間に日本を完全にパッシングしていたのと同じだ。結果的に南北両国とも世界からの信用を落としただけでなく、中国、ロシアからも本格的な支援が得られなくなっただろう」

「中国、ロシアは表面的にはそう見えるかもしれませんが、パイプは全く途切れていません」

「ほう。それはよかったな。それで、北朝鮮としてはどちらを取るつもりなんだ？　まさか両方と上手くやろうなんて馬鹿げた夢を追っているわけじゃないだろう？」

「馬鹿げている……両国とも我が国の天然資源が欲しくて仕方がないんですよ」

「キャスティングボートを握っている、と思い込んでいるようだが、今の朝鮮半島が置かれている立場はそんなに甘いものじゃないぜ。本気で欲しけりゃ北を非人道的な国家、南をその支援国家と看做して分捕ればいいだけの話だ。アメリカが斬首作戦を決行して、南北のトップを退け、その解決を中・露両国が仲介して、その手数料として資源を分配する。よくできた話だろう」

「そうなると朝鮮半島はどうなるのですか？」

「そんなこと僕の知ったことじゃない。国連が何らかの決議をすることになるんじゃないのか」

「そんなことを言っていいのですか？　日本は北朝鮮に拉致被害者問題の全面解決を望んでいるのではないのですか？」

「望んではいるさ。しかし、北には拉致被害者問題の全面解決などやる気もなければ、できる手立てもないことくらいわかっている。それを言い続けなければならない日本政府の立場もある。日本がトランプ大統領を取り込んで、拉致問題を前面に押し出すことは、北にとって最も苦痛なことなんだ。しかも、拉致問題は世界中に知れ渡ってしまったからな」

李の顔つきに余裕がなくなっていた。片野坂がさらに言った。

「どうせ北は『わが民族にもたらした罪悪の清算が先』と言い出すに決まっている。都合が悪くなった時の南と全く同じ反応だ。もはや朝鮮半島の二つの国家は存在するに値しないものとして国際社会から位置づけられることだろう。それをじっと待つのか、それとも国際社会の仲間入りをするのかはお前たち次第だ。日本の三回生議員を育ててやろうなんて言っている時期ではないことを、はっきり認識しておくべきだな」

李がようやく打ちひしがれた態度になって訊ねた。

「私たちはどうすればいいというのですか？」

「自国民が本当に幸せなのか正視することだ。せいぜい、日本で働きたいという国民が増えないようにしてくれよ。第二次世界大戦前の徴用工と同じようにな」

「それはどういうことですか？」

「日本の日教組教育と左翼系メディア、さらに韓国国内で伝えられている戦時中の朝鮮人労働者の姿は、飢えと重労働に苦しむ奴隷の姿だ」

「それは事実でしょう？」

「あなた方は日本人の歴史認識を語る前に、自国の歴史認識をしっかりとしておくことだ。戦時中、日本に来た朝鮮人労働者の中には大金を貯めて帰国した人も、日本国内で会社を興して上り詰めた成功者もいたんだ。確かにそれは氷山の一角だったのかもしれないが、そんな可能性を持った労働条件であったことも事実だ」

「徴用工を正当化しているとしか思えませんが……」

「今、韓国国内で一部の労組や反日弁護士連中に担ぎ上げられて、日本企業に対して賠償請求を起こしている元徴用工の顔には、苦境の時代を乗り越えた、根性と気迫を見出すことができない」

「それはどういうことですか？」

　李が興奮気味に訊ねた。片野坂はフッと息を吐いて答えた。

「まるでネットで広まった朝鮮漫才のようだ」

「何ですかそれは」

「オドシとタカリだ。韓国という国家ができてから、他国との交渉が『コウモリ外交』あるいは盧武鉉以来の『バランサー外交』と言われているのと同じだ。今回の米朝間に入った文と同じだな」

「コウモリ外交という言葉を初めて聞きましたが、どういう意味ですか？」

「イソップ物語に出てくる卑怯なコウモリに由来している。両者に取り入ろうとして場面場面で都合のいいことを言い、結局はどちらからも嫌われてしまう、というたとえだ。先ほどあなたが言った、事大主義とコウモリ外交が、韓国ができる以前からの朝鮮半島の歴史的伝統なんだ」

片野坂の言葉に李は言葉を失っていた。ここまで強烈に片野坂が李の母国を非難しようとは思ってもみなかったに違いなかった。片野坂が黙っていると、ようやく李が口を開いた。

「片野坂さん。以前あなたは韓国を兄の国と言っていませんでしたか？」

「そういう時代があったことは確かだ。その上にもう一人横暴な兄もいたけどな」

「中国が長兄で、朝鮮半島が次兄という意味ですか？」

「朝鮮半島の歴史上に存在した国々を、ただの通過点にしてしまうのはあまりに忍びないからだ。昨今、キムチが無形文化遺産となったが、あなた方が忌み嫌う豊臣秀吉の朝鮮出兵によって唐辛子が朝鮮半島にもたらされた歴史も、国民には教えていないくらいだからね」

「それには諸説あります」

「そう。何事にも諸説あるんだ。その中から取捨選択できるようにするのが教育なんだが、中国や北朝鮮同様、韓国もまた自分にとって都合の悪いことは全て情報統制してしまう。天安門事件でさえ国民に伝えることができない中国共産党と何ら変わりがない。常々僕が言っているように、教育と歴史認識は全ての情報を明らかにするところから始まるんだよ。もう、事大主義とコウモリ外交はうんざりなんだ」

「それが日本人の朝鮮半島に対する意識なのですか？」

「未だに韓流大好きな日本人も多いけどな。そういう人の知的レベルを疑うだけのことだ」

「知的レベル……ですか？」

「そう。あれだけマフィアとの癒着と、未だに逮捕者が続出している韓国芸能界の裏を知りながら、一芸能人を追っかけて、ハワイまで足を運んでいる日本の程度の低いおばさん層がいるのが現実だ」

「そういう発言は言論統制と同じではないのですか？　少なくとも発言の自由、表現の自由を訴えている日本国の姿勢とは全く違うのではないですか？」

「言論統制はしていないだろう。自由にハワイまで行っていただいているし、これに何の制限も、国家としての発言もしていない」

「でも、片野坂さんの発言はそれを全く否定している。公務員の中でも警察、しかも公安という思想を取り締まるセクションの幹部が、です」

「僕は別に公的な発言を公的な場所で行っているわけではない。公務員は個人的な発言をしてはならないという共産主義や、朝鮮半島のお仲間国家とは違うんだよ。そこが文化的レベルの差といっても過言ではないだろう？　二〇〇五年、日韓友情年に韓国の国会議員が韓国国旗を手にしながら、行列して日の丸を踏みつける写真が一部で公開されたが、知的レベルが低い輩ならともかく、一応、韓国とはいえ国会議員だったわけだからな」

「先ほどから文化的レベル、知的レベルという言葉で他国を責めるのはいかがなものかと思います」

「他国だけではないだろう。日本国民にだって使っている。未だに韓流ドラマを垂れ流している放送局が多いのも事実だ。日本製のドラマがつまらないのかもしれないが、流すモノがなければ放送休止していればいいだけのことだ」

「片野坂さんはそんなに過激な人でしたか？」

李が呆れた顔つきになって訊ねた。

「残すべき文化がなくなろうとしている国を憂えているだけのことだ」

「それもある意味でナショナリストの思考ですね」

「国がある限り、国を思う気持ちがあって当然だ。特に国家のために仕事をしている自分の立場を考える時、こんな奴らのために身を削っているわけではないと思うのは事実だ」

「日本人の誇り……というのはどういうものなのですか？」

「自然豊かな土地に四季があり、豊かな水が湧く国家を残すことだ」

「日本が自然豊かな国ですか？」

「スイスなどに比べれば、人口が多いこともあって自然の比率は低いかもしれないが、『欧州の給水塔』といわれるスイスでも湧き水の不足が懸念されている。それを考えれば、日本の自然はよく残っている方だろう」

「日本のどこに行ってもリトル東京ばかりが目立ちますが……」

「リトル京都も多いさ」

片野坂が笑って答え、話を続けた。

「日本中にどれだけ多くの『銀座』があると思う？　山だって単独峰には『富士』の名前がつく。それが日本人が持つ『憧れ』の意識なんだ。文化的な生活を目指すには、まず東京のようになりたいと思ったに過ぎない。ようやく最近になって、東京一辺倒ではなく地元のよさを考え、アピールするようになってきたが、一度東京で生活をしてしまうと田舎生活に飽きてくるのも日本人らしさかもしれないな」

「地方が弱いのもそれですね」

「仕方ないだろうな。狭い土地に、これだけの交通網ができてしまうと、後は淘汰される地域ができてくる。特に老人になれば田舎よりも都会の便利さがよくなってくる」

「老人は田舎の方がよいのではないですか？」

「健康なうちはそれでいいさ。平均寿命が八十歳を超える国家であるだけに、病院、介護施設が充実している都会に住もうと思うのは当然だ。しかも、認知症を予防するには適度な情報量が必要だからな。しかし、本当はどちらが身体によいか、と考えると二律背反だな」

片野坂が自嘲的に笑って答えると、李が付け込むように言った。

「二律背反を論じる片野坂さんは、真理というものをわかっていないのではないですか？」

「真理？　世の中に真理というものはあるのか」

「真理は存在します」

「ほう。客観的な科学的真理概念でさえ、どんどん変わっているというのに、あなたが言う真理はどこに存在するんだ？　まさか神や共産主義を論じるつもりじゃないだろうな」

「真理に向かっての基準は存在するからです」

「実在と真実は違うんだよ。真実だって常に流動的なんだ。だからそこに真理が存在するはずがない。ブラックホールの中が未だに解明できないのと同じだ。永遠に解き明かすことができないものが存在する以上、真理は存在しない」

　李は片野坂の顔をしみじみと見つめて言った。

「現実主義をそこまで徹底する人を初めて見たような気がします。それで片野坂さんは幸せなのですか？」

「幸福論はしょせん自己満足の観念論だからな。まだ幸福と感じたことはないが、死の直前にいい人生だった……と思えれば、それが幸福なんだろう。現在の幸せがいつ不幸せに変わってしまうか、誰もわからないだろう。人が自然を見て感じる感覚と同じだ」

「また巧みに話をすり替えましたね」

「決してすり替えたわけじゃない。日本が自然豊かな国であることに端を発した話題に戻っただけだ。日本にも、減りつつある自然を取り戻そうとしている多くの人の存在がある。失ったものが多いのも事実だが、如何に早くこれに気付くか。そして、これを子孫に残そうとする不断の努力。これをどれだけ多くの国民に知らしめるかだな。日本海側に漂着する、ハングルが書かれた多くのゴミを懸命に片づける人たちの姿を半島の連中に見せてやりたいものだ」

「確かにその点は反省しなければならないですが、それを解決するための金がないのも事実です」

「核を作り、ミサイルごっこをやっているお前の国の実態はなんだ。ミサイル一発撃たなければゴミ処理工場なんてすぐにできるだろう。いつまで経っても『オドシ』と『タカリ』ばかりで、平気で嘘をつく事大主義なんていらないんだよ。君たちのように『恥』という文化を持たない国民は、永遠に文化的国家にはなることはできない。そろそろ、他人の懐ばかり当てにしていないで、自立する努力をしてもいいんじゃないか」

「そうやって過去の過ちを払拭しようというのですか？」

「ほう。過去の過ちか……いつの話までが過去なんだ？　七百五十年前、中国がモンゴル人国家だった元の頃、その片棒を担いで日本に攻め入り、対馬の人民を殺戮しようとしたお前たちの祖先がやったことは、過去の過ちじゃないのか？　そのくせ、今では年間四十万人を超える韓国人が買い物にやってくる。彼らは元寇を歴史で学んだのか？　北朝鮮で行う歴史教育のスタート地点はどこなんだ？」

李は再び言葉を失っていた。

片野坂が穏やかな顔つきに戻って言った。

「共産主義者であるはずの金正恩が堂々と三代目の世襲を行い、今度はキリスト教原理主義者と手を結ぼうとしている。そこにどんな真理があるのかはわからないが、少なくとも、自分に都合が悪い存在は消してしまう、という犯罪行為を看過できないのが法治国家の立場だ。その法治国家の法の番人である僕が闘うのは犯罪者であり、それを陰で操る者や組織だ。そのためには何でもやる」

「まさにスパイの親玉のような発言ですね」

「親玉か……なりたいとも思わないが、今ある権限を最大限に活用して、同じ方向を向いた志を持つ世界中の仲間と連携するのは、あなたの言う真理を追っているのかもしれない」

「同じ志、ですか……」

「志のベクトルの方向が近ければそれでいい。まったく同じ志なんてものは国家である以上あるはずがない。国家の中にも多くの意見があるんだからな。李さん、あなたはもう、僕の考えを理解しているはずだ。そして自分の置かれている立場もな」

李は目を瞑って首を垂れた。

片野坂が穏やかな口調に戻して言った。

「今、日本国中に世界各国のスパイが入り乱れて情報戦を行っている。日本の軍事巨大化を心配しているという噂もある。中でも、護衛艦『かが』を中心とする、日本が独自に開発した最新の護衛艦いずも型が注目されているようだからな」

「日本の最新護衛艦は、他国の軽空母に匹敵するサイズになっています。世界で空母を保有している国はわずかに十か国だけです。アメリカ、中国、ロシア、イギリス、フランス、スペイン、イタリア、ブラジル、インドそれにタイです。しかし、実質的に『かが』にステルス戦闘機F35を搭載してしまえば、もはや空母と呼ぶにふさわしいものになります」

「日本は周辺国であるロシアに加え、近年では中国の軍事的脅威が増す中、独自の護衛艦隊群運用スタイルを確立したんだ。中露の潜水艦対策であるヘリコプター搭載に加えてステルス戦闘機F35を搭載するのは、憲法の制約上、攻撃型空母の保有となるからできない。そこで考え出されたのが空母型護衛艦四隻にそれらを護衛する護衛艦をユニットとし、専守防衛目的の護衛艦として運用するというものだ」

「その艦隊の攻撃力は、一国の軍事力に匹敵するのではないですか？」

「そんなに大袈裟なものじゃない。アメリカ最強の軍事ユニットである空母打撃群と呼ばれる、排水量十万トンを超える空母を中心にイージス艦と護衛艦を組み合わせたユニットならば、一国の軍事力に匹敵するだろうけどな」

「それでも日本の周辺国は、過去の日本の軍国主義に蹂躙された事実を忘れてはいません」

「日本が軍国主義に戻るなどという妄想を海外に向けて吹聴しているのは中国と朝鮮半島だけだ。中でも中国は自分のことは棚に上げるいつもの悪癖が出ている。日本と中国が戦争をするとでも思っているのかい？　世界第二位の経済国家日本を誇っていた過去の栄光はとっくに消え去り、今では先進国の中でも順位をどんどん下げているのが日本の実状なんだ。そんなことは世界中の経済研究機関ならとっくにお見通しだし、日本の多くの政治家、経済人も分相応の立場でいい……と考えているんだ」

「しかし、国際通貨としての円は最も安定した通貨の一つではないですか？」

「それは過去の日本人が勤勉で、他国よりも多くの貯蓄をしているおかげだ。国内の借金は返済不能と言われる一千兆円を超えていても、対外的な借金がない国家だからな」

「日本の栄光は、何もかも『過去』なのですか？」

「そうだ。だから今の日本人は『分相応』の精神に目覚めている。高望みをしない。ある意味では寂しいことだが、必要以上に国際経済に首を突っ込まない。ただし、中国が途上国や経済破綻国家に対して行っている、悪徳高利貸しのような借款《しゃっかん》に苦情を入れるくらいのことはするがな」

「日本はもう朝鮮半島を助けることはしないのですか？」

「今の朝鮮半島ではダメだな。国民全員が両国の政治家に対して怒っている」

「政治家が替わればいいのですか？」

「北は論外だが、政治家をつくっているのは多数派の国民だからな。日本人がいつまでも大人しいと思うのは大間違いだ。その証拠とも言えるのが、現在の日本政治の野党が国民から全く相手にされなくなったことだ」

「一極集中でいいのですか？」

「未だに中国や朝鮮半島に擦り寄る野党連中に呆れているだけだ。さらには、民主主義の基本のように言われていた二大政党制という夢に失望した日本人の怒りがそこに向けられているのかもしれない」

「怒り、ですか……」

「『恥を知れ』という言葉があるように、日本に古くから伝わる『恥』の文化は、その反面として『恥をかかされる』ことを嫌う文化でもある。そして『恥』を知らない国家に対しては、多くの国民が寛容さをなくす傾向がある」

「いかにも我々が恥知らずと言っているように聞こえますが……」

「別に北朝鮮が恥を知らないとは言っていない。朝鮮半島を一つのものと考えているのなら、『我々』という言葉の中に北も当然含まれるだろうが……」

「すると、南朝鮮だけ……ということですか？」

「日本との約束を一方的に破棄するような行為を行っているのは一つの国しかないからな。ただし、北朝鮮が日本との拉致問題の解決に関して不誠実だったのは事実だがな」

「不誠実か……」

「他人の遺骨を提出して、被害者が死亡したと報告したのは事実だろう。日本の鑑識技術を馬鹿にした結果だな。それを追及されて以来、北朝鮮は拉致問題に関して口をつぐむようになったのは事実だ」

李は再び首を垂れた。これを見た片野坂が言った。

「そろそろ、本当のことを言ってもいいんじゃないか?」

「何のことですか?」

「対馬と東大で起きた二つの狙撃事件のことだ」

「北朝鮮が関与している……というのですか?」

「直接とは言わない。しかし、サンクスト教会もしくは、その傘下にある民間軍事会社のユージン社が関与していたことは知っているんじゃないか?」

「対馬の問題は、殺害された韓国諜報機関のメンバーが意図的に米朝間の交渉を妨害したからだろうと推測はできます。サンクスト教会の幹部がこれに反発していた事実も聞いていますし、身内の中で何らかの動きがあったという情報も得ています。しかし、日本の国会議員を殺害したことについて、これが北条政務官を助けることになるなどと、私自身は思っていません」

李が珍しく語気を強めて答えた。片野坂はゆっくり頷きながら言った。

「対馬の件は理解できるというのだな」

「米朝問題に関する情報戦がそこにあったからです。しかも、これには中国とロシアも重大な関心を示し、トップクラスの諜報員を送り込んでいたでしょう。さらに、米中の関係悪化と日米トップの不思議な連携は、中露関係にも蜜月を生むような影響を与えています。その結果、日露関係も非常に厳しいものになる。北方領土問題も再び暗礁に乗り上げることになるでしょう」

李の情報力に片野坂も驚いていた。

「ほう。そんなことまでよく知っているな。そういう情報も入手していたのか？」

「世界各国の著名な諜報部員の存在は把握しています。彼ら……いや、女性も含まれていたようですが、著名な諜報部員というのは存在を知られていても、求められる諜報活動ができる強さがある。諜報部員同士はお互いに牽制しながらも、自分に与えられた任務を遂行しているのです」

「中国にとって今一番大事なことは食糧問題だ。特に小麦と大豆は中国国民の腹を満たす大事な物資だ。中国がそれをロシアに求めるのは背に腹は替えられない自明の理といえるだろう」

「中露の接近もある……ということですか？」

「ＥＵの混乱がこれに関わっている。中国の一帯一路とロシアの北極海貿易ルートの開拓は共存できるものではない。しかし、米中の終わりのない争いが中露間の一時的な蜜月を生むのは仕方がないだろうな」

「一時的……ですか？」

「中国がロシアから食糧を買い付けたいという願望は今後も続くだろう。しかし、中国からロシアへ売るものは何もない。つまり、近未来的に中露間に貿易摩擦が生まれることは火を見るよりも明らかだ。プーチンの外交というのはかつてのＫＧＢのスパイ戦略と全く同じなんだ」

ＫＧＢ（カーゲーベー：ソ連国家保安委員会）は、一九五四年から一九九一年のソ連崩壊まで存在したソビエト社会主義共和国連邦の情報機関・秘密警察で、軍の監視から国境警備も担当していた。

「それでもプーチン大統領の登場でロシア経済は大きく変わったのではないですか？」

「八年間のプーチン政権でロシア経済は危機を脱して大きく成長したことは事実だ。ＧＤＰは六倍に増大し、貧困は半分以下に減ったとも言われている。しかし、その実際は自分の目で見てくれば明らかだ。モスクワの空港に行ってアエロフロートの飛行機に乗ってみれば、ロシアの経済状況がプーチン側近が行う統制によるものであることがよくわかる。ロシアの民主化というのは共産主義の一部変更に過ぎない、という実態だ」

「そういう見方もあるのですね。ですから相互にスパイを送り込んでいる……」

「そういう背景を考えれば、対馬での優れたスパイ同士の諜報戦は、日本がスパイ天国と言われているのがよくわかる光景だったのだろうな」

「片野坂さんがそこにいなかったのが不思議でしたよ」

片野坂は一度「フーッ」と息を吐くと、李を見て言った。

「対馬の案件がサンクスト教会に関連していることを、あなたも理解していることを知ったただけでも僕にとって大きな成果だ。あなたが知らない事実を一つだけ伝えておこう。対馬の事件で使用された狙撃銃と東大で使用された銃は同じだったんだよ」

李の顔が一瞬ひきつった。

片野坂は李と別れると周囲を確認してデスクに戻った。片野坂は公安総務課の調査七係に対して李の行動確認を要請していたが、追尾のプロと呼ばれている調査七係の姿を見出すことはできなかった。

デスクで科警研から虹彩データの結果に関して報告を受けると、刑事部のＳＳＢＣの画像解析班に電話を入れた。

「依頼していた画像解析の進行状況はいかがですか？」

「片野坂部付、現在、ニアヒットが二百五十件出ています。完全照合にはもう少し時間を下さい」

「ニアヒットの確率というのはどれくらいのものなのですか？」

「現時点で百二十億分の一の確率です。その中からどれだけヒットするか……ですね」

「ＡＩの能力というのは想像を絶するものなのですね。間もなく科警研から詳細な虹彩データが届くと思います。これで照合すればさらに確率が上がるかと思います」

「それは助かります。ＡＩと言っても画像解析部分までコンピューター任せにしてしまうと、重要な部分でミスを犯す可能性もあるのです」

「画像は光学に任せるのが一番なのでしょうが、宇宙の分野でも最終的にはデジタル解析があって初めて高度な光学を活かすことができるのでしょうからね」

「そうですね。今回、対馬、福岡の港と博多駅と空港、大阪の関空、伊丹、新大阪駅。さらに都内の文京区を中心とする五百か所の防犯カメラを解析するだけで、これだけの数が出ているのです。おまけにこれ以外に現在進行形で都内の主要カメラを監視システムに切り替えています」

防犯カメラを監視カメラに切り替えるのはボタン一つでできるが、これを日常化することに対して片野坂は憲法に保障されている肖像権とプライバシーの侵害の面から、否定する考えは捨てていない。しかし、今回に限り公安部も一部でこれを実施しているという報告を受けていたため、極めて限定的な措置と思うようにしていた。

「感謝いたします」

電話を切って三十分後、ＳＳＢＣから連絡が入った。

「ヒットが五十五件でした。被疑者の画像データと人定に関する資料を送ります」

「早かったですね」

「科警研から届いたデータが素晴らしかったのです。対馬の人物画像データとも完全一致しましたし、東大で被疑者が使用した車両並びに、これを運転していた者のデータも取れました」

片野坂は自席のパソコンを開いて待つと、三十秒後に仮想ディスクに入ったデータが届いた。最初に東大関連の報告書を確認した。

「北朝鮮の偵察総局のエージェントと狙撃者が後部座席に乗って、助手席が潜伏工作員か……運転していたのは把握済みの土台人《どだいじん》か……」

偵察総局のエージェントは朝鮮総聯に技官として入国している者だった。また、潜伏工作員も公安部外事第二課が把握済みで、チヨダ経由で大阪府警に視察を依頼している者だった。

片野坂は一本電話をいれると、全てのデータを持って宮島公安部長室に向かった。

「部長、ホシが割れました」

「そうか。何者だった？」

「やはり北朝鮮の軍関係者で、かつて警察庁長官が狙撃された際の容疑者が入っていたスペシャルコマンド部隊の者でした」

「スペシャルコマンド部隊に関する基本データはどこから入手したんだ？」

「モサドのマル秘情報で、ＣＩＡとＮＳＢにも共有措置を取ってもらいました」

「長官狙撃事件同様、アメリカ経由の入国だったわけか？」

「アメリカも把握していなかったようです。アメリカから関空に入った際の利用航空会社はアエロフロートでした」

「ナショナル・フラッグ・キャリアか……ロシアもいい迷惑だろうな。それで被疑者はまだ国内にいるのだな？」

「調七に至急の行確を依頼しました」

「都内か？」

「いえ、大阪です」

「大阪府警には秘匿で動くか？」

「今回はそうしたいと思います。狙撃者の支援を行っていた潜伏工作員の動きを、行確していた大阪府警が見落としていたようです」

「大阪府警の外事にしては珍しいな」

「二十四時間の監視カメラを確認しても、駕籠抜けをやられた可能性が高いようです」

「それは視察拠点設定のミスなんじゃないのか」

「拠点設定は公安部の外二がチヨダに報告していますから、大阪府警を責めるわけにはいきません」

「そうだな……今回はチヨダには黙っておいて、調七に任せた方が正解だろうな」

追尾者を撒く際に、建物に一旦入ったように見せかけて裏口から逃げる逃走方法を公安警察では「駕籠抜け」と言う。

対象のアジトに裏口等がある場合は、複数の視察場所を設定するのが通常だが、今回、警視庁の外二が一か所しか設定しなかったため、その後、視察を依頼した大阪府警がターゲットに逃走されても責める立場にはない。

しかし、視察拠点を引き継ぐ際に、警視庁の外二がチヨダに報告している以上、このターゲットは「チヨダが指定したタマ」という扱いになるため、大阪府警はチヨダに対しては、ターゲットの逃走に関して申し開きできない立場でもあった。

「それにしても、スペシャルコマンド部隊出身者にしては残留期間が長すぎるんじゃないか」

「まだ他にターゲットがいるのかもしれません。早急にガラを取りたいと思っています」

「すると、東大案件になるが、証拠が残っているのは対馬案件だけだからな」

「狙撃銃の発見が第一です。ただし、スペシャルコマンド部隊出身者だけに防衛も付いているでしょうし、銃は第三者が管理している可能性があります。できれば銃の所持の現行犯で確保したいところです」

「すると、次の犯罪をある程度予想しなければならないな……」

「これからその業務に取り掛かります」

「三人で大丈夫か？」

「大丈夫です」

片野坂はニコリと笑って席を立った。

エピローグ

白澤香葉子はベルギーから、ロシアのサンクトペテルブルクとニューヨークを経由して帰国した。その足で片野坂に報告に来た。

「ロシアの動きはどうでしたか？」

「米中よりもＥＵの動きに注目しているようです。ＥＵの中でも東欧諸国以外の各国に広がる難民問題の最大の原因である、シリア問題の当事者ですから」

「現時点では中東問題の最大の鍵を握っているのがシリアですからね。父親とは違い、世界最悪の独裁者ランキングに登場する大統領が政権を握る中、ロシアと中国に接近し、北朝鮮の核開発にも関与している可能性が高い国ですからね」

「それよりも、部付から下命《かめい》を受けた件ですが、サンクトペテルブルクで防衛省から出向している湯本《ゆもと》二佐に会ってきました」

香葉子の目が魅力的に輝いているように片野坂は感じ取った。

「サンクスト教会はロシアでも宗教活動を行っていたでしょう？」

「そうなんです。ロシア国内で反プーチン活動をしているだけでなく、ウクライナ軍の支援をサンクスト教会が行っているんです。これにはロシアの中の反プーチン勢力が陰で動いていました」

「そういうことでしたか……そうなると私がウクライナに行っていた時の仲間の情報も使えるかもしれないな」

「朝鮮人民軍の中でも特殊工作や諜報を担う朝鮮人民軍偵察総局指揮下にある特殊作戦軍は、空軍と共にロシアで教育を受けていました」

「空軍と一緒か……わかるような気がしますね。北朝鮮空軍で実働戦力としてカウントされているのは、米韓軍に対抗可能なＳｕ－25、ＭｉＧ－23、ＭｉＧ－29などのロシア製新型機のみと考えられていますからね。その中でも北朝鮮がＭｉＧ－29を導入したのは一九八八年のことですから、最新型とは言えないのが実情です」

「お詳しいのですね」

「すいません。話が飛びました。それで特殊作戦軍はどういう教育を受けているのですか？」

「最も重要とされているのが、全軍の現代化だそうです。現代の戦略兵器である弾道ミサイルおよび核兵器の開発はもちろんですが、先進国の多くにアジトや資金の提供を行う協力者ネットワークである『土台人』『主体思想派』を確保して、クラッキング等の諜報戦を行うことだそうです」

「それをロシアで学んでいたのか……どうりで最近の北朝鮮からのサイバーテロが中国経由ではなくロシア経由になっているわけだ」

「それともう一つ、偽ドルや仮想通貨略取で得た資金の一部は傭兵対策費用となっているそうで、一度、サンクスト教会の傭兵会社であるユージン社の傭兵に対する給与を偽ドルで支払って問題になったことがあったそうです。これはサンクスト教会内でも問題になったらしく、北朝鮮政府に対して厳重に抗議を申し入れたところ、北朝鮮の担当者を犬に嚙み殺させる処刑方法を採ったそうです」

「一番気に食わない奴に対する処刑法ですね……それで狙撃者に関する情報は何かありましたか？」

「狙撃に関しては傭兵を使わず、特殊作戦軍出身者の中から首都防御司令部の分隊上級射手に選抜された者が常に送られているとのことでした」

「なるほど平壌警備の最終ラインのエースか……確かにスペシャルコマンドだし、失敗は許されない立場ですね」

片野坂は白澤の情報収集能力に感心しながら質問を続けた。

「ところで防衛省の湯本二佐はなかなかの情報マンだったでしょう？」

「防衛省にも情報組織があったのですね」

「アメリカ国防情報局（ＤＩＡ）を参考にして、平成九年に設置された防衛省の特別機関、情報本部統合情報部の二佐です」

「防衛大学校出身なんですか？」

「東大を出て防衛省に入ったんですが、内局には合わなかったらしく、防衛事務次官の了解を得て辞任し、防大に再入校した変わり種です」

「語学力も素晴らしい方でした」

「あなたもそうかもしれませんが、バイリンガルの人は三か国語、四か国語を平気で使いこなしますからね」

「私は音楽の分野ならば大体わかりますが、湯本二佐はあらゆる分野の専門用語に精通していらっしゃいました」

「あいつはそういう奴なんですよ。本来ならまだ三佐でいるはずなのに、海外の士官と同等に話ができるよう『中佐』扱いの二佐になって武官として情報収集をしている。防衛省も面白いことを始めたものだと思っています」

「部付とは中学時代からの友人だとおっしゃっていらっしゃいました」

「湯本は中二で英検二級を取っていましたし、運動能力にも優れていて、陸上競技、水泳でも抜群の成績を残していましたし、柔道も強かった」

「柔道もされていたんですか？」

「うちの学校では柔剣道のどちらかを選択して週一の授業があるんです。高一の時に全員有段者になっていました」

「男子校だったんですか？」

「はい。男子校ならではのカリキュラムでしょうね。今となればいい思い出ですね」

「防衛省からも日本の在外公館に出向しているのですか？」

「警察庁ほど多くはありませんが、二佐、三佐クラスが武官として駐在していますね」

「武官ということは、海外の軍人さんと情報交換をしているのですか？」

「日本からの駐在武官のほとんどはそうでしょうが、湯本は軍人相手よりも企業関係者が多いんじゃないかな。話題が富士山の湧き水のようにいろんなところから滾々《こんこん》と湧き出す、知識の宝庫のような奴ですからね」

「音楽にも造詣が深かったです」

「ほう。湯本がねえ……ロシアで得た情報で他に特殊なものはなかったですか？」

「そう言えば、中露の関係でアムール川に三本以上の橋が架かることはないだろう……とおっしゃっていました。中露の蜜月関係は見せかけにほかならない。対米、対EU戦略で、プーチンは一帯一路など全く評価していないし、中国からの移民など絶対に受け入れることはないそうです」

「それはそうでしょうね。中国はロシア産の小麦と大豆が欲しいだけですから……ロシアもまた必要以上に原油や天然ガスを供給するつもりはないようですから」

「日本に対してはどういう姿勢をとるつもりなんでしょうか？」

白澤の質問に片野坂はゆっくりと頷いて答えた。

「北方領土が返還されることは、プーチンが生きている間にはないでしょう。日本とアメリカの関係が深まれば深まるほど、日露の溝も深まっていきます」

「米露間の関係はそんなに悪いのですか？」

「米露両国が冷戦終結を象徴する歴史的な核軍縮条約からの離脱を表明したことで、中距離核戦力だけでなく、今後は新戦略兵器への影響もでてくるでしょう」

「冷戦だけで終わるのでしょうか？」

「世界大戦に発展することはないでしょう。対アメリカ戦略として中国とロシアが手を組む可能性はないとは言えませんが、大国二国間の戦争は即座に世界大戦に発展してしまいます。それは三か国の首脳共通の認識であることも事実です」

「すると三か国間で、相互の解決策も模索されているのでしょうか？」

「様々なシミュレーションはされているはずです。ただ、米中間の問題は貿易不均衡と知的財産権の問題が第一で、米露間の問題は中東含みの軍事的覇権の問題が第一です。どれも次世代に向けた覇権争いを目指す中、ＡＩ等の問題ではロシアが一歩遅れている事実は否めません」

「ロシアにも焦りがある……というのですか？」

「ロシアの目は歴史的に常にヨーロッパに向いています。ＥＵの五年先を見据えながらプーチンは様々な布石を打っているのです。同様に中国もＥＵ主要国に多大な借款《しゃっかん》を行いながら影響力を強めようとしています。これに比べると、アメリカにとって太平洋は軍事的にも経済的にも重要ですが、あまりに広すぎる。頼みだったオーストラリアまで中国資本が入り過ぎていますし、フィリピンは信用できない。対中国で手を組むことができるのは日本と台湾、そしてベトナムしかないのが実情です」

「だからアメリカ、というよりもトランプ大統領は太平洋から手を引きたい……というのですか？」

「本音はそこにあるでしょう。そのためには中国の露骨な太平洋戦略が面白くない。だから経済的な負担をかけて、太平洋進出を食い止めたいのです」

「中国も太平洋に出てきたところで、領土を確保しない限り排他的経済水域は広がりません。中国としては自国民を海外に広く解き放って中国人民の食を確保することが第一なのではないですか？　だからアフリカや東南アジアへの投資を盛んにしたのだと思っています」

「そういう見方もあります。しかし、中国と日本の、海外に対する支援の手法は全く違うのです。確かに中国の各種インフラやマンションなどの建設スピードが非常に速いのは事実です。アフリカ諸国では地元民を雇用することなく、大量の中国人を現地に派遣して人海戦術で二十四時間工事を行い続けることも多かった。しかし日本の援助は建設だけが目的ではないのです。設備が完成した後のメンテナンスについての指導を行いながら、発展途上国の自立にも貢献していく手法を取っているのです。中国国内にある多くの不良住宅物件を見ればわかるとおり、早く工事を終わらせればいいというものではありません」

「それを援助相手国は理解しているのでしょうか？」

「一朝一夕には難しいかもしれません。しかし、『後進国』ではなく『発展途上国』という位置づけである以上、ある程度、自分のことは自分でできる国を目指す教育が必要でしょう」

「最初にそれを相手国に伝えてから着工してもらいたいですよね。そうでなければ、いつまで経っても感謝されない国になってしまいます」

「私が子供の頃、祖母から常々言われて覚えた言葉で、江戸時代中期の陽明学者、中根《なかね》東里《とうり》の『施して報いを願わず、受けて恩を忘れず』があります。この理念を他国の人に言っても意味が通じないのかもしれませんが、それはそれでいいんじゃないかと思います。いつの時代、どこの国家、組織にも『これはおれがやった』という『おれやった詐欺』が横行していますが、日本がこれから身の丈に合った国家たらんとするならば、寧《むし》ろこれくらいの心がけでいいのではないかと思います」

「人としてはいい言葉だと思いますが、外交としてそれでいいのでしょうか？」

「人の心が豊かになれば、いつか誰かが気づくでしょう。気付かなければ気付かなかったで、それは仕方がないことです。工事現場に日の丸を掲げて支援するのをよしとしない日本人のままで、いいじゃないですか」

「そうおっしゃる部付と情報戦に生きる部付は二重人格のように思えてしまいます」

白澤が無遠慮に言うと、片野坂は笑って答えた。

「反面教師を傍らに　他山にできぬ　いしの弱さか……ですね」

「石と意志の掛け言葉ですね」

「お粗末でした」

「部付が考えたのですか？」

「学生時代の話ですけどね。意志は強い方じゃなかったですから」

その時、片野坂の携帯が鳴った。「香川さんですね」と言って片野坂はスピーカーモードにせずに電話に出た。

「大阪にいる。今、調七の連中と出くわしてターゲットを見たんだが、この男、俺が数年前に都内で何度も追った奴だった」

「どういう目的で追ったのですか？」

「ある事件の関係者と接点を持っていたんだ。何度か勇気ある離脱をしなければならなかったが、四、五回追い込んで吸出しに成功したんだ。当時の朝鮮総聯のナンバースリーとも目白のホテルで会っていた」

「名前はわかりますか？」

「奴はいつも偽名だ。調七の連中でも四、五人態勢では追い切れないと思う。府警の情報管理課に秘匿のカメラ追尾を要請した方がいいぞ。相当なタマだ」

「やはりそうですか。ところで香川さんはどうして大阪に入ったのですか？」

「タマ情報だ。潜伏工作員数名が特別指令を受けている、というものだ。おそらく防衛担当をやらされているんだろう」

「潜伏工作員が防衛担当……となると相当厄介な相手なのでしょうね」

「当たり前だ。この俺が脱尾をしたくらいなんだ。おまけにこいつの目は時折、異常な光り方をするんだ。最初はシャブでも喰らってるんじゃないかと思ったくらいだ」

「そうですか……それではチヨダには内密に、大阪府警の公安一課長に頼んでみましょう」

「大阪府警の公安一課長なら警視正だが先輩か？」

「いえ、私の一期後輩です。仕事もできる男です。今回、チヨダダマを落としているので本気でやってくれるでしょう」

チヨダが指定した「タマ」を駕籠抜けさせてしまったことは、総指揮官である大阪府警警備部公安第一課長にとっては屈辱に近い感覚を持って当然だった。

「くれぐれも秘匿で頼む。いざという時には合同でやってもいい位の覚悟が大事だ」

「調七は秘匿撮影できますか？」

「今回のチームはプロ中のプロが勢ぞろいだ。俺も何事かと思ったくらいだ」

「画像が入ったらすぐに送って下さい。大阪府警の公安一課長に送ります。それと、もう一度、科警研に確認してもらいます」

「了解」

香川の方から電話を切った。片野坂は目を瞑って三度頷くと、卓上の電話で大阪府警警備部公安第一課長席に電話を入れ、秘匿のカメラ追尾システムの導入を依頼した。

唖然とした顔つきで片野坂を眺めている白澤に、片野坂は落ち着いた声で言った。

「急に動き出しました。こういう時は案外早く決着がつくものです。それから白澤さん、もう一つだけ確認したいのですが、ニューヨークでの情報はどうでしたか？」

「ユージン社が指導していた北朝鮮の偵察総局のエージェントですが、彼らは全員がニューヨークのジョン・F・ケネディ空港から出国しています。そのデータが揃い次第、部付宛に送ると言っていました」

「狙撃者情報はなかったのですね」

「あ、そうだ。大事なことを言い忘れていました。ユージン社が日本のミネルバ社にオーダーしたライフルにダイヤモンド加工が施された五百十ミリメートルの銃身は、SAM－Rの銃本体から取り外しができる仕様になっているそうです」

「なに？　すると運搬方法も変わってくるということですね」

「アタッシェケースとサイズが調整できる筒型の図面ケースがあれば十分に持ち運びできます」

「対馬から博多に向かった船を調べた時、釣り道具しかなかったと言っていたが、クーラーボックスと竿入れがあれば十分だったということか……」

片野坂は「うーん」と呟きながら腕組みをしていた。

翌朝一番で調七の捜査員から複数の画像と動画が片野坂のパソコンに届いた。

「サメの目だな……」

片野坂は画像を眺めて一言呟いた。続いて動画を見た。

ターゲットの男は、プロが見ればしつこいくらいの点検活動をしているが、一般人の目には、さほどの違和感を覚えさせない、これまたプロの動きだった。左手にはスチール製のアタッシェケースを持っているが筒型のケースは持っていなかった。注意して動画を見ると、ターゲットの男の前後左右を、四人の男がローテーションを組みながら、適度の距離を保ってガードしている。

「よく訓練されているな……」

警察のSPが行うような直近警備ではなく、前を歩くものは二、三メートル先を、左右の車道側は路側帯ギリギリを、他方は工作物から一メートル離れた距離を、後ろに付くものは三、四メートル後方を、後方からの攻撃を警戒しながらターゲットと同じスピードで歩いていく。

しかし、片野坂の目からも、その周囲にいるはずの調七の追尾担当を発見することができなかった。

「調七のプロというのはこういうものなのか……」

片野坂は感心しながら、動画と画像のデータをSSBCに、画像データを科警研と大阪府警の公安一課長に送った。SSBCに動画を送ったのは、動画を3Dに解析して、画像解析システムに記憶させるためだった。

一時間後、大阪府警の公安一課長から、秘匿のカメラ追尾システムにデータ入力した旨の連絡が入った。

それから三日間、ターゲットは決まった時間にホテルを出て、大阪市内をアタッシェケースを持って動いたが、筒型のケースは一度も目にすることはなかった。

四日目、動きが変わった。ターゲットたちは新大阪駅から新幹線に乗り込んだが、東京までのチケットを購入していた。彼らが乗ったのは新大阪始発のグリーン車で、曜日、時間帯を考えた結果のようで、車内は比較的空いていた。四人の防衛担当の潜伏工作員は、ターゲットを囲むように二人並びの座席に一人ずつ席を確保していた。これに加えて、ターゲットの隣に女性が座っていた。しかも彼女は茶色のレザーのショルダーストラップが着いた筒型の本革書類ケースを所持していた。

その画像を確認した片野坂が呟くように言った。

「プラテージか。洒落たものを使っているな……」

傍にいた白澤も言った。

「プラテージは、イタリア有数の皮革製品の本場フィレンツェでも代表的なブランドですね。革のなめしに化学薬品を一切使わず、トスカーナ地方に伝わるミモザ、ケブラッチョ、マロンなどの植物タンニンを用いて、職人が気の遠くなるような長い工程を掛けることで有名です。それにしても、こんな素敵なクラシックなスタイルで銃身を運んでいるのかしら……」

「女性ならではの感想ですね。北朝鮮らしい喜び組のメンバーのような美女ですしね」

「男性ならではの感想ですね」

白澤が笑って答えた。

「東京駅の警視庁が設置している防犯カメラに、金属探知ソフトのセッティングを依頼しておきましょう」

「そういうソフトがあるのですか？」

「東京駅だけでなく羽田空港内の防犯カメラには金属探知装置がついたものが幾つかあるんです。ＳＳＢＣのセンターにある制御装置でポイントを絞って照射するだけです。マイクロチップ技術を応用して高度にコンピューター化されており、探査精度、金属識別等を調節すると同時に記録しているんです」

「すると、例えば同じ銃身を所持しているかも瞬時にわかるということですね」

「そうです。現行犯逮捕の可能性も高くなります」

片野坂はＳＳＢＣに連絡をすると、白澤に行先を告げずに席を立った。


皇居近くのホテルで、片野坂は警察庁で六年後輩に当たる、警視庁刑事部捜査第二課のキャリア管理官と会っていた。

「北条政信の動きはどうだ？」

「奴が使っている携帯電話と事務所の通話記録を入手したところ、妙なところを見つけました。ＤＢマップで確認したところ、その事務所の契約者は朝鮮総聯だったのです」

ＤＢマップとは、ＳＳＢＣの前身にあたる犯罪捜査支援室が民間企業と共同製作した、画像解析システムと地図、データベース、各種解析機能を搭載したデータベースマップシステムのことである。捜査支援ツールと情報分析ツールに分かれ、前者は容疑者の逃走方向を予想するような初動捜査支援機能、後者は過去の類似犯罪との関連による被疑者の特定機能等がある。この二つのツールはＳＳＢＣでさらにグレードアップされて、今なお、捜査支援の柱となっている。

「総聯か……政治資金はどうだった？」

「今のところ問題はありません。ただ、三回生のくせに毎晩のように神楽坂のお茶屋で会合をやっているんです」

「同じ店なんだろう。お茶屋遊びをしているわけではないのか？」

「いつも決まって指名しているわけではないようですが、芸者は呼んでいるようです。しかし私としては『芸者』という呼び名にはちょっと違和感がありますね。東京では芸者、見習いを半玉といいますが、京都の芸妓、見習いを舞妓と呼ぶ方がしっくりくる」

「それはお前が振り出しで京都府警の川端署を経験したからだろう」

京都府警の川端警察署管内は、東山の一部であり、銀閣寺等の有名寺院の他、京都大学や文化施設、官公庁が点在する、京都でも有数の観光地域である。

「そうかもしれません。東京にも六つの花街があるように、京都にも五花街と呼ばれる上七軒、先斗町《ぽんとちょう》、宮川町、祇園甲部、祇園東があります。京都では仕事で何度も付き合わされましたが、二課で都内でも行かざるを得ない状況になってしまいましたから」

「花街か……いい響きだよな。僕には無縁だけどな」

「片野坂先輩もそのうち、嫌でも行かなければならないようになりますよ」

「行ってみたい気はするんだが、縁がない……というだけのことだ」

「未だに知能犯捜査に花街はつきものなんです。お茶屋という客の秘密をとことん守ってくれる場所は、ある意味で犯罪の打ち合わせには最適なのかもしれません」

「北条のスポンサーは誰なんだ？」

「奴が頻繁に連絡を取っている事務所は『青山総合企画』という経営コンサルティング会社で、令状を取って通信傍受をしたところ、外務省大臣官房警備対策室ともつながりがあったんです」

「外務省？　北条の古巣か……大臣官房警備対策室というと、在外公館の警備に関する業務だな」

「さすがによくご存知で……在外公館警備強化特別対策費は、予算的には約三十一億円となっていますが、戦闘地域にある在外公館の警備に関しては外交機密費で賄われているため、個々の在外公館の警備費用は公にされていないのが実情です」

「中東の戦闘地域にある日本大使館の警備を地元の警備会社に委託することは不可能だろうからな……」

「まさにそこなんです。そういう費用は在外公館現地警備員謝金と呼ばれているのですが、謝金では済まされない地域はプロの傭兵を雇うしかないのです」

「なるほど……まさかそこにユージン社が入っている、というわけではないだろうな」

「どうしてユージン社をご存知なんですか？　ユージン社は四つの在外公館の警備を請け負っていますよ」

「何？」

片野坂の頭の中が鋭く回転した。

「日本国の外交情報が危ない。ユージン社が請け負っている在外公館の通信システムを早急にチェックする必要がある」

「どういうことですか？」

「外交情報がダダ洩れになっている可能性があるということだ。ユージン社は北朝鮮とも関係が深い世界真理教の原理主義を、さらに過激にしたサンクスト教会が経営していると言っても過言ではないんだ」

「日本でも詐欺商法で問題を起こした世界真理教の分派……ですか？」

「今回は単なる詐欺事件ではない。国家的情報の漏洩問題だ」

「そこに元外務省職員の国会議員が絡んでいる……ということですか？」

「そう思った方がいいな。北条の金の流れを追う前に、北条が使っている神楽坂のお茶屋の経理状況を調べた方がいいのかもしれない。間接的にでも外国人からの利益供与が立証できれば、政治資金規正法で北条を挙げることができるだろう？」

「それは公安部にとっては取っ掛かりに過ぎないわけですね」

「公安部だけでなく、東大で起こった事件の真の背景も明らかになるかもしれない。この国で悪しき活動を行うスパイどもを一網打尽にするきっかけになるだろう」

「私もそろそろうちの課長に報告しておかなければなりませんが……」

「そうだな……二課長を差し置いて僕が勝手にお前を使っていたとなれば、二課長も面白くないだろう。公安部長から刑事部長と二課長に情報を伝えてもらうしかないな」

「片野坂先輩にお願いしてよろしいですか？」

「それが一番早いだろう。捜査二課の情報係はまだ本件に関しては何も知らないのだろう？」

「はい。私のところの遊軍一個班でコソコソとやっているだけですから」

「わかった。お前は独自で内偵中だった……ということにしておいてくれ」

「ネタ元は片野坂先輩ということでもよろしいですか？」

「中学、高校の先輩後輩だ。県人会でさりげなく聞いたということでいいだろう。二課長も察してくれるはずだ」

片野坂は警察組織内の同窓会や県人会のつながりがどれだけ大きいかをよく知っていた。中でも県人会は東京都、兵庫県、鹿児島県が三大派閥と言われていた。

警視庁本部に戻ると片野坂は公安部長に一連の流れを報告した。

「知能犯捜査らしい調べ方だな。いい後輩を持ってよかったな」

公安部長は自らの直系配下の組織拡大を考えている様子だったが、片野坂は「ハードはソフトに規定される」という持論から、当面はソフトの充実を優先させることを述べて、公安部長にも受け入れられていた。

東京駅ではターゲットの自称・朴貞烈《パクジョンニョル》が防犯カメラに映し出された。彼が所持していたスチール製アタッシェケースの内部にSAM－Rの本体が、さらに一緒にいた女性が所持していた筒型の本革書類ケースの内部に、五百十ミリメートルの長さがある金属筒が検知された。

「SAM－R狙撃銃の共同所持が成立しますが、いかがいたしますか？」

「実弾がどこにあるか……だな。もう少し泳がせよう。決定的なチャンスはまだあるはずだ。それに、奴が何の目的で東京にやってきたのか、それを明らかにする必要がある。それにしても調七の追尾は防犯カメラ画像を見ても全くわからないな。逆に香川さんはバッチリ映っているが」

白澤の問いに片野坂は笑って答えた。

香川は東京駅から真っ直ぐ警視庁本部に帰ってきた。

「写真写りはよかったですよ」

白澤が笑って言うと、香川は「フン」と言って答えた。

「追っかけというのは相手にわからなければいいんだ。大阪では奴らも拠点周辺に監視カメラを多数セットしていたんだ。敵に正体がわからなければそれでいいんだよ」

「でも、調七の追尾班の方々は防犯カメラ画像を見ても全くわかりません」

「プロ中のプロというのはそういうものだ。しかし、俺が見ればすぐにわかるさ」

そう言って香川はプリントアウトされた東京駅での朴の画像を見て唸った。

「調七の奴ら、どこにいるんだ？」

間もなく調七の追尾班から、朴ら一行が赤坂のホテルにチェックインした旨の報告が入った。調七の追尾班は東京駅から、すでに準備してあったバイク三台を使って追尾に成功していた。さらに宿泊先のホテルの総支配人に対して協力要請を行い、秘聴対策も取られていた。

「さすがだな……」

香川は感心しながら、後ろで穏やかな笑顔を見せている片野坂に向かって言った。

「朴の狙いは与党のナンバースリー、大内派事務局長の向井《むかい》五郎《ごろう》だ」

「向井五郎……外務省出身の五回生、前外務副大臣ですね」

「向井は北条の裏活動を知って『自分も一口乗せろ』と金銭を要求していたらしい。ただし、ユージン社の背景を知らないらしく、飲み屋のツケまでユージン社に回していたそうだ」

「五回生にもなって、セコイ野郎ですね。といっても向井は衆議院議員とはいえ比例区ですから、代議士とは言えないですからね。自分で稼ぐ方法を知らない野郎です」

　これを聞いた白澤が片野坂に訊ねた。

「国会議員が自分で稼ぐ……というのはどういうことなんですか？」

「かつての国会議員は後援会や政治資金パーティーを開きながら金集めをしたんです。一口に後援会と言っても個人、団体からの寄付を受けるわけで、有力議員であればあるほど大口の金が集まります。要はその金の使い方が問題で、自分の懐に入れてしまうようでは一流にはなれません。どれだけ多くの配下の議員を養うか……これが議員としての力量になってくるわけです。しかし、政党助成金など税金で金を賄うようになってから、有力国会議員という存在が生まれなくなってしまったわけです。現在の一強総裁と呼ばれる状況も、まさにこの金集め、人集めができる政治家が極めて少なくなったことが最大の原因になっているんです」

「そうだったのですか……政治家も大変なんですね」

　白澤に香川が言った。

「政治家は好きでやっているんだ。下手に金がない奴が職業的議員になってしまうと、セコイ議員ばかりになって、大局を見ることができないゲス野郎が増えてくる。議員にしがみついているんじゃなくて、金にしがみついている連中が増えるんだよ。政党助成金の廃止を言うのは、これを受領していない共産党だけだからな。そこが今の日本の政治の弱点の一つでもあるんだ」

「でも共産党は警察が視察対象にしているのでしょう」

「当たり前だ。共産主義革命を目指している革命政党だからな。公安の基本の基だ」

香川の言葉を聞いて、片野坂は頷きながら言った。

「こんな話をしているといっそ朴に向井を撃たせてしまいたくなってしまいますが、向井も一緒に政治の世界から消えてもらうには、政治資金規正法違反以外にも何かしらの手立てが必要ですね……」

「そうだよな。奴ならまだどこかで悪さをしている可能性がある。ちょっとマスコミをたきつけてみるか……」

香川はプライベート用のスマホを取り出して電話を入れた。

翌朝、部付チームの三人は午前七時半にはデスクにいた。

ＳＳＢＣからの連絡で、朴と一緒にいた女性とボディーガードを務めている四人全員のデータが追跡カメラのデータに登録されたとの報告が入った。さらに、これで、赤坂、霞が関、永田町、丸の内の四地区に警視庁が設置している全ての防犯カメラが監視機能を持つことになる。さらには麹町、丸の内、赤坂の三署とこの外周に当たる四谷、愛宕、築地の三署、さらに自動車警ら隊、機動捜査隊、公安機動捜査隊の合計九所属が保有する全ての警察車両のドライブレコーダーのＷｉ－Ｆｉが自動的にセットされるため、膨大な移動監視カメラが生まれたことになる。

「調七の追尾班も少しは気が楽になるだろう」

「彼らが持つ端末にリアルタイムでターゲットの動きが入るわけですからね。国家の危機という重大な局面ですから、一般の方々のプライバシーに多少の制約が加わることになりますが仕方ありません」

　片野坂が答えると香川が笑いながら言った。

「一般ピープルの肖像権といっても、保存されるわけではないし、たまたまターゲットの傍にいた者だけが一瞬、写り込むだけだからな。高速道路のオービスで不倫が発覚するよりもまだ制限されている」

　香川の言葉に白澤が反応した。

「オービスに写るのは交通違反者とその関係者だけですが、今回のようにたまたま居合わせた人とは、ちょっと性質が違うような気がします」

「白澤女史、お前さんは違反者よりも『不倫』という言葉に反応しただけなんじゃないか？　俺だと不倫関係になってしまう可能性があるが、片野坂は独身だから問題ないぞ」

白澤の顔が赤くなって語気が強くなった。

「香川さんと不倫なんて絶対にありえません。第一、今の発言はセクハラに該当します」

「セクハラ？　俺と不倫関係になる可能性を完全否定したんだろう？　そうなると絶対的不能ということになるから違法性は阻却されるはずだけどな」

香川が澄まして法律論議に持ち込んだ。

「それはアカハラになりますよ」

「アカハラ？　イモリのことか？」

「もう、止めて下さい」

白澤はその話題を打ち切ろうとしたが、香川は「ふーん」と言って一言付け加えた。

「惚れてる？」

「えっ？」

白澤の顔がさらに赤くなった。それを見て片野坂が香川に言った。

「今は仕事に惚れる時期です。最後まで気を抜かずに情報収集をお願いします」

香川が両手を横に広げて笑ってみせた。

デスクのパソコンに連動している警報がなった。

「午前八時ですか……早々と動き出しましたね」

ホテル前で調七の追尾班が秘匿撮影している画像が、ＳＳＢＣ経由でデスクのパソコンに届いていた。

「迎えの車が来たようだな……ナンバーから所有者照会、ドライバーを運転免許証台帳で照合してもらうか」

香川は公安総務課の第二担当デスクに電話を入れて照会を依頼した。片野坂が香川と白澤を交互に見ながら言った。

「向井五郎にも行確を付けましたから、これから動きが急になってきます。香川さん、白澤さん、Ｐフォンを常時三者同時通話状態に設定しておいて下さい」

香川は「了解」と言って席を立った。

「香川さんはどこに行かれたのでしょう？」

白澤が訊ねると片野坂が笑って答えた。

「常に自分の立ち位置がわかっている人です。おそらく、朴の動きを見ながら狙撃可能場所に目処を付けているのだと思います」

「自分の立ち位置……ですか。部付と香川さんは、まさに阿吽の呼吸なのですね」

「彼もまたプロ中のプロですから」

片野坂の声を聞きながら白澤は香川が出ていった部屋の扉を見つめていた。

ＳＳＢＣから片野坂に電話が入った。

「ＳＡＭ－Ｒの本体が入ったスチール製アタッシェケース、銃身が入った筒型の本革書類ケースが移動しています」

「アタッシェケースは朴が所持しているのではないのですか？」

「別の者が一人で運んでいます。アタッシェケースを把持している手の筋肉と、本革書類ケースに装着されているレザーのショルダーストラップの肩への食い込み状況をコンピューターが計算して、昨日と同じ重量であることを割り出しています」

「徒歩ですか？」

「いえ、今、迎えの車が来ました。おや？」

「どうしました？」

「この黒塗りの車のフロントガラスの左下部を見て下さい。衆議院のマークが入っています。衆議院議員車両の徽章《きしょう》ですね。画像解析します……衆議院議員の内田《うちだ》大成《たいせい》の車両になります」

「議員車両を使うメリットと言えば、国会議事堂敷地内や議員会館の地下駐車場にフリーパスで入れることくらいしかないですが……」

「そうですね。一部のホテルが駐車場所を優遇してくれるくらいで、路駐はアウトですからね」

「内田議員の議員会館事務所は第一、第二のどちらですか？」

「第二の三階になります。第一議員会館に向いた方です」

　国会議員の議員会館は国会議事堂の裏手にあり、首相官邸方向から順に衆議院第一、第二、参議院の計三棟が並んでいる。

「議員会館に銃を持ち込んで何ができるんだろう……今日の国会日程で特異なものはありますか？」

「そうですね……今日は午前十時に日比谷公園で行われる集会があって、その後、集団示威行動を行った後、国会に対する請願行動があります」

「請願ですか……集会の主催者と内容は？」

「女性差別撤廃条約選択議定書の速やかな批准を求めるもので、人数は申請では三百人、衆参の与野党議員がそれぞれの面会受付所で請願を受理するパフォーマンスを行う予定です」

「請願を受理する側の衆議院議員の中に向井五郎は含まれていますか？」

「はい。向井代議士は紹介議員の一人に名を連ねています。請願の付託委員会が外務委員会」

「それだ……」

集団示威行動とはいわゆるデモ行進のことであり、東京都公安条例によって届け出主義が規定されている。さらに請願は請願法に基づいて行われるが、デモ行進に続いて国会への請願が行われる場合、国会前交差点で「請願切替」の措置が取られ、幟や横断幕、拡声器の使用が禁止され、粛々と請願行動を行わなければならない。これは東京都の公安条例による規制だけでなく、「国会議事堂等周辺地域及び外国公館等周辺地域の静穏の保持に関する法律」との合わせ技が規制の根拠となっている。

片野坂は直ちに香川を国会の衆議院第一議員会館に向かわせ、同時に、公安部長から警視総監宛に、警備部警備第一課指揮下のSAT（特殊急襲部隊）の狙撃、鎮圧チームの派遣を要請した。

朴を乗せた車両が衆議院第二議員会館に到着したのを確認した香川は、これを片野坂に報告した。

通話を聞いていた白澤が訊ねた。

「香川さん。突入するつもりですか？」

「SATに任せたいが、どうなるかな。拳銃は撃つために所持するものだからな」

午前十一時、デモ行進が予定どおり日比谷公園を出発し、国会前交差点で請願切替の措置が取られた。

衆議院面会受付所にはテーブルが並べられ、十数人の国会議員とその倍近くの国会議員公設秘書が整列を始めていた。

向井五郎はその中央近くで与野党議員と談笑していた。

「朴が撃つとすれば請願行進が正面に来た時でしょう」

「俺もそう思う。狙撃には最高の舞台だからな」

第一議員会館で片野坂から自らの拳銃H＆K　P２０００を受け取った香川は、安全装置と弾倉のチェックを行い、空撃ちをしてダブルアクションの作動を確認した後、九ミリメートルのパラベラム弾十三発を装填して、第二議員会館に向かった。

衆議院議員会館は、衆議院議長の下、衆議院事務局管理部が実際の維持管理を行っている。すでに衆議院議長と事務局の許可は得ていた。

第一議員会館にはＳＡＴの狙撃班が、裏の地下駐車場から四階にある普段は空き室となっている議員応接室に入って、道路越しにある第二議員会館の三階の部屋に照準を合わせていた。

第二議員会館の三階にある内田大成の事務所の前には、香川の他、ＳＡＴの鎮圧チーム四人が防弾チョッキを着て小型の特殊ガラスの防弾盾を準備していた。事務所の扉にあるテンキー付きの鍵はマスターキーによって開錠できるようになっていた。

ＳＡＴには無線で、香川には携帯電話で周囲の情報が逐一報告されていた。

請願行進が官邸前交差点を右折し、先頭の代表者が衆議院面会受付所に近づいてきた。

ここで挨拶が行われた後に請願書の受理が行われる予定である。

第二議員会館三階の内田大成事務所の窓がわずかに開いている。カーテン越しに銃身らしきものが第一議員会館四階の議員応接室からわずかに覗いた。

「GO」

狙撃班からの指示で鎮圧チームが事務所の扉の鍵を開錠し、静かに中に入った。事務所は入口の正面に秘書室、入ってすぐ右手に会議室、そして部屋の右奥が議員室になっている。会議室と議員室は扉でつながっている。秘書室には事務所の職員は誰もいなかった。鎮圧チームは右手の会議室に二人、議員室の入口に二人が向かい、「GO」の合図と共に議員室の扉を開けた。

スコープを覗きながらゆっくりと引き金を絞ろうとしていた朴の後方で、四人のボディーガード潜伏工作員が拳銃を手にしながら、この日の狙撃目標の方向を覗き込んでいた。

鎮圧チームのリーダーが小型の照明弾を発射した。香川は身を伏せ拳銃を朴に向けた。凄まじい閃光に四人のボディーガード潜伏工作員が驚いて闇雲に拳銃を発射した。香川は伏せ撃ちの姿勢から朴の右肩に向けて二発発射した。朴はSAM－Rの引き金を引く間がなく、前のめりにガラス窓に頭をぶつけた。

鎮圧チームの動きは冷静で、防弾盾をボディーガードの顔面に打ち付け、一瞬のうちに四人を失神させた。

突入からわずか十秒で全てのカタがついた。香川が立ちあがった時には朴は後ろ手に手錠をかけられていた。

「あっけなかったな……」

「いいじゃないですか。二発、見事に肩関節と肩甲骨に命中したんですから」

「あの距離で外してどうするんだよ。それよりも、これからの取調べが楽しみだな」

「その前に香川さんの警視総監賞の手続きをしなければなりませんね。正当な拳銃発射をしたわけですから」

「総監賞？　そんな紙切れなんていらない。何枚持っていると思うんだ？」

「まだちゃんと持っていらっしゃるんですか？」

「棺桶に花の代わりに入れてもらうんだ。花も焼かれちゃかわいそうだろう」

片野坂と香川の会話を聞いていた白澤が言った。

「香川さん。今の一言、素敵でした」

香川が白澤に軽くウインクをして言った。

「惚れるなよ」

一連の狙撃者が逮捕された翌日、対馬の狙撃で死亡した三人が所持していたスマートフォンが発見された。

三台の電話番号は、日本版エシュロンとも言われるMALLARDが傍受していた、三人への通信記録から判明していた。エシュロンは、アメリカ合衆国を中心に構築された軍事目的の通信傍受システムのことである。

警察庁警備局はこの三台の電話の電波発信状況をチェックしていたが、対馬の狙撃事件直後、三台とも電源が切られ、位置情報を得られなくなっていた。

ところが狙撃者逮捕が報道された翌日、この三台の携帯電話の一台に電源が入ったことが確認された。位置情報を確認したところ、最後に無線発信が確認された対馬の狙撃事件現場から五百メートルしか離れていない場所だった。

警察庁から連絡を受けた長崎県警警備部は、直ちに捜索差押令状を取ってヘリを飛ばし、捜査員を対馬に派遣した。

そこは比田勝にある、韓国人が経営する民宿だった。捜索差押令状を示された民宿の主は唖然とした顔で捜査員に言った。

「今、お客さんは四か月前からいる旅行業者の人だけね」

「そいつの部屋に案内しろ」

「二階の奥の部屋よ」

同行した対馬北警察署の、韓国語ができる捜査員が先に部屋のドアを開いた。

「ああ、刑事さん。どうしたの？」

民宿の主人が「旅行業者の人」と言っていたのは、狙撃事件の時の案内人だった。

「この野郎。まだ出国していなかったのか？」

「就労許可を取ったね。ちゃんと証明書もあるよ。今は旅行会社の社員ね」

「なるほどな」

そう言うと、捜査員は自らの携帯を取り出して発信した。

男のバッグの中から「アリラン」のメロディが鳴りだした。一瞬で男の顔から血の気が引いた。

アリランは代表的な朝鮮民謡で、オリンピックやアジア大会などでの南北合同行進のときに流されたこともある。北朝鮮のマスゲームの主題曲もアリランで、女性歌手の独唱が披露される。

「今、鳴っているスマホを出してもらおうか」

男は何も言えずに震え出した。

「お前のスマホじゃないはずだ。頭を撃ちぬかれた三人の男の誰かの持ち物だろう。早く出せよ。どうせ他の二台もあるんだろう？　お前、本当はスパイか？　そうじゃなきゃ、三人が殺された時に証拠隠滅なんてできないよな」

すると男の態度が急変した。着用していたズボンのベルトを外すと、これを鞭のように使い、攻撃してきたのだ。

これを見た県警警備部の捜査員は、素早く上着に隠れていたホルスターから拳銃を取り出すと、威嚇することなく二発、男の下半身目掛けて発射した。二発はそれぞれ両太腿に命中した。男はその場にもんどりうって倒れた。対馬北署の捜査員が、直ちに手錠を取り出し、後ろ手にした両手に掛けて言った。

「公務執行妨害罪の現行犯人として逮捕する。只今の時間、午後五時四十七分」

「病院が先だろう」

「太腿じゃあ死にはしない。長崎県警の警察病院に運んでやるよ」

男が攻撃してきたベルトにはスチール製のワイヤーが仕込まれており、北朝鮮の特殊部隊の野戦用と同種のものだった。逮捕現場からは他の二台の韓国製スマートフォンも発見され、男は「北朝鮮で売りさばこうと思っていた」と供述した。

一連の狙撃事件に使用されたSAM－Rの所有者は、白澤の情報どおり、ユージン社から在韓米軍に派遣されている休暇中の傭兵だった。傭兵はマカオのカジノで、米軍憲兵隊によって秘密裏に身柄を拘束された。拘束理由は、銃の管理手続違反と旅券法違反だった。

米軍は基地周辺でも銃の所持は認めているが、あくまでも基地の警備を前提としたもので、他人に貸し出すことは言語道断であり、軍規で厳しく規制されている。

　この傭兵は韓国東南部の内陸にある大邱《テグ》基地に勤務していたが、休暇でソウルに行きカジノで遊ぶうちに、もっと大規模なカジノに行きたくなった。現地で知り合ったコリアンマフィアから、沖縄経由でマカオに入るルートを教えられ、沖縄ではチャイニーズマフィアの手引きで偽造パスポートを入手し、マカオに入ったのである。

　傭兵が捕まった背景もエシュロンだった。偽造パスポートを使用しているにもかかわらず、自分の携帯電話を使って、アメリカの彼女に電話をしていたのだった。

　米軍は、傭兵とはいえ在韓米軍の一員として駐留していたこと、さらに、日本の現職国会議員の暗殺に軍関連の銃が使用されたことを重く考え、高等軍法会議で審理することとした。

　傭兵は、軍法会議の前に開かれた査問委員会で、銃を外部の者に貸し出したのはユージン社のある上司からの指示だ、と供述した。

　銃は大邱基地内で分解して持ち出され、ソウル市内のホテルで、上司から指定された男に現金と交換で手渡された。ソウルからは鉄道で釜山へ、さらに航路で対馬を経由して福岡へ、そして新幹線を利用して大阪、東京へと運ばれていた。

　この報告を受けた片野坂はため息をつきながら香川に言った。

「銃を分解して運ぶことをもう少し前に考えていればよかった」

「特殊な銃だ。こんなこともあるさ」

「在韓米軍のスローガンではありませんが、『fight tonight（今夜戦う）』の姿勢を我々も持っていなければなりませんね」

「まああたしかに『常在戦場《じようざい》』は衆院議員の選挙スローガンのためじゃないからな。『常に戦場にあるの心を持って生き、ことに処す』だろう？　長岡市に行くと、長岡藩軍事総督の河井継之助《つぐのすけ》や、連合艦隊司令長官の山本五十六《いそろく》をはじめ、錚々たる人がこの書を残しているよな」

「元の意味はそうかもしれませんが、『米百俵』で有名な小林虎三郎のように、『たとえ戦場でうまくいかなくても、他の場所で取り返すことは可能』という解釈もあるそうですよ」

「俺たちも、まだ先は長い、取り返せる……ということだな」

香川が笑った。

「それにしても、中野の爺まで届かなかったのは悔しい限りだな」

「奴は諦めていませんよ。ある意味で彼のライフワークというべき、生きているうちにやっておかねばならない、命懸けの案件なのかもしれません」

片野坂が中野の肩を持つように言ったので、香川は「ほう」と言って訊ねた。

「今後、奴はどこと手を組むと思う？」

「人工衛星をつくる企業は今や日本国中に広がっています。町工場を中心とした一地域だけでなく、福井県のように県全体の産業活性化対策として人工衛星に取り組み始めたところもあります」

「福井県か……地元愛が強い元防衛大臣もいたな」

「中野もまた過去に防衛庁長官を経験し、建設相、農水相、通産相、大蔵相と重要大臣を全て経験しています。いわば、日本中の主だった産業に精通しているのです」

「霞が関も同様だろう」

「人事権を官邸が握ってしまった以上、霞が関は官邸に逆らうことができなくなりました。そんな中、霞が関の役人が相談して、官邸に相応の圧力をかけて結果を出してくれる重鎮といえば中野泰膳しかいないのが現状です。しかも、中野には金がある」

「奴はいつ頃からあれだけの金を持つようになったんだ？」

「幹事長を三期、しかも、彼が選挙を仕切ると圧倒的勝利に結びついたのです。政党助成金という、税金を政党に交付する悪法を最大限に活用したのが中野です」

「政党助成金か……誰も文句を言えないし、その使途も報告する義務がない金だからな」

「ただし、中野は自分のために金を使わないことを誰もが知っているのです」

「私腹を肥やさない政治家……ということなのか？」

「自分の選挙でも、ここ十数年は一度も地元に帰ることなく七割以上の得票率を続けています。対立候補が一度も復活当選したことがない、数少ない選挙区なんです。もちろん、日頃は違います。年に四回は地元で大掛かりな講演会を行いますが、これに参加する顔ぶれがまた一流なんです。老若男女問わず行ってみたくなる講演会です」

「芸能人でも呼ぶのか？」

「もちろんそれもありますが、動員力がもの凄いのです。午前午後の入れ替え制で、十万人を超えます」

「どういう講演会なんだ？」

「ビッシリ三時間、政財官、外交のエキスパートや若手芸能人を呼んで、どうやって地元を活性化させるかを問い続けるんです。中野の地元は近隣四県の中ではダントツに暮らしやすさの指数が高い。企業誘致などという短絡的な手法ではなく、今で言う六次産業化に二十年も前から取り組んできたからです」

「生産と流通と販売の一元化か……」

「地域の隅々にまで目が行き届いた手法は、他の地域が真似をしようとしても一朝一夕には上手くいきません。そのうちに中野はまた新たな手法を用いて活性化を図る……これを二十年続けてくると、地元ではもはや『神』的な存在から『妖怪』へと変わっていったのです」

「神よりも妖怪の方がいいのか？」

「神は奉られるだけですが、妖怪はどこか憎めない、土地に根付いた存在です。つまり信仰を押しつけることなく信者が増えていくアニメの原作者のような存在になっていくのです」

片野坂の説明を聞いて香川は不満げに言った。

「それでも奴は戦争を仕掛けようとしているんじゃないのか？」

「戦争にならない戦いを仕掛けている……といっていいと思います。そして、もし、相手国が日本に本気で戦争を仕掛けようとすれば、相手の心臓部に一発打ち込む姿勢を保持しようとしているのです」

「北朝鮮がアメリカ相手にやった、核開発とＩＣＢＭ保有と、どこが違うんだ？」

香川が訊ねると片野坂が首を傾げながら答えた。

「本質が違うのです。日本がその気になればいつでも核武装やＩＣＢＭを保有できることは世界中が知っています。それでも日本は隣国の韓国から何を言われようが、領土を侵略されようが黙っているお人好しだったわけです。しかし、それにも限度がある。『それ以上舐めたことをするな』。これが日本人が持つ共通認識であり、盗人国家にそう言っても『そのくらいは仕方がない……』と思わせるだけの外交努力を行ってきたのです。日本は第二次世界大戦敗戦後、一度もならず者になったことがありません。そこが本質というものなのです」

香川は腕組みをして首を傾げたが、ゆっくりと頷いて答えた。

「お前の言わんとするところはわかった。ところで、話を戻すと、防衛族や防衛省関係者の間で、中野の評価はどうなんだ？」

「そこなんです。防衛省としても中野が目指している人工衛星を活用した防衛大綱を模索する連中が出てきてもおかしくはない状況です。それほど、現場の自衛隊員は危機感を募らせているのが実情ですが、内局の背広組は、その温度差に気付いていません」

「それは警察も似たようなもんだ」

「警察と防衛の最大の違いは、防衛は制服組と私服組、つまり現場と内局に分かれている点です。ですから制服組が国会答弁することができない。文民統制の誤った解釈ですよ」

「すると制服組は中野を支援している……というのか？」

「決してそういうわけではありません。制服組の中でも防大組はしっかりとした教育を受けています。さらに制服組のノンキャリ組の中でも幹部候補生や、情報部門に属するものは世界の常識を知っています。彼らの多くは中野がやろうとしている衛星を使った防衛戦術というものが、アメリカの一部の有力者と特殊企業の支援、影響を受けていることを知っています」

「それでも中野は止めないだろう？」

「ある種のライフワークですからね。しかし、これまで多くの暴走をしてきた政治家どもを、警察、それも全国の公安警察が一体となって封じ込めてきた歴史があります。過去のチャイナスクール、コリアングループがいい例です」

「するとまた、俺たちが中野の野望を封じ込めなければならない時が来る……ということだな」

「今、中野は焦っているはずです。政治家としての第四コーナーを回り切ったところです。そして、後を託そうとした北条が終わってしまった……近い将来、再びミスを犯す時が必ずやってくるはずです」

「そこを狙うか」

「そうです。僕たちが先頭に立つときが近いのです」

「とはいえ、防衛省のキャリアの制服、私服にも、お前のような変わりモンがいるかどうか……だな」

「まあ、私のことを変人と言っている仲間も多いようですが、防大出の友人も結構いますよ。変人と言われようが、僕の一挙手一投足を周囲が注目していると思えばいいのです。僕の当面の目標は、情報の現場を知り尽くした存在になることです」

「情報を知り尽くす……じゃないのか？」

「それは無理な話ですし、その気になればＡＩを使えばいいだけのことです。それよりも、世界中の情報機関が、何を狙って、どんなエージェントを送り込んでいるのか……それを知った方が、情報の本質がわかってくると思うのです」

「するとヒューミント重視の情報戦略を目指すということか？」

「情報収集の最後はヒューミントだと思います。今回、白澤さんが摑んだ情報の中には私が気付かなかった部分も多くありました。狙撃者を発見できたのも、その情報があったからです。私は、部付という実に曖昧なチームを、さほど拡大したいとは思っていませんが、まだまだ警視庁には眠れる人材がたくさんいると思うのです。その宝さがしにも似た活動を率先して行いながら、いつかこの国にも生まれるであろう諜報機関の礎としてみたいのです」

「それが日本にできると思うか？」

「作らなければならないでしょう。その時、日本はようやく、真の先進国の仲間入りができる。先進国というのは、国が国民を愛し、国民が国を愛していなければなりません。過去の歴史に甘えるだけでは先人に申し訳ない。先人が残してくれた国家を将来に向けて如何に発展させるか……それをあらゆる部門の最前線で、命懸けで行うのが情報マンの使命だと思っています」

片野坂の顔をジッと見ながら聞いていた香川が言った。

「片野坂、お前の本音がやっとわかったよ。随分成長したものだと感心したよ」

「僕も見習い時代に香川さんが最初に教えてくれた『国を愛し、人を愛し、自分を愛する』という言葉を忘れていません」

「俺がそんなことを言ったか？」

「酒の飲み方を教わったとき、最後におっしゃいました」

片野坂が笑って答えた。

参考文献
武末聖子『知っとったぁ？　こんな対馬の歴史《はなし》！』

この作品は文春文庫のために書き下ろされたものです

文春文庫

警視庁《けいしちよう》公安部《こうあんぶ》・片野坂《かたのさか》彰《あきら》
国《こつ》境《きよう》の銃《じゆう》弾《だん》

定価はカバーに表示してあります

2019年8月10日　第1刷

著　者　濱《はま》　嘉《よし》　之《ゆき》
発行者　花田朋子
発行所　株式会社　文藝春秋

東京都千代田区紀尾井町 3-23　〒102-8008
TEL　03・3265・1211(代)
文藝春秋ホームページ　http://www.bunshun.co.jp
落丁、乱丁本は、お手数ですが小社製作部宛お送り下さい。送料小社負担でお取替致します。

印刷製本・大日本印刷
Printed in Japan
ISBN978-4-16-791326-7

（　）内は解説者。品切の節はご容赦下さい。

濱　嘉之
警視庁公安部・青山望
完全黙秘
財務大臣が刺殺された。犯人は完黙し身元不明のまま。捜査する青山望は政治家と暴力団・芸能界の闇に突き当たる。元公安マンが圧倒的なリアリティで描くインテリジェンス警察小説。
は-41-1

濱　嘉之
警視庁公安部・青山望
政界汚染
次点から繰上当選した参議院議員の周辺で、次々と人が死んでいく。警視庁公安部・青山望の前に現れた、謎の選挙ブローカー、刀匠らが、大きな権力の一点に結び付く。シリーズ第二弾。
は-41-2

濱　嘉之
警視庁公安部・青山望
報復連鎖
大間からマグロとともに築地に届いた氷詰めの死体。麻布署に異動した青山が、その闇で見たのは「半グレ」グループと中国マフィアが絡みつく裏社会の報復。大人気シリーズ第三弾！
は-41-3

濱　嘉之
警視庁公安部・青山望
機密漏洩
平戸に中国人五人の射殺体が漂着した。捜査に乗り出した青山は日本の原発行政をも巻き込んだ中国の大きな権力闘争に気付く。そして浮上する意外な共犯者……。シリーズ第四弾。
は-41-4

濱　嘉之
警視庁公安部・青山望
濁流資金
仮想通貨取引所の社長殺害事件と急性心不全による連続不審死事件。所轄から本庁に戻った青山は、二つの事件の背後に広がる闇に戦慄する。リアリティを追求する絶好調シリーズ第五弾。
は-41-5

濱　嘉之
警視庁公安部・青山望
巨悪利権
湯布院温泉で見つかった他殺体。マル害は九州ヤクザの大物だった。凶器の解明で見えてきた、絡み合う巨大宗教団体と利権の構造。ついに山場を迎えた青山と黒幕・神宮寺の直接対決。
は-41-6

濱　嘉之
警視庁公安部・青山望
頂上決戦
分裂するヤクザとチャイニーズ・マフィア！　悪のカリスマ、神宮寺武人の裏側に潜んでいたのは中国の暗闇だった。青山、大和田、藤中、龍の「同期カルテット」が結集し、最大の敵に挑む！
は-41-7

（　）内は解説者。品切の節はご容赦下さい。

聖域侵犯
濱　嘉之
警視庁公安部・青山望
パナマ文書と闇社会。汚職事件、テロリストの力学。日本の聖地、伊勢で緊急事態が発生。からまる糸が一筋になったとき、公安のエース青山望は「国家の敵」といかに対峙するのか。
は-41-8

国家簒奪《さんだつ》
濱　嘉之
警視庁公安部・青山望
組のご法度、覚醒剤取引に手を出した暴力団幹部が爆殺された。背後に蠢く非合法組織は、何を目論んでいるのか。国家の危機に、公安のエース、青山望が疾る人気シリーズ第九弾！
は-41-9

一網打尽
濱　嘉之
警視庁公安部・青山望
祇園祭に五発の銃声！　背後の中国・南北コリアン三つ巴のマフィア抗争、さらに半グレと芸能ヤクザ、北朝鮮サイバーテロの闇を、公安のエース・青山望が追いつめる。シリーズ第十弾！
は-41-10

電光石火
濱　嘉之
内閣官房長官・小山内和博
権力闘争、テロ、外交漂流……次々と官邸に起こる危機を警視庁公安部出身の著者が内閣官房長官を主人公に徹底的なリアリティーで描く。著者待望の新シリーズ、堂々登場！
は-41-30

殺人初心者
秦　建日子
民間科学捜査員・桐野真衣
婚約破棄され、リストラされた真衣。どん底から飛び込んだ民間科捜研に勤務開始早々、顔に碁盤目の傷を残す連続殺人に遭遇する。「アンフェア」原作者による書き下ろし新シリーズ。
は-45-1

冤罪初心者
秦　建日子
民間科学捜査員・桐野真衣
民間科学捜査研究所の真衣は、アジアからの出稼ぎ青年に着せられた冤罪を晴らそうと奮起した。しかしひょんなことから連続殺人の渦中に――科学を武器に謎に挑む人気シリーズ第二弾！
は-45-2

（　）内は解説者。品切の節はご容赦下さい。

福澤徹三
侠飯《おとこめし》
就職活動中の大学生が暮らす1Kのマンションに転がり込んできたヤクザは、妙に「食」にウルサイ男だった！　まったく異質なふたつが交差して生まれた、新感覚の任侠グルメ小説。
ふ-35-2

福澤徹三
侠飯2　ホット&スパイシー篇
リストラ間際の順平は、ある日ランチワゴンで実に旨い昼飯に出会う。店主は頰に傷を持つ、どう見てもカタギではない男。任侠×グルメという新ジャンルを切り拓いたシリーズ第二弾！
ふ-35-3

福澤徹三
侠飯3　怒濤の賄い篇
上層部の指令でやくざの組長宅に潜入したヤミ金業者の卓磨。そこに現れた頰に傷もつ男。客人なのに厨房に立ち、次々絶品料理をつくっていく――。シリーズ第三弾、おまちどおさま！
ふ-35-4

福澤徹三
侠飯4　魅惑の立ち呑み篇
代議士秘書の青年が足繁く通う立ち呑み屋。目当ては店を一人で切り盛りする女の子。しかしある日、怪しげな二人組が現れ……。好評シリーズ第四弾の舞台は陰謀渦巻く政界だ！
ふ-35-5

森田健市
警視庁組対五課 大地班
ドラッグ・ルート
薬物捜査を手掛ける警視庁組対五課大地班に内部告発でもたらされた秘密の取引情報。それは、罠と裏切りで血塗られた悲劇の序章にすぎなかった――疾走感溢れる本格警察小説の誕生！
も-28-1

若竹七海
さよならの手口
有能だが不運すぎる女探偵・葉村晶が帰ってきた！　ミステリ専門店でバイト中の晶は元女優に二十年前に家出した娘探しを依頼される。当時娘を調査した探偵は失踪していた。（霜月　蒼）
わ-10-3

文春文庫　最新刊

鑓騒ぎ　新・酔いどれ小籐次（十五）　佐伯泰英
これは御鑓拝借の意趣返しか!?　藩を狙う黒幕の正体は？

警視庁公安部・片野坂彰　**国境の銃弾**　濱嘉之
若き国際派公安マン片野坂が始動！　新シリーズ開幕

最高のオバハン　中島ハルコはまだ懲りてない！　林真理子
持ち込まれる相談事にハルコはどんな手を差し伸べる？

ゆけ、おりょう　門井慶喜
龍馬亡き後意外な人生を選びとったおりょう。傑作長編

ヤギより上、猿より下　平山夢明
淫売宿に突如現れた動物達に戦々恐々―最悪劇場第二弾

悪声　いしいしんじ
命の連なりを記す入魂の一代記。河合隼雄物語賞受賞作

新参者　新・秋山久蔵御用控（五）　藤井邦夫
旗本を訪ねた帰りに殺された藩士。事件を久蔵が追う！

探梅ノ家　居眠り磐音（十二）決定版　佐伯泰英
由蔵と鎌倉入りした磐音を迎えたのは、謎の失踪事件！

残花ノ庭　居眠り磐音（十三）決定版　佐伯泰英
隠宅で強請りたかりに出くわす磐音。おそめにも危険が

座席急行「津軽」殺人事件　十津川警部クラシックス〈新装版〉　西村京太郎
「津軽」で発見された死体、消息を絶つ出稼ぎ労働者…

続・怪談和尚の京都怪奇譚　三木大雲
実話に基づく怪しき噺―怪談説法の名手が書き下ろし！

抗命　インパール２〈新装版〉　高木俊朗
上官の命令に抗い部下を守ろうとした異色の将軍の記録

特攻 最後のインタビュー　「特攻 最後のインタビュー」制作委員会
多くの神話と誤解を生んだ特攻。生き残った者が語る真実

２週間で人生を取り戻す！　**勝間式 汚部屋脱出プログラム**　勝間和代
超論理的で簡単なのに効果絶大。読めば片付けたくなる

フラッシュ・ボーイズ　10億分の1秒の男たち　M・ルイス　渡会圭子　東江一紀訳
一般投資家を喰らう、超高速取引業者の姿とは？

ひとり旅立つ少年よ　B・テラン　田口俊樹訳
悪党が狙う金を奴隷解放運動家に届ける少年。巨匠会心作

昭和史発掘 特別篇〈学藝ライブラリー〉　松本清張
『昭和史発掘』に収録されなかった幻の記事と特別対談